GOLDMANN

Buch

Drei Dinge bestimmen das Leben des Mannes, den alle nur Kidd nennen: Er ist ein begeisterter Maler, ein besessener Tarotkartenleger, und er ist ein Computergenie. Glücklicherweise kann er von einer seiner drei Leidenschaften leben: Er verkauft seine Computerbegabung an Politiker und Geschäftsleute, an jeden, solange der Preis stimmt und die Aktion nicht allzu illegal ist. Für zwei Millionen Dollar allerdings ignoriert Kidd alle Skrupel und nimmt seine große Herausforderung an: Er soll eine Spur der Verwüstung im Computerwesen von Whitemark Aviation hinterlassen, einer Firma, die Pläne für ein Raketenzielsystem von einem Konkurrenten gestohlen hat. Doch mit der Größe des Honorars wächst auch die Zahl der Gegner: Die Leute von Whitemark setzen alles daran, das Desaster zu verhindern, das FBI interessiert sich brennend für Kidds Aktion, und dann gibt es noch die Besatzung eines grünen Lieferwagens, die zunächst nur auf Beobachtungsposten bleibt. Kidd muß schnell, sehr schnell sein, wenn er überleben und seine fürstliche Bezahlung in Empfang nehmen will.

Autor

John Sandford ist das Pseudonym eines angesehenen, mit dem Pulitzerpreis ausgezeichneten Journalisten aus Minneapolis. *Die Spur des Narren* ist sein dritter Roman.

Außerdem als Goldmann-Taschenbuch:

Die Schule des Todes (Paperback 32530, Tb 41031)
Der indianische Schatten (41504)

John Sandford

DIE SPUR DES NARREN

Roman

Aus dem Amerikanischen
von Hardo Wichmann

GOLDMANN VERLAG

Deutsche Erstausgabe

Die Originalausgabe
erschien unter dem Pseudonym John Camp
und dem Titel »The Fool's Run«
bei Henry Holt, New York

Der Goldmann Verlag
ist ein Unternehmen der Verlagsgruppe Bertelsmann

Made in Germany · 1. Auflage · 2/92

Umschlaggestaltung: Design Team München
Umschlagfoto: Frank Schott
Satz: IBV Satz- und Datentechnik GmbH, Berlin
Druck: Elsnerdruck, Berlin
Verlagsnummer: 41515
Lektorat: Jochen Stremmel/Ge
Herstellung: Peter Papenbrok
ISBN 3-442-41515-2

Prolog

Es war eine harte Arbeit, womit er nicht gerechnet hatte.

Der Dieb nahm die Blaupausen Blatt für Blatt aus dem Hefter, ging in die Hocke und zentrierte sie zwischen Markierungen aus Klebeband auf dem Teppichboden. Dann stand er auf, spähte durch den Sucher der Kamera und löste den Verschluß aus. Dies wiederholte er vierundzwanzigmal; machte also eine halbe Stunde lang tiefe Kniebeugen.

Bei der Arbeit brummelte er vor sich hin: »So, das sitzt, Danny... In Ordnung, du Arsch... Tun wir das Biest 'n gaanz klein bißchen nach hier...«

Als er fertig war, schwitzte er. Er schaltete die Jupiterlampe aus und stecke sich eine Zigarette an.

Der Dieb war hochgewachsen und hatte rotblondes Haar, das lange Gesicht eines Engländers, eine Hakennase und porzellanblaue Augen. In den Manschetten seines gerüschten Hemds steckten Onyxknöpfe. Er trug Smokinghosen, einen schwarzen Kummerbund und Lackschuhe. Sein Jackett lag auf der Rücklehne eines Besuchersessels.

Der Dieb arbeitete in seinem eigenen Büro. Der Schreibtisch war aus Massiveiche, der Teppichboden aus Schurwolle. Die beiden obligatorischen Zimmerpflanzen, eine Palme und ein anderes Gewächs, waren künstlich, wirkten aber täuschend echt.

Hinten im Arbeitszimmer stand unterm Fenster ein altmodischer Zeichentisch, den er aber nicht benutzte; das Stück war nur eine harmlose Affektiertheit, die sich ein Manager seines Ranges leisten konnte. Die daran befestigte Arbeitslampe hatte sich aber als nützlich erwiesen. Der Dieb hatte die 100W-Birne gegen einen Halogenstrahler ausgetauscht und die Lampe über den Tisch geschwenkt. Die Blaupausen waren grell und gleichmäßig beleuchtet; die Aufnahmen versprachen perfekt zu werden.

Nach einem Dutzend Zügen drückte der Dieb die Zigarette aus und legte die Blätter zurück in den Hefter. Beim Zudrükken des Klemmverschlusses hielt er inne und lauschte. Stille im Haus, abgesehen von den leisen Geräuschen der Heizung. Als er mit den Blaupausen fertig war, legte er den Hefter beiseite und griff nach einem zweiten.

Dieser war ebenfalls eine Loseblattsammlung, aber kleiner, im Format eines Telefonbuchs, und enthielt 706 mit Computercode bedruckte Seiten. Er konnte jeweils vier Blatt auf einmal aufnehmen. Die Seiten kamen so zwar nicht in der richtigen Reihenfolge auf den Film, aber das machte nichts, solange er sie alle fotografierte. Die Prozedur nahm zwei Stunden und fünfzehn Minuten in Anspruch.

Mit einer Verwünschung bückte er sich nach den letzten zwei Seiten. Seine Knie knackten, als er sich wieder aufrichtete, und das Kreuz tat ihm weh. Er machte sich eine neue Zigarette an, streckte sich und schaute sich im Büro um.

Hier hatte er tausend Tage verbracht, es aber nie geschafft, die geplante Anonymität des Raumes zu durchbrechen. Aktennotizen, Visitenkarten und Verfahrensanweisungen waren mit Reißbrettstiften an das Schwarze Brett neben dem Schreibtisch gepinnt. Unten links hing ein Foto, das auf einem Betriebsausflug entstanden war und ihn auf einem Fahrrad darstellte, verkehrt herum sitzend. Daneben eine Karikatur aus dem *New Yorker*. Auf dem Schreibtisch stand die goldgerahmte Fotografie von Margo mit Tammy und Ben auf dem Schoß; daneben der Onyxaschenbecher aus Cancun. Kaum sonst etwas Persönliches.

Als der Dieb die zweite Zigarette zu Ende geraucht hatte, nahm er den Hefter mit den Computerausdrucken und den unhandlichen Ordner mit den Blaupausen und trat hinaus in den Korridor. Die Vorstandsetage war verlassen. In einer Stunde sollte das alljährliche Direktionsessen beginnen. Die

Aufsteiger, Überflieger und Ellbogenkünstler kamen bestimmt vor der Zeit.

»Tja, die Aufsteiger, Danny«, murmelte er durch die Zähne. Nun kam er wohl zu spät und verpaßte die Cocktails. Andererseits war er nicht so wichtig, daß seine Verspätung auffiele, dachte er mit einem Schuß Bitterkeit.

Zwei Stockwerke tiefer lag das Archiv. Der Dieb trug die Bücher die Feuertreppe hinunter, durch einen dunklen Gang, und schloß die Tür zum Archiv auf. Drinnen stellte er sie wieder an ihren Platz, von dem er sie vor drei Stunden genommen hatte.

Als er die Archivtür abschloß, durchlief es ihn plötzlich eiskalt. Schritte? Nein, da war niemand. Er zog den Schlüssel aus dem Schloß und eilte – *huschte*, dachte er, *wie eine Ratte* – zurück in sein Büro und fürchtete sich auf einmal vor der Dunkelheit. Er hatte Angst, jemand könnte aus einer Tür treten und sagen: *»Wir wissen genau, was Sie da treiben…«*

Zurück in seinem Arbeitszimmer schraubte der Dieb mit klopfendem Herzen die alte Glühbirne wieder in die Fassung, ließ die Halogenbirne auf eine braune Papiertüte fallen und zertrat sie. Die Tüte würde er auf dem Weg nach draußen in einen Mülleimer werfen.

Die Filme steckte er unter seinen Kummerbund wie Geschosse in einen Patronengürtel. Die Kamera kam an ihrem kurzen Tragegurt über seine Schulter und verschwand in seiner Achselhöhle, so daß sie nicht zu sehen war, wenn er die Smokingjacke trug. Zufrieden knipste er das Licht aus, griff nach seiner Aktentasche aus Alligatorleder und fuhr mit dem Aufzug die acht Stockwerke hinunter zur Empfangshalle.

Der Mann am Empfang hatte einen Schwarzweißfernseher mit griesigem Bild laufen und sah ein Baseballspiel: Baltimore Orioles gegen Chicago White Sox. Als er die Aufzugtür hörte, wandte er den Kopf.

»Na, wie steht's?« fragte der Dieb und kam über den Marmorboden näher.

»Wir liegen drei zu zwei zurück, aber jetzt im achten machen wir ganz schön Druck.« Der Mann schob die Anwesenheitsliste über den Tisch. »Gehen Sie zu der großen Party?«

»Ja.« Der Dieb warf einen Blick auf die Armbanduhr. Der Mann durchsuchte seine Aktentasche, öffnete respektvoll das halbe Dutzend Aktendeckel darin. Sie enthielten nur Personalakten; nichts Technisches.

»Na, dann wünsche ich Ihnen viel Vergnügen«, sagte der Mann. »Tun Sie nichts, was ich nicht auch tun würde.«

»Ich paß schon auf«, entgegnete der Dieb mit einem flinken, freundlichen Lächeln. Er hatte weiße Zähne und ein dunkles Gesicht. Scharfer Smoking, dachte der Mann, als der Dieb die Stufen hinunter und durch die Tür ging, aber in den Schultern ein bißchen zu weit.

Der Mann am Empfang schaute auf die Uhr und seufzte. Noch fünf Stunden Dienst zu schieben. Er zog eine Schublade auf, in der sein Imbiß lag, süße Törtchen. Er wußte, wenn er sie jetzt äße, würde er das mittags bedauern. Er öffnete die Schachtel, nahm ein in Zellophan gewickeltes Stück heraus und starrte es an. Schokoladenguß mit rosa Kringeln. Herrgott, war das ein einsamer Job.

1

Sie war groß und schlaksig und trug ein teures weißes Sommerkostüm mit passender cremefarbener Schultertasche und eine kohlschwarze, stromlinienförmige Leck-mich-Sonnenbrille. Das aschblonde Haar fiel ihr bis knapp auf die Schultern.

Sie war ein typisches Jetset-Kind. Hier am Fluß wirkte sie völlig fehl am Platz. Ihre hohen Absätze bohrten sich ins Gras, als sie den Damm herunterkam. Der dünne Rock des Kostüms klebte an ihren Schenkeln wie frische Farbe. Unterm Damm drängte sie sich zwischen mannshohen Weiden hindurch, tat ein paar Schritte in den Sand, schlüpfte aus den Schuhen und ergriff sie mit einer Hand. Sie wirkte sportlich, hatte den Gang einer Langstreckenläuferin.

Ich arbeitete auf einer Sandbank unter dem St. Paul Municipal Airport, wo der Mississippi einen Schlenker weg von den Twin Cities macht. Jenseits der Sandbank ist der Fluß tief, schlammig und schmutzig und riecht nach toten Karpfen, faulendem Holz und Dieselöl. Eine halbe Meile stromaufwärts ragt die Skyline von St. Paul überm Fluß auf und wirkt noch eindrucksvoller, weil die Gebäude auf dem dreißig Meter hohen Steilufer stehen.

Da hinter dem Damm eine Schotterstraße entlanglief, war die Sandbank mit dem Auto zu erreichen; so mußte die Blondine gekommen sein. Ich hatte mich vom Wasser her genähert. Das Boot war an einem angeschwemmten Baumstumpf vertäut, und die Staffelei stand zum Steilufer auf der anderen Seite des Flusses gekehrt im Sand.

Ich arbeite mit Wasserfarben und manchmal auch mit Pastellkreide. »Mr. Kidd malt in einem farbenfrohen gegenständlichen Stil, der der zweiten Generation der New Yorker abstrakten Expressionisten entsprungen ist«, hatte ein Kritiker einmal in einer Zeitung geschrieben. Nun ist es eine Grundregel, daß man als Künstler nicht an positiven Kritiken herummäkelt. Aber wenn ich zuviel Bier getrunken habe oder mit einem Bild nicht weiterkomme, frage ich mich, was es mit diesem *entsprungen* auf sich hat...

Mein Aquarell mußte ich aufgeben. Das Steilufer war ein Monstrum. Der Fels war überwiegend goldgelb; auf halber Höhe verlief ein rosa Band. In Spalten in der Felswand wuchsen kümmerliche junge Bäume, und ihr Grün löste zusammen mit dem rosa Stein unkontrollierbare Vibrationen aus. Außerdem hatte ich zweimal gepatzt. Ich sagte »Scheiße« und hörte auf. Das Bild war im Eimer.

»Mr. Kidd?«

Der einzige Mensch, der sonst außer mir auf die Sandbank kommt, ist ein priemkauender alter Welsfischer, der einen Plastikeimer zum Sitzen und ein halbes Pfund vergammelte Hühnerleber als Köder mitbringt und ein Gesicht wie eine Walnuß hat. Er sitzt nur da und spuckt und sagt nie ein Wort.

»Ja?« Sie hatte schon gut ausgesehen, als sie den Damm herunterkam. Aus der Nähe wirkte sie noch attraktiver.

»Ann Smith.« Mit einer Hand nahm sie die Sonnenbrille ab, die andere streckte sie mir hin. Sie fühlte sich kühl und weich an: die Hand einer Karrierefrau mit kurzen, unlackierten Nägeln und ohne Ringe. Hübsche Blondinen haben wir in Minnesota im Überfluß, aber sie war schlicht spektakulär. Grüne, goldgefleckte Augen. Markantes Kinn. Ein paar Sommersprossen auf der irgendwie zu perfekten Nase. Plastische Chirurgie? Möglich. Der köstlichste Duft umgab sie, eine Mischung aus Iris und Vanille. »Eine Frau in Ihrem Haus sagte, Sie arbeiteten hier unten. Hoffentlich störe ich nicht. Aber ich komme in einer wichtigen Sache.«

»Ich wollte sowieso gerade einpacken.« Ich holte ein Konturenmesser aus meinem Kasten und schnitt ein Dreieck aus der Mitte des Bildes.

Sie runzelte die Stirn, kam noch näher, legte den Kopf schief und musterte mein Aquarell. »Wozu das? Jetzt ist das Bild ruiniert.«

»Ruiniert war es schon vorher. Wenn man schlechte Bilder herumliegen läßt, enden sie an der Wand.« Ich warf das Messer zurück in den Kasten. »Was kann ich für Sie tun?«

»Einen Job«, antwortete sie prompt, ohne den Blick von dem zerstörten Bild zu wenden.

»Ah. Einen Job.«

Sie setzte die Sonnenbrille wieder auf, um ihre Augen zu verbergen. »Einen Computerjob.«

»Einen Computerjob. Jetzt hören Sie mal zu, Miss...«

»Smith.«

»Ich bin wahnsinnig teuer und hasse Beratungsarbeit. Ich kann Ihnen einen zuverlässigen Freiberufler empfehlen –«

»Wir brauchen keinen Tüftler, der unserem System die Mucken austreibt«, sagte sie ungerührt, öffnete die Handtasche und holte einen Umschlag heraus. »Ich habe einen Vorschuß mitgebracht.«

Ich versuchte es noch einmal. »Ich habe nicht schlecht verkauft und –«

Sie unterbrach mich wieder. »Und im letzten Jahr mit Ihren Bildern siebzehntausend Dollar verdient.« Die schwarze Brille verlieh ihr eine feindselige Macht. »Das reicht knapp für Ihre Hypothek. In diesem Jahr holen Sie vielleicht zwanzigtausend herein. Einen Monat gehen Sie Angeln in Kanada. Noch einen Monat in Biscayne Bay, vor Miami. Sie malen oft in New Orleans und würden sich dort gern eine Wohnung kaufen. Der Karateclub kostet Sie einen Tausender im Jahr. Und irgendwie müssen Sie sich auch noch ernähren. Sie sind also gezwungen, Computeraufträge anzunehmen. Daß Sie wahnsinnig teuer sind stört uns nicht. Wir können uns Ihr Honorar leisten.«

Meine Staffelei ist selbstgebaut und zerlegbar, damit sie sich leicht im Boot transportieren läßt. Zusammengehalten wird sie von mittelgroßen Flügelmuttern. Während sie sprach, kniete ich mich hin, begann eine Mutter zu lösen und wandte mein Gesicht ab, um über ihren Vorschlag nachzudenken.

Für Polizei sah sie zu wohlhabend aus. Die Politik schied aus; dazu war sie zu direkt. Politiker sülzen noch, auch wenn die Messer gewetzt sind. Blieben zwei Möglichkeiten. Sie kam entweder aus der Wirtschaft oder von einer obskuren Bundesbehörde, von der ich nichts wissen wollte.

Fest stand, daß sie meine Steuererklärung gesehen hatte. Die siebzehntausend, mein getürktes Einkommen, konnte sie nur dort gefunden haben. Die Kunst bringt mir nämlich sehr viel weniger ein, aber ich deklariere trotzdem siebzehntausend, um unangenehmen Fragen nach anderen Einkünften, die sich nicht tarnen lassen, vorzubeugen.

Also hatte sie Beziehungen. Die Sache mit der Wohnung in New Orleans war schwieriger zu durchschauen. Mir roch sie nach Observation, von der ich nichts gemerkt hatte.

»Wollen Sie noch mehr hören?« prahlte sie. »Ihre Freunde halten Sie für etwas sonderbar. *Sonderbar*, das ist ihr Ausdruck. Sie haben ein Diplom in Elektrotechnik. Sie haben bildende Kunst studiert und Ihren Magister gemacht. Sie könnten jetzt Ihren Doktor in Informatik haben, wenn Sie die mündliche Prüfung nicht hätten sausen lassen, um nach Costa Rica zum Angeln zu gehen.«

»Sie haben halt gebissen«, sagte ich lahm, um den Strom der Enthüllungen zu verlangsamen.

»Mumpitz«, sagte sie knapp.

»Stimmt. Aber es ist die einfachste Erklärung, die alle relevanten Fakten einschließt.«

»Ockhams Rasiermesser.«

»Guter Mann, Ockham«, sagte ich.

»Von Ihren Freunden hört man, Sie blieben die ganze Nacht auf und lägen dann bis zum Mittag im Bett. Sie schreiben Computerprogramme und kennen eine Menge Politiker, die Ihnen sackweise das Geld in die Wohnung schleppen. Manchmal bringen sie es sogar in Schuhkartons.«

»Nur selten. In Schuhkartons, meine ich.«

»Ihre Freunde sagen, Sie könnten wunderbar den Trottel spielen. Sie ziehen sich an wie ein Ingenieur, weißes Hemd, schmale Krawatte, mit Rechner am Gürtel und neun Kugelschreibern in der Brusttasche. So waren Sie letztes Jahr mit Bette Dingsda auf dem Künstlerball. Aber in Wirklichkeit sind Sie kein Trottel und kein Spießer. In Vietnam waren Sie bei einer Kommandoeinheit. Ich habe auch ein unscharfes Video, aufgenommen von einer Überwachungskamera. Da steigt ein Mann, der Ihnen sehr ähnlich sieht, nachts bei Belkap Micro-Tech über den Zaun. Dieser Mann ist überhaupt nicht gekleidet wie ein Spießer, sondern trägt einen Tarnanzug der Army für den Straßenkampf, der eigentlich streng geheim ist. Am Stacheldraht ließ er ein wenig Blut der Gruppe A positiv zurück – das ist zufällig auch Ihre. Wollen Sie noch mehr hören?«

»Danke, nein.« Die Flügelmutter fiel in meine Handfläche. Ich fragte mich, wer dieses elegante, nützliche Objekt entworfen hatte und nahm mir vor, es einmal zu zeichnen. »Das sind doch größtenteils Phantastereien.«

Sie trat dicht an mich heran, beugte sich vor. »Wohl kaum, Mr. Kidd. Unsere Informationsquellen sind vorzüglich. Jack Clark von Clark Foods hat Sie uns empfohlen und gesagt, Sie hätten sein Problem, was immer es auch gewesen sein mag, mit Bravour gelöst.«

Wenn sie Jack gesprochen hatte, wußte sie auch noch etwas anderes, das sie bisher nicht erwähnt hatte. Aber es kam jetzt wohl.

»Da wäre noch eine Sache«, sagte sie.

»Das dachte ich mir.«

»Wir hörten, Sie betätigten sich als Wahrsager und legten das Tarot. Das macht uns ein bißchen nervös.«

»Nicht nötig. Sie wissen ja nicht, wie ich das Spiel benutze.«

»Unser Auftrag ist äußerst heikel. Es kommt für uns nicht in Frage, daß dabei irgendwie die Sterne im Spiel sind.«

»Ich bin wahrscheinlich weniger abergläubisch als Sie«, sagte ich und stand auf. Das war ihr zu nah; sie wich zurück. »Beim Tarot habe ich meine eigene Methode, die Sie nicht verstünden, und ich habe nicht vor, sie Ihnen zu erklären. Wenn Ihnen das nicht paßt, marschieren Sie doch einfach zurück über den Damm.« Ich nahm die Staffelei auseinander und legte die Beine ins Boot.

»Wir wollen nur ausschließen, daß fauler Zauber die Abläufe stört.«

»Ist das ein königliches Wir? Oder haben Wir einen Arbeitgeber?«

»Den Namen erfahren Sie, wenn Sie sich für eine Zusammenarbeit entschieden haben. Und dabei soll dies Ihnen helfen.« Sie öffnete den Umschlag und zeigte mir das Geld. Sie war hochgewachsen; ihre Augen waren auf der Höhe meines Kinns, und die Sonne und eine leichte Brise verwandelten ihr blondes Haar in einen Heiligenschein. Hinter ihr zog auf dem Fluß ein Schlepper eine Reihe rostfarbener Lastkähne stromaufwärts. Ein Matrose mit nacktem Oberkörper und schmutzigen Jeans saß auf dem ersten Kahn und beobachtete uns. »Wir geben Ihnen fünftausend Dollar, damit Sie heute nachmittag mit mir nach Chicago fliegen. Ich habe eine Maschine bereitstehen. Den Rückflug bezahlen wir auch.«

»Kein schlechtes Argument«, sagte ich.

Sie zuckte die Achseln. »Ein Sonderhonorar, Mr. Kidd. In bar, ohne Quittung, steuerfrei.«

»Ich gebe alle meine Einkünfte an, Miss...«

»Smith.«

»Ach ja.« Wenn sie Smith hieße, fräße ich meine Pinsel. »Und was bringt der eigentliche Auftrag?«

»Das müssen Sie mit meinem Chef besprechen. Aber wenn Sie annehmen, können Sie sich sofort Ihre Wohnung in New Orleans kaufen.«

Sie war kühl, arrogant und etwas pampig. Ihr Freund, sollte sie überhaupt Zeit für einen haben, war bestimmt durchtrainiert und tief gebräunt, hatte Goldkettchen, einen Mercedes-Zweisitzer und keinen Humor. Einen normalen Typen ließ sie wohl kaum in ihre Hosen – und wenn, dann höchstens der Erfahrung wegen, wie ein Einkauf im Supermarkt oder das Schnüffeln von Klebstoff.

Natürlich ahnte sie, was mir durch den Kopf ging. Und sie wußte auch, daß sie mich mit ihren Informationen, dem Geld und ihren langen, athletischen Beinen beeindruckt hatte. Aber das waren natürlich nur die Mittel einer Managerin, mit Bedacht und ganz kontrolliert eingesetzt. Ich fand das ein bißchen ätzend.

Ich ließ das erst einmal durchsickern und schaute auf den abgeschabten grünen Fiberglasrumpf meines Bootes, das blütenweiße Aquarellpapier Marke D'Arches, die schwarzen Pinsel. Im Grunde wollte ich nur malen und hatte keine Lust, mich für einen Geldsack an den Computer zu setzen. Aber ein größeres Boot reizte mich schon, und Geld bedeutete auch mehr Zeit zum Malen. Und New Orleans ist eine angenehme Stadt.

»Hört sich nach etwas Illegalem an«, sagte ich dann.

»Ich weiß nicht, was Sie für Jack Clark erledigt haben«, sagte sie. »Aber ich hatte den Eindruck, daß die Polizei es nicht gebilligt hätte. Als ich mit ihm sprach, grinste er wie die Katze, die gerade den Kanarienvogel verspeist hat.«

»Ich könnte mich bei Jack nach dem Namen Ihres Chefs erkundigen«, sagte ich.

»Das wird er Ihnen nicht sagen«, sagte sie prompt.

»Fünftausend?« Ich hatte mir mit einem alten T-Shirt die Hände abgewischt. Sie reichte mir ganz selbstsicher den Umschlag.

»In Zwanzigern und Fünfzigern«, sagte sie. »Treffen wir uns in einer Stunde auf dem Flughafen?«

»Geben Sie mir anderthalb.« Ich gab mich geschlagen und steckte das Geld in die Hüfttasche. »Ich muß erst das Boot aus dem Wasser holen, mich duschen und dafür sorgen, daß sich jemand um die Katze kümmert.«

Sie schaute auf die Armbanduhr und nickte, begann sich dann zu entfernen, blieb aber auf einmal stehen und kehrte zu dem ruinierten Bild zurück.

»Vor ein paar Wochen war ich auf einer Vernissage«, sagte sie. »Ausgestellt wurden aber Ölgemälde, keine Aquarelle. Sie hatten Löcher in der Mitte, so wie dieses hier. Mein Freund und ich sprachen mit dem Künstler, und der sagte, die Löcher repräsentierten seine Verachtung für die konventionelle Form, die die Kunst solange eingeengt habe. Die Indianer, sagte er, hätten oft ihre Schilde bemalt, und die seien auch nicht quadratisch oder rechteckig gewesen...«

Das war die Art Geschwätz, von der ich Kopfschmerzen kriege.

»Miss... äh, Smith?« sagte ich, als sie gerade einmal eine Atempause machte.

»Ja?«

»Wenn ich mit Ihnen nach Chicago fliegen muß, falls ich diesen Job annehme – würden Sie mir dann einen Gefallen tun?«

»Und der wäre?«

»Reden Sie mit mir nicht über Kunst.«

Ihre Miene erstarrte. Sie schaute beleidigt auf die Uhr und sagte: »In anderthalb Stunden dann. Seien Sie bitte pünktlich.«

Sie stolzierte steif über die Sandbank auf die Weiden zu, ging aber nach ein paar Metern lockerer und schwenkte sogar ein wenig die Hüften, weil sie annahm, daß ich ihr nachstarrte. Das tat ich. Unterm Damm blieb sie stehen, zog sich die Schuhe an, warf einen Blick zurück und erklomm gelenkig die Krone.

Ich habe ein Fernglas 8x50 im Boot, um mir Landschaftsstrukturen genauer ansehen zu können. Als sie hinter der Dammkrone verschwunden war, schnappte ich mir den Feldstecher und spurtete hinterher. Eine Wagentür fiel zu, als ich die Dammkrone erreichte und durchs Fernglas das Kennzeichen ins Auge faßte. Ihr Auto war in Minnesota zugelassen und wahrscheinlich gemietet. Am Boot malte ich die Nummer auf den Umschlag mit dem Bargeld; in einem wunderschönen, aus Krapprot und Giftgrün gemischten zitternden Schwarz

Dann fuhr ich los, um Robert Duchamps anzurufen, gesprochen Duuschäm und normalerweise Bobby genannt.

2

Die Katze, ein getigerter Kater, war kurz, nachdem ich die Wohnung gekauft hatte, eingezogen. Nun saß er auf der Rükklehne der Couch im Wohnzimmer, schaute hinaus auf den Fluß und wartete auf mich. So hatte der Kater eines Tages ganz friedlich dagehockt, als eine große, weißblaue Taube volle Kanne gegen die Scheibe knallte. Er schoß wie ein Projektil von der Couch, verschwand für den Rest des Tages unter der Spüle und traut seitdem keiner Taube mehr.

»Ich muß verreisen«, sagte ich zu ihm. »Ich laß die Katzentür offen, und Emily füttert dich.« Er guckte mich an, gähnte und wandte sich wieder zum Fenster.

Emily Anderson wohnt ein Stockwerk tiefer. Sie ist siebzig und malt erstaunlich gut. Mittwochs leisten wir uns meist ein Modell und trinken Bier und zeichnen und diskutieren. Ich ging die Treppe hinunter, klopfte an ihre Tür und erzählte ihr von der Reise, als sie herauskam. Sie wollte sich um die Katze kümmern.

»Ich seh aber nicht ein, warum ich das stinkende Vieh umsonst versorgen soll.«

»Emily, in dem ganzen Bier, das Sie bei mir trinken, schwämme ja ein Schlachtschiff«, sagte ich.

»Ja, und sorgen Sie dafür, daß ein Sechserpack im Kühlschrank steht«, sagte sie und machte die Tür zu. Wir kommen fabelhaft miteinander aus.

Ich habe eine weitläufige Wohnung im dritten Stock eines umgebauten alten Lagerhauses aus roten Ziegeln. Mein Atelier öffnet sich nach Norden und hat große Fenster. Außerdem gibt es ein Arbeitszimmer, einen kleinen Wohnraum, von dem aus man nach Osten über den Güterbahnhof und den Mississippi blickt, eine winzige Küche mit Frühstücksbar und ein Schlafzimmer.

Die meiste Zeit verbringe ich im Atelier oder im Arbeitszimmer, das von drei Bücherwänden und einem Haufen Personalcomputern beherrscht wird. Dort stehen ein IBM-AT, der in letzter Zeit Staub fängt, ein IBM PS/2, ein Macintosh II und mein derzeitiges Lieblingsstück, ein heißgemachter Amiga 2000. Unter einem Büchertisch stehen ein Lee Data-Terminal und ein früher Macintosh. Ein paar Oldtimer von Commodore, Radio Shack und Apple dösen in einer Ecke in ihren Kartons vor sich hin. Wenn ich Geld brauche, arbeite ich mit den großen Geräten, ziehe persönlich aber die kleinen vor. Alle Macht dem Volkscomputer.

Ich schaltete den Amiga ein, lud ein Kommunikationsprogramm und gab Bobby Duchamps' Telefonnummer in East St. Louis ein.

Bobby lebt im Telefonnetz. Ende der siebziger Jahre begegneten wir uns ganz zufällig tief im Innern des Konstruktionscomputers von General Motors, führten eine nette Unterhaltung, und dann gab Bobby mir eine Nummer in Chicago. Sie existierte zwar nicht als separater Anschluß, löste aber eine Fangschaltung aus. Bobby war Telefonfreak, ehe er mit der Hackerei begann.

Bobby ist auf Datenbanken spezialisiert und fuhrwerkt in allen möglichen nationalen, internationalen und interkontinentalen Datennetzen herum. Die Computer der Kreditkartengesellschaften kennt er wie seine Westentasche. Wenn eine Datenbank überhaupt am Netz ist, kommt Bobby vermutlich dran.

Ansonsten weiß ich nicht viel über ihn. Einmal, als ich in New Orleans war und meinen Laptop nicht angeschlossen hatte, rief er mich persönlich an. Er hatte den weichen Tonfall der Schwarzen aus dem Mississippi-Delta und klang jung, um die zwanzig vielleicht. Er hatte einen Sprachfehler und deutete an, er sei behindert; Gehirnlähmung oder so etwas.

Seitdem habe ich ihn über ein halbes Dutzend Nummern in den größten Ballungsgebieten östlich des Mississippi erreicht. Ich habe keine Ahnung, ob er tatsächlich umgezogen ist oder irgendwie die Vorwahl gewechselt hat. Er ist immer zu kriegen, rund um die Uhr. Man muß nur wissen, wie.

In East St. Louis meldete sich niemand. Ich ließ achtmal durchläuten und gab vor dem neunten Rufzeichen ›a‹ ein. Zweimal läutete es noch; dann erklang die Trägerfrequenz. Hätte ich nicht zwischen dem achten und neunten Klingeln ›a‹ getippt, hätte es endlos weiter geläutet.

Nun erschien ? auf meinem Schirm. Ich gab ein Pseudonym ein. WAS GIBT'S? kam nach einer kurzen Verzögerung.

Ich tippte: *brauche innerhalb maximal 45 Minuten Info über Fahrer eines Mietwagens (Verleih unbekannt, aber wahrscheinlich St. Paul Municipal) Kennz. XDB-471, weißer Ford.*

Gleich darauf bekam ich seinen Preis für die Information auf den Schirm: $50

OK, gab ich ein, und er erwiderte: BLEIB AUF EMPFANG. Ich tippte wieder OK. Kurz darauf verstummte der Ton der Trägerfrequenz. Ich stellte das Modem auf automatische Antwort um und unterbrach die Verbindung.

Bobby nimmt kein Bargeld, sondern läßt sich von seinen Kunden in SciNet-Zeit bezahlen. SciNet ist ein naturwissenschaftlich orientierter Datenverarbeitungsservice. Man gibt Bobby seine Kundennummer und sein Losungswort, und er benutzt dann deren Zeit, bis der vereinbarte Betrag aufgebraucht ist. Dabei betrügt er nie. Ich habe keine Ahnung, wozu er SciNets Hauptbildspeicher benutzt. Vielleicht hat es irgend etwas mit Geldwaschen zu tun.

Während Bobby nach Daten über die Blondine suchte, duschte ich und putzte mir die Zähne.

Beim Zähneputzen schaute ich in den Spiegel – das scheine ich im Lauf der Jahre immer häufiger zu tun. Man sucht nach Anzeichen von Unsterblichkeit und findet Hinweise auf Verfall; die Linien links und rechts der Nase werden tiefer, und mein Haar ist graumeliert – vorzeitig, wie ich mir gerne einbilde.

Ich erwog, mir wieder einen Schnurrbart wachsen zu lassen, aber der letzte Versuch war kläglich gescheitert. Eine Freundin hatte mich aufgezogen und gesagt, mit dem Gewächs auf der Oberlippe erinnerte ich sie an jemanden. Doch an wen? Ich schlug bescheiden ein paar Filmstars vor, was sie mit Gelächter quittierte. Der Abend entwickelte sich günstig, bis sie auf einmal die Stirn runzelte und auf den Schnurrbart zeigte. »Jetzt hab ich's! Mark Twain!«

Nun war Mark Twain zwar ein feiner Kerl, aber auf dem Bild, an das jeder denkt, dreißig Jahre älter als ich. Zwanzig auf jeden Fall. Der Bart kam ab.

Ich zog mir saubere Jeans an, ein blaues Baumwollhemd und einen verschossenen Sportsakko aus Leinen. Dann ging ich in die Küche, machte der Katze eine Dose Schlemmertöpfchen mit Huhn auf und entriegelte die Katzenklappe in der Tür, damit sie nach Belieben kommen und gehen konnte. Als ich Unterwäsche und zwei frische Hemden in eine Reisetasche stopfte, rief Bobby zurück. Der Computer antwortete, und dann erschienen die Daten auf dem Schirm.

MARGARET ELLISE KAHN, GEB. 18.02.52 IN 80023 INDIAN, EVANSTON, ILLINOIS. AUGEN GRÜN, 175 CM, 61 KG, KEINE BRILLE, BESITZT SILBERGRAUEN PORSCHE 911. VERWARNUNGEN WG ÜBERSCHREITENS DER HÖCHSTGESCHWINDIGKEIT: IM SEPTEMBER MIT 120 IN 55 MEILEN-ZONE GEBLITZT, BUSSGELD $150; NOVEMBER MIT 112 in 55-MEILEN-ZONE ERWISCHT, VERFAHREN EINGESTELLT; ARBEITGEBER: ANSHISER HOLDING CORPORATION CHICAGO – LOS ANGELES, ARBEITET ALS PERSÖNLICHE ASSISTENTIN VON RANDOLPH S. ANSHISER. EINKOMMEN LT. STEUERERKLÄRUNG VORJAHR $297000, KREDITWÜRDIGKEIT 1A BEI ALLEN AN-

STALTEN. KONTO-STÄNDE: GIROKONTO $15000, FESTGELD UND SPARBUCH $268000, PORTFOLIO BEI INVESTMENT-BANKER MERRILL LYNCH UNBEKANNT. LT. AG COOK COUNTY AM 24.02.80 VON PROF. JOHN MILLER HARCOURT, O. PROF. BWL UNI CHICAGO, GESCHIEDEN. IN COOK COUNTY KEINE STANDESAMTL. EINTRAGUNG DER EHESCHLIESSUNG. MARGARET ELLISE KAHN STUDIERTE BETRIEBSWIRTSCHAFT UNIV. CHICAGO, B.A. 1974, M.A. 1975, DR. PHIL. 1978. CHEF-PA BEI ANSHISER SEIT 1980... ICH KANN AUCH SCHEIDUNGSURTEIL UND ALLE GUTACHTEN DER KREDITSCHUTZANSTALTEN SENDEN...

Nein, tippte ich zurück.

ES LIEGT NOCH VIEL MEHR VOR, FALLS DU MEHR BRAUCHST; DOKUMENTE UND HINWEISE.

Nein, danke. Melde mich vielleicht noch mal. Fliege jetzt Chicago, nehme Laptop mit. Großes Guthaben SciNet. Bis später.

BIS SPÄTER.

Auf dem Schirm erschien DISCONNECT, die Verbindung war unterbrochen. Ich ließ die Daten vom Printer ausdrucken, riß den Bogen heraus, steckte ihn in die Jackentasche und stellte das System ab.

Der erste Teil von Bobbys Informationen stammte aus der Datei der Führerscheinstelle. Er hatte Zugang zu den Datenbanken der Autovermieter und hatte dort die Führerschein- und Kreditkartennummer gefunden. Damit stand ihm alles offen: Kreditschutzanstalten, Regierungsbehörden, Sozialversicherung. Man braucht nur den richtigen Öffner.

Seine Nachricht gab mir zu denken. Anshiser war ein großer Laden und seine zwei Milliarden wert, wenn das *Wall Street Journal* weiß, wovon es redet.

Ich habe fünfundzwanzig oder dreißig Zeitschriften und Mitteilungsblätter abonniert, die meine Arbeit tangieren, alles mögliche, von *Art News* und *Byte* bis hin zu *PC World* und *Vector Reports*. Besonders interessante Ausgaben kommen in einen Schrank. Wenn ich mich nicht irrte, hatte *Busi-*

ness Week im vergangenen Jahr Anshiser und seinen Firmen eine Story gewidmet. Ich machte den Schrank auf und ging den Papierstoß durch. Sechs Monate tiefer fand ich, was ich suchte.

Laut *Business Week* kontrollierte Rudolph Anshiser die Anshiser Holding Corporation, der wiederum ein Dutzend Großfirmen gehörten. Zu den Industriebetrieben zählten die Anshiser Aviation, wo er im Zweiten Weltkrieg angefangen und eine Gesellschaft aufgebaut hatte, die von Rudolphs Vater während der Depression gekauft worden war. Außerdem gab es ein Avionikwerk, eine kleine, hochspezialisierte Aluminiumfabrik und eine Kette von Firmen, die Altmetall verwerteten. Bei den Dienstleistungen – auf diesem Gebiet war Anshiser im Lauf der vergangenen zwanzig Jahre besonders aktiv gewesen – sah es noch beeindruckender aus: eine Hotelkette, zwei Gruppen von Franchise-Gaststätten, eine der größten Müllentsorgungsfirmen des Landes und die Kelmark Vending, die Verkaufs- und Spielautomaten herstellte und vertrieb.

Anshiser war für seine Risikofreudigkeit und seine Fähigkeit zu delegieren bekannt. Wer von ihm an die Spitze eines Betriebes gestellt wurde und seine Sache gut machte, wurde reich und hatte freie Hand. Manager, die ihrer Aufgabe nicht gewachsen waren, wurden rücksichtslos gefeuert.

Anshiser war auch eine wichtige Figur in der Republikanischen Partei, besonders im Norden des Mittleren Westens. Und dort, dachte ich, hatte er auch meinen Namen her. Die meisten meiner Politiker-Kunden sind Republikaner. Das hat aber nichts mit meiner persönlichen Orientierung zu tun. Republikaner haben schlicht mehr Geld. Soweit es mich betrifft, unterscheiden sich beide Parteien so sehr wie ein Ei vom anderen.

Ehe ich die Wohnung verließ, ging ich ins Atelier und setzte mich an einen Zeichentisch. Ich habe immer ein Tarotspiel zur Hand, eingewickelt in Seide in einem Holzkästchen aus Polen. Das Blatt ist normal, eine populäre Version des Ryder-Musters. Ich legte rasch fünfmal aus, und dreimal erschien der Narr in einer entscheidenden Position. Der Narr steht für eine große, unvermeidliche Veränderung im Leben, die ohne eigenes Zutun als Folge der Lebensführung eintritt. Ich schlug die Karten wieder in das Seidentuch ein, legte sie zurück in ihre Schatulle und tat sie in meine Reisetasche. Anlaß zum Nachdenken.

Der Flughafen von St. Paul liegt im flachen Land am anderen Flußufer und ist über die Robert Street-Brücke zu erreichen. Miss Kahn wartete im Terminal, lächelte flüchtig, als sie mich mit meiner Reisetasche und dem Laptop ankommen sah, und wandte sich dann Richtung Tür.

»So, da wären wir schon«, sagte sie über die Schulter.

Es war ein rot-weißer, von Anshiser gebauter Business-Jet, der das Logo einer Chartergesellschaft trug. Ich hasse diese kleinen Düsenflugzeuge. Man kommt sich vor wie in einer Papprolle. Pilot und Kopilot saßen schon im Cockpit.

»Erstaunlich, daß Sie mit einer Chartermaschine gekommen sind«, sagte ich. »Ich hatte erwartet, daß Sie selbst fliegen, Margaret. So wie Sie den Porsche fliegen.«

Sie drehte sich um und schaute mich an. Ihr Blick verschleierte sich ein wenig, und ehe wir in die Maschine stiegen, sagte sie: »Der Mietwagen! Sie müssen die Nummer gesehen haben.«

»Sehr gut«, sagte ich. Ihren Daten zufolge war sie nicht auf den Kopf gefallen. Die Daten hatten recht.

»Sie haben bestimmt eine Freundin bei der Autovermietung. Der Rotschopf?« fragte sie an der Treppe zum Flugzeug.

»Nein, das stammt aus Dateien. Wie soll der Rotschopf wissen, daß Sie einen Porsche fahren?« Ich schenkte ihr mein schönstes Lächeln.

Sie zog die Stirn kraus. »Dann wissen Sie auch, für wen ich arbeite?«

»Ja. Rudolph Anshiser.«

»Hmm«, sagte sie und ging voran. Oben drehte sie sich um und sagte: »Es heißt übrigens Maggie, nicht Margaret.«

3

Es kommt mir vor, als wäre es schon ein Jahrhundert her, aber ich war einmal Oberleutnant bei der US-Army. Meine Einheit war klein, und am Ende waren alle bis auf vier entweder tot oder Krüppel. Ich lag in einem Armeelazarett in San Diego und versuchte vergeblich, meinen Anteil an dem Morden zu rationalisieren. Seitdem habe ich eine Aversion gegen Organisationen und Institutionen und will eigentlich nur, daß man mich in Ruhe läßt. Aber das ist nicht so einfach, wie es sein sollte.

Tagsüber male ich, nachts sitze ich am Computer und arbeite statistische Modelle aus. Am frühen Abend halte ich mich im Shotokan dojo in der East Seventh Street mit Karate fit.

Ich mag meinen Kater, ein paar Frauen in der Stadt, gehe fünfzehn- oder zwanzigmal im Jahr zu Spielen der Twins. Ich fische im Winter vor Miami und im Sommer auf einem See in Kanada. Ich liebe die Musik in New Orleans und seine Küche. In New York und Chicago bin ich oft auf Vernissagen und um meine Aquarelle zu verhökern.

Das kostet alles Geld. Zwar bringt die Kunst nur einen Bruchteil meines Einkommens, aber dieser Bruchteil wird größer. Mehr verdiene ich mit meinen Computermodellen, die mit Hilfe von Statistik, einer zynischen Geschichtsauffassung und diverser kleiner Rechner das Wählerverhalten prophezeien. Wenn Sie Gouverneur, Kongreßabgeordneter oder Senator werden oder in das Parlament von Wisconsin, Minnesota oder einiger anderer Staaten im Norden des Mittleren Westens kommen wollen, können Sie sich ein Kidd-

Wahlkampfmodell kaufen und auf Ihrem eigenen IBM-Bürocomputer laufen lassen. Sie geben eine politische Position ein und erhalten als Ergebnis die entsprechenden Wählerbewegungen. Wenn Ihnen die Antwort nicht gefällt, tippen Sie eine andere Position ein. So ein Modell kostet fünf bis fünfundzwanzigtausend, je nachdem, wie reich Sie sind.

Zwischen den Wahlen nehme ich manchmal weniger konventionelle Computeraufträge an. Und die sind am lukrativsten.

Drei Stunden, nachdem ich mit Maggie in St. Paul abgeflogen war, erzählte ich das Rudolph Anshiser persönlich. Wir wurden in Chicago mit einem grauen Mercedes abgeholt, dessen Fahrer in seinem blauen Nadelstreifenanzug aussah, als gehörten ihm selbst ein, zwei Gesellschaften.

Wir verließen O'Hare Richtung Nordosten und fuhren fünfundvierzig Minuten später vom Highway ab auf eine vierspurige Straße durch ein teures Viertel. Es kann Evanston gewesen sein oder noch etwas weiter nördlich. Schließlich fuhren wir von der vier- auf eine zweispurige Straße durch ein noch teureres Viertel und bogen dann auf eine schmale asphaltierte Straße, die sich vorbei an mit Toren bewehrten Einfahrten und mit wildem Wein bewachsenen Mauern wand. Wir hielten an einem schmiedeeisernen Tor mit Pförtnerhäuschen. Der Chauffeur drückte auf einen Knopf am Armaturenbrett, woraufhin sich das Tor selbsttätig öffnete.

Dahinter erstreckte sich ein adrett angelegter, rund zehntausend Quadratmeter großer Park mit Eichen, Eschen und Ginkgobäumen. Hier und dort erinnerte ein Stumpf an die Opfer der Ulmenkrankheit. Das Haus, ein efeubewachsener Kasten, nahm noch einmal tausend Quadratmeter ein. An einen Wellenbrecher dahinter schlug der Michigansee.

Der Chauffeur hielt vor dem gewölbten Eingang an, und Maggie führte mich über eine rote Natursteinveranda, durch eine schwach beleuchtete, nußbaumgetäfelte Halle, und in einen altmodischen Salon. Dort wies sie auf einen Clubsessel.

»Ich muß uns erst anmelden. In fünf Minuten hole ich Sie hoch«, sagte sie und verschwand.

Ich setzte mich und schaute mich in dem Raum um. Er hatte die eigentümliche Stille, die von einem Mangel an Leben herrührt. Es war ein Wartezimmer, in dem wenig Leute warteten. Es gab einen zugemauerten offenen Kamin, flankiert von Bücherregalen, vollgestopft mit überholten Wirtschaftshandbüchern. Durch ein schmales Fenster mit schweren Brokatvorhängen sah man einen Streifen Rasen. Helle Stäubchen tanzten in einem Sonnenstrahl, der hindurchfiel.

Überm Kamin ein Ölgemälde von einem deutschen Romantiker, das ich flüchtig musterte. Neben einem Regal hing ein kleineres Bild, das meine Aufmerksamkeit erregte und mir keine Ruhe ließ. Schließlich hievte ich mich aus dem Sessel und ging hinüber, um es mir anzusehen.

Donnerwetter, ein Whistler. Eines der Pastelle aus Venedig. Eine Straßenszene mit Passanten und einem abfallfressenden Hund. Die Häuser, mit Kohle auf grauem Hintergrund umrissen, neigten sich über die Menge; nur wenige schlichte Farbtupfer verliehen ihnen Leben. Unten links stand Whistlers Schmetterlings-Signatur. Ich hatte das Bild noch nie gesehen, jedenfalls nicht das Original. Es hing gerade anderthalb Meter überm Boden, und ich mußte beim Betrachten praktisch in die Knie gehen. Das Licht war grauenhaft. Ich hörte Maggie nicht zurückkommen.

»Na, gefällt's Ihnen?«

Ich fuhr zusammen und drehte mich um.

»Mann, das ist ein Whistler!«

»Hn-hnh.« Offenbar interessierte sie das nicht.

»Allerdings gefällt es mir.« Ich ging zurück an die Wand. Wie hatte er es nur hingekriegt, mit so wenigen Strichen und nur einem bißchen Farbe eine solche Wirkung zu erzielen? Ich sah mir das Bild an, bis Maggie zapplig wurde.

»Okay«, sagte ich und folgte ihr aus dem Salon über eine geschwungene Nußbaumtreppe in den ersten Stock. Quer zum oberen Treppenabsatz verlief ein Korridor über die ganze Länge des Gebäudes. Wir wandten uns nach links und gingen vorbei an Schlafzimmern, die nun als Büros dienten. In manchen Räumen arbeiteten Leute an Bildschirmen oder Akten. Niemand schaute auf, als wir vorbeigingen. Dann klopfte Maggie an eine dicke Tür aus Eiche und ging hinein.

Dieser Raum stand in scharfem Kontrast zu dem Wartezimmer. Anshiser hatte die Rückwand aufbrechen und verglasen lassen. Der See bildete einen scharfen, dunklen Horizont im Norden, und im Süden konnte man gerade noch die große Sackgasse bei South Bend ausmachen.

Anshiser trug beige Jeans und ein blaues Sweatshirt aus Rohseide und saß mit dem Rücken zum Fenster an einem verschnörkelten Tisch. Ein zweiter Mann, ganz dezent in grauem Anzug mit weißem Hemd und weinroter Krawatte, hatte auf einem Stuhl neben dem Tisch Platz genommen und die Beine übereinandergeschlagen. Maggie und ich stapften über einen Teppich von der Größe eines Dorfteichs. Anshiser stand auf und gab mir die Hand.

»Mr. Kidd.« Sein Gesicht mußte einmal auf markante Art zerklüftet gewesen sein, doch nun hatte das Alter die Furchen erschlaffen lassen. Dichte, buschige Brauen, sträubten sich über den hellblauen Augen eines geborenen Killers, eines Mannes, der von seiner Energie vorangetrieben wird – aber diese Energie begann ihn nun im Stich zu lassen, wie seine Haut verriet. Er wies auf einen Ledersessel. Als ich mich ihm gegenüber am Tisch niederließ, fiel mir auf, daß seine Hand zitterte.

Er zeigte auf den Mann neben dem Tisch. »Das ist Mr. Dillon.« Dillon nickte mir zu.

Auf Anshisers Tisch standen zwei Computer-Terminals. Eines zeigte in winzigen gelben Zahlen und Buchstaben die Börsenkurse an. Auf dem anderen Bildschirm, der zu einem IBM-Rechner gehörte, sah ich einen dichten Textblock.

Nachdem er Dillon vorgestellt hatte, streckte Anshiser die Hand aus und schaltete mit einem Tastendruck das Gerät ab.

»Erzählen Sie mal, wie Sie uns identifiziert haben«, sagte er. »Ich will Ihnen keine Berufsgeheimnisse entlocken, sondern nur eine allgemeine Vorstellung haben.«

Ich erzählte es ihm, ohne Namen und Telefonnummern zu nennen.

»Hmmm.« Er faßte sich ans Kinn, als ich fertig war. »Nehmen wir mal an, jemand wie Ihr Freund wollte in meinen Firmencomputer eindringen. Gibt es dagegen einen narrensicheren Schutz?«

»Gegen einen Angriff von außen? Sicher. Schließen Sie Ihre Geräte nicht an Telefonleitungen an. Ihr kleiner IBM hier ist vor Hackern völlig sicher, solange das Modem abgeschaltet bleibt. Stellen Sie ihn aber auf automatische Antwort, damit andere Leute Sie anwählen können, kann es problematisch werden. Ich nehme an, daß Sie eine Verbindung zu einem Hauptbildspeicher haben. Großgeräte dieser Art haben Außenleitungen und sind daher verwundbar.«

»Alles, was bei uns wichtig ist, ist durch zufallsgenerierte Codes gesichert.«

»Es gibt Mittel und Wege, solche Codes zu knacken.«

»Nennen Sie mir eine Methode.«

Ich weihte ihn in mehrere ein und erwähnte, da er an einem See wohnte, ein holländisches Verfahren zum Lauschangriff auf Bildschirme.

»Alles, was auf Ihrem Bildschirm erscheint – Buchstaben, Zahlen, Bilder –, wird von einem magnetisch gesteuerten Elektronenstrahl erzeugt. Hierbei entsteht eine elektromagnetische Schwingung, ähnlich einer Radiowelle. Sie ist zwar schwach, läßt sich mit dem richtigen Gerät aber empfangen, verstärken, sortieren, synchronisieren und auf einem anderen Bildschirm wiedergeben – bis über eine Entfernung von mehreren Metern oder sogar noch weiter, wenn es keine Interferenzen gibt. Von einem Boot auf dem See aus ließe sich das zum Beispiel leicht machen. Man hätte zwar keinen unabhängigen Zugriff auf Ihre Datei, bekäme aber alles mit, was Sie auf dem Schirm bringen.«

Als ich fertig war, schaute Anshiser hinaus auf den See und warf dann Maggie Kahn, die mit einem in Leder gebundenen Buch bei uns saß, einen Blick zu.

»Überprüfen Sie das«, sagte er knapp.

Sie nickte. »Ich rufe den Mann vom FBI an, der uns bei der Sache mit dem kontaminierten Containerschiff geholfen hat. Der sollte einen Fachmann kennen.«

Anshiser wandte sich wieder an mich, studierte kurz mein Gesicht und traf dann eine Entscheidung. »Hatten Sie schon einmal mit der Luftfahrtindustrie zu tun?«

Ich hob die Schultern. »Ein wenig. Ich habe mich einmal mit Boeings politischem und wirtschaftlichem Einfluß in Seattle befaßt und die Daten nach einem politischen Modell verarbeiten lassen, aber es kam nicht viel dabei heraus.«

»Und warum nicht?« fragte er neugierig.

»Der Einfluß der Firma war kein Kriterium fürs Wählerverhalten. Mit Boeing legt sich in Seattle niemand an. Den Wählern geht es um andere Themen.«

»Hmm.« Anshiser drehte seinen Ledersessel und schaute aus dem Fenster auf den See. Es wurde dunkel, und der Horizont trennte scharf den dunkelblauen Himmel vom schwarzen Wasser.

»Ich habe ein Problem«, sagte er nach einer Weile, seufzte, schüttelte den Kopf und drehte sich wieder zu mir um. »Und zwar das schwerste meiner Laufbahn. Es könnte das Nervenzentrum dieses Unternehmens treffen, tödlich sogar. Vierzig Jahre meiner Arbeit und weitere fünfundzwanzig meines Vaters stehen auf dem Spiel.«

»Kann ich Ihnen helfen?«

Er grunzte. »Vielleicht.« Er wandte sich wieder zum See und sammelte sich.

»Vor zehn Jahren schien sich eine günstige Gelegenheit zu bieten«, erklärte er dann. »Die Chance, einen hochmodernen Allwetterjäger zu konstruieren. Er hätte einen halben

Schritt über die gegenwärtige Generation von Kampfflugzeugen wie F-15, F-16 und F-18 hinaus dargestellt, wäre aber früher als der hyperschallschnelle Luftraumjäger F-30 einsatzbereit gewesen. Damals stand man innerhalb und außerhalb der Regierung neuen Jägern sehr skeptisch gegenüber, da schon für geringe Leistungssteigerungen gewaltige Summen gezahlt werden mußten.«

Er verschränkte die Hände hinterm Kopf. »Wie auch immer, die großen Flugzeugfirmen konzentrierten sich auf den hypersonischen Aerospace-Fighter F-30. Kleinere Unternehmen wie wir aber sahen eine Marktlücke, die mit einem privat entwickelten Typ zu besetzen wäre. So machten wir uns an die Arbeit und setzten erst einmal nur wenige Konstrukteure an, ließen Studien durchführen und suchten nach neuen Ideen.

Wir waren aber nicht allein. Whitemark Aerospace hatte ebenfalls ein Projekt laufen, das bis zur Serienreife gediehen war. Sie versuchten, ein privat entwickeltes Kampfflugzeug zu bauen, und fielen damit auf die Nase, obwohl sie ein gutes Produkt hatten. Aber es existierte damals halt nicht die Lücke, die sich uns nun geöffnet hat.«

Er machte eine Pause und starrte seine Hände an, als erhoffte er sich dort eine Inspiration.

»Wie auch immer, am Ball waren wir und Whitemark. Und wir schlugen ganz verschiedene Wege ein. Whitemark entschied sich für einen schweren Vogel – genannt *Hellwolf*. Große Waffenplattform, stark gepanzert, massiv computergestützt. Eine Bestie. Wir entwickelten eine leichte Maschine, die *Sunfire*. Nur leicht gepanzert und bewaffnet, aber doch mit Dampf – Bordkanone, Raketen, lasergesteuerte Bomben, Luftkampf- und Luft-Boden-Flugkörper, Mehrzweckwaffen, das ganze Spektrum also. *Sunfire* ist stealth-konfiguriert und hat computergesteuert bewegliche Flügel mit gewaltigem Auftrieb. Sie ist so schnell wie das Whitemark-Modell – Mach 3,4 auf fünfunddreißigtausend Fuß, Mach 1,3 auf Baumwipfelhöhe – hat aber einen fünfzig

Prozent größeren Einsatzradius: über dreitausendachthundert Kilometer.«

»Klingt unschlagbar«, sagte ich unsicher. »Allerdings kenne ich mich mit den Spezifikationen von Kampfflugzeugen nicht besonders gut aus.«

»*Sunfire* sah großartig aus«, sagte Anshiser mit einem bitteren Unterton. »Eine Zeitlang jedenfalls.«

Er drehte sich um und schaute mich an. »Es gibt Argumente für leichte und für schwere Maschinen. Geschwindigkeit ist nützlich, aber nicht alles. Bei Luftkämpfen zum Beispiel wird langsamer geflogen als bei Maximaltempo mit Nachbrenner. Wer über einem Bodenkampf die Luftüberlegenheit behalten will, muß über dem Gefechtsfeld bleiben. Whitemark ging von der Annahme aus, daß *Hellwolf* im Luftkampf über die Manövrierfähigkeit der *Sunfire* verfügte, dank schwerer Bewaffnung und Panzerung aber im Vorteil war. Man wußte auch, daß das Pentagon im Zweifelsfall immer die schwerere Maschine bevorzugte. Whitemark glaubte also, die Nase vorn zu haben. Doch wir hatten einen Trumpf.«

»Und der war?«

Er zögerte. »Bisher habe ich noch nichts Geheimes erwähnt. Ich weiß zwar, für welche Stufe Sie früher beim Militär zugelassen waren, muß Sie aber darauf hinweisen, daß die folgenden Informationen der Geheimhaltung unterliegen.«

»Ich bin kein Schwätzer.«

Er nickte. »Unser Trumpf war Walter Markess, ein fachübergreifendes Genie. Es gibt nur wenige Ingenieure dieses Schlages. Er besorgte sich U-Boot-Technologie von der Marine und andere Tricks von den Pionieren – ausgerechnet. Er stellte eigene Forschungen an und hatte Zugang zu der gesamten Arbeit, die auf dem Gebiet der Zielauffassung geleistet worden war. Und dann entwickelte er ein System für die selektive Zielwahl, die er ›String‹ nannte.

Sehen Sie, die Manövrierfähigkeit eines Kampfflugzeugs

wird weniger von der Konstruktion als von der physischen Belastbarkeit des Piloten begrenzt. Ab bestimmten Kurvengeschwindigkeiten reduzieren die Zentrifugalkräfte die Blutzufuhr zum Gehirn und führen zu Blackouts und dem Verlust von Konzentration und Koordination. Das String-System nun arbeitet bei der Zielauffassung mit Laser-Designator, Radarbild und akustischen Signalen und behält das Ziel dann im Visier, ganz gleich, auf welcher Höhe, mit welcher Geschwindigkeit und in welcher Richtung es fliegt. Der Gegner wird also automatisch im Fadenkreuz gehalten, bis er so weit entfernt ist, daß er keine Bedrohung mehr darstellt. Mit String hat man ihn sozusagen an der Leine.

Dann ging Markess einen Schritt weiter und entwickelte ein Steuersystem mit limitierter künstlicher Intelligenz, das auf einen Befehl des Piloten hin eigenständig gegen den Feind manövriert. In anderen Worten: die Maschine ist in der Lage, sich selbst zu fliegen, unter Berücksichtigung einer ganzen Reihe von Daten – Typ der Bewaffnung, verbleibender Treibstoff, Zahl der Gegner und ihrer Bewaffnung, Aktionen eigener und feindlicher Flugzeuge, Wahrscheinlichkeit und Bedeutung eines Erfolgs – intelligente Entscheidungen zu treffen. Und noch etwas: der Pilot kann an einem Punkt, an dem ihm der Blackout droht, die Kontrolle der Maschine überlassen und quasi sagen: ›So, jetzt übernimmst du. Kannst bis soundso viel gehen, und es macht nichts, wenn ich für eine Weile weg vom Fenster bin. Du schaffst das schon.‹ Das Flugzeug verkneift sich dann nur solche Manöver, die das Leben des Piloten gefährden.

Erkennen Sie den Vorteil für uns? Egal, wie enge Kurven Whitemarks *Hellwolf* flog – wir waren in entscheidenden Situationen wendiger. Wir konnten jederzeit mithalten, auch im Steilflug, und über kurz oder lang hatten wir ihn im Visier. Wir konnten Manöver fliegen, von denen *Hellwolf*-Piloten nur träumen konnten. Manöver, die bisher unmöglich waren. Wir konnten angreifen und dran bleiben, wenn die Piloten schon praktisch besinnungslos waren.«

»Und was ist passiert?«

Anshiser hatte die Vorzüge der *Sunfire* mit zunehmender Erregung geschildert. Nun aber wurde er ganz ruhig, fast starr. Fünf Herzschläge später beugte er sich vor.

»Diese Schweine von Whitemark haben uns das String-System gestohlen.« Er hieb mit der mächtigen Faust auf den Tisch und sah nun blaß und angespannt aus. »Einfach geklaut. Haben ein Schwein dafür bezahlt, die Pläne zu kopieren und sie aus unserer Zentrale zu schmuggeln. Dann entwickelte Whitemark sein eigenes String-System. Die Spezifikationen für ihre erste Version hatten sogar noch unsere Fehler, weil sie nicht genug wußten, um sie identifizieren zu können.«

»Haben Sie sich nicht juristisch abgesichert?«

»So etwas läßt sich nicht patentieren«, schnaubte Anshiser. »Es dauerte fünfzig Jahre, bis wir vor Gericht den Beweis erbracht hätten. Nachdem die Leute von Whitemark unser System verstanden hatten, begannen sie es zu verändern. Jede Möglichkeit für eine Alternativlösung wurde genutzt. Wer jetzt die beiden Systeme vergleicht, wird wohl eine gewisse *Ähnlichkeit* feststellen. Aber der Beweis, daß es sich beim Whitemark-System um eine Kopie handelt, ist so gut wie unmöglich zu erbringen.«

Er wechselte plötzlich das Thema.

»Für wie alt halten Sie mich?«

Ich schätzte ihn auf siebzig bis fünfundziebzig, zog aber aus Höflichkeit fünf Jahre ab. »Keine Ahnung. Fünfundsechzig? Siebzig?«

»Schönen Dank für das Kompliment.« Er grinste. »Ich bin dreiundachtzig. Viel Zeit bleibt mir nicht mehr. In letzter Zeit fühle ich mich... irgendwie ausgehöhlt. Ich kann es nicht erklären, aber es ist schlimmer als eine Krankheit. Dabei war ich so gut wie nie krank. Die Ärzte schreiben es dem Streß zu, und Maggie und Dillon machen diese *Sunfire*-Sache dafür verantwortlich.

Meine Frau ist tot. Meine Kinder sind in Ordnung, taugen

aber nicht viel. Wenn ich tot bin, erben sie jeweils ein paar hundert Millionen und verwandeln sich dann in diese verknöcherten Trottel, die man in Country Clubs herumstehen sieht. Bei meinen Enkeln sieht das anders aus; die haben zum Teil Potential. Aber das interessiert mich nicht besonders.

Ich bin also dreiundachtzig und lasse außer der Firma nichts zurück. Und selbst das ist jetzt nicht mehr sicher. In unserer Branche sind die Entwicklungskosten so hoch, daß der ganze Betrieb in Konkurs gehen kann, wenn man einen Auftrag nicht bekommt und die Maschine nicht in Serie geht.

Im Augenblick beschäftigen unsere Flugzeugwerke dreizehntausend Mitarbeiter. Wenn *Sunfire* den Zuschlag bekommt, stellen wir noch zehntausend ein. Wenn wir verlieren und nur noch Geschäftsflugzeuge bauen, müssen wir den Personalstand bis zum Ende des Jahrzehnts auf fünftausend abbauen. Der Markt für Business-Jets ist gesättigt, die Konkurrenz wird immer härter, und Ausweichmöglichkeiten haben wir keine. Es sieht also so aus, daß achttausend Menschen wegen eines miesen kleinen Diebs ihre Arbeit verlieren. Und das kann ich nicht so einfach hinnehmen. Nicht, wenn ich was dagegen unternehmen kann.«

»Wissen Sie, wer der Dieb ist?«

Er warf Dillon einen Blick zu. Dillon starrte ausdruckslos zurück, und als Anshiser sich wieder an mich wandte, spürte ich, daß er im Begriff war, mir eine Lüge aufzutischen. »Nein. Wir haben Vermutungen, können aber im Augenblick nichts Definitives sagen.«

»Gut. Was ist nun meine Rolle? Was soll ich tun?«

»Zwei Dinge. Alles, was wir tun, von der Konstruktion bis zur Kostenkalkulation, wird mit Computer erledigt. Wenn es jemandem gelänge, in unser Computersystem einzudringen, könnte er uns schweren Schaden zufügen.«

»Und Sie glauben, für Whitemark gilt dasselbe.«

»Genau. Whitemark hat noch drei Monate Zeit, um das

String-System in die Avionik seines *Hellwolf* zu integrieren. Dann muß bei einer Demonstration vor Vertretern der Luftwaffe und Marine bewiesen werden, daß die Sache funktioniert. Nach dem augenblicklichen Stand der Dinge ist es möglich, daß Whitemark den Termin sowieso nicht schafft. Sie haben ein Intensivprogramm laufen, aber zu spät angefangen. Ich möchte, daß Sie für Verzögerungen sorgen. Dringen Sie in Whitemarks Computersystem ein und richten Sie ein Chaos an. Gehen Sie raffiniert vor oder offen, mir ist das gleich. Aber ich will sie mit dem Rücken an der Wand stehen haben. Sabotieren Sie, bis bei denen nichts mehr läuft. Wenn sie ihr System in drei Monaten nicht demonstrieren können, liegen wir wieder gut im Rennen.«

»Und was erwarten Sie noch von mir?« fragte ich.

»Rache!« sagte er, und seine Killer-Augen glitzerten im schwindenden Licht. »Ich will Rache an den Saukerlen nehmen, die mein Baby gestohlen haben.«

4

Ich verbrachte die Nacht in Chicago im Hotel, sah einen schlechten Film über Teenager, und dachte über Anshisers Angebot nach. Der Mann war natürlich ein Wahnsinniger. Er wußte zwar, was er tat, war aber offenbar kurz davor, die Selbstbeherrschung zu verlieren, wie ein Soldat, der an Gefechtsmüdigkeit litt. Würde eine Krise ihn aufrichten oder umwerfen? Maggie war anders. Sie war präzise, bedacht und gelassen. Sie wußte, was sie tat, und hatte sich völlig in der Gewalt. Und sie war mit Anshisers Plänen einverstanden. Dillon war eine Null.

Ganz neu war ihr Vorschlag nicht. Es haben schon mehrere Firmen durch Computerangriffe Schaden erlitten, aber man redet nicht darüber. Zweck der Übung war meist Diebstahl oder Unterschlagung, und der dabei entstandene organisatorische Schaden war eher eine unbeabsichtigte Nebenwirkung.

Eine Gruppe von ›Hi-Tech-Dieben‹, wie das FBI sie nannte, leitete zum Beispiel bei einer großen Eisenbahngesellschaft Güterwagen mit teuren Konsumgütern wie Fernseher und Stereoanlagen auf abgelegene Abstellgleise um, brach sie auf, lud ihren Inhalt auf Lastwagen und karrte ihn weg. Der schlimmste Schaden entstand, als die Bande versuchte, ihre Spuren zu verwischen. Dreitausend Güterwagen wurden zu falschen Bestimmungsbahnhöfen geschickt. Das Resultat war ein Chaos. Lebensmittel verdarben, Termingut kam zu spät an, und es kostete die Bahn Millionen, die Sache wieder geradezubiegen.

Bei einigen der bekanntgewordenen Angriffe wurde der Schaden mit Absicht verursacht, aber der Feind saß in allen Fällen im eigenen Lager – Guerilla-Attacken von Arbeitnehmern gegen die eigene Firma. Anshiser hatte etwas ganz anderes vor: einen Krieg, nackte Aggression, den tödlichen Angriff eines Konzerns auf den anderen. Soviel ich wußte, hatte es so etwas noch nie gegeben. Ein Krieg als Fortsetzung des Geschäfts mit anderen Mitteln, um einen berühmten Preußen zu paraphrasieren.

Um acht rief Maggie an.

»Himmel noch mal«, stöhnte ich und gähnte. »Als Sie ›Morgen‹ gesagt haben, dachte ich an elf. Wo sind Sie?«

»Unten«, sagte sie munter. »Ich habe drei warme Brötchen, Sahnequark, zwei Plastikbecher Kaffee und Ihre Zimmernummer. Was meinen Sie?«

Sie sah aus, als sei sie seit Stunden auf. Sie kam herein, setzte sich, aß ein Brötchen und sah zu, wie ich die beiden anderen verschlang.

»Sie sehen aus, als hätte man Sie an den Füßen durch die Hölle gezogen«, sagte sie. »Ist Ihnen schon was eingefallen?«

»Das wird eine Weile dauern«, sagte ich und kratzte meinen Stoppelbart. »Anshiser macht mir Kummer.«

»Ob er verrückt ist?«

»Nun, ich hätte mich weniger drastisch ausgedrückt.«

»Aber darum geht es Ihnen, nicht wahr? Nein, ich halte ihn nicht für verrückt. Er ist nur sehr besorgt. Dies mag unsere letzte Karte sein. Wenn wir sie ausspielen wollen, muß das bald geschehen. In sechs Wochen oder zwei Monaten ist es zu spät.«

»Hmm.« Ich trank meinen Kaffee aus. »So, ich rasiere und dusche mich jetzt, und dann ziehen wir los.«

Sie folgte mir und lehnte sich an den Rahmen der Badezimmertür, während ich mich rasierte. Dabei knabberte sie immer noch an ihrem Brötchen. »Als kleines Mädchen habe ich oft meinem Vater beim Rasieren zugesehen«, sagte sie, als ich mir die Schaumreste abwischte.

»Beim Duschen auch?« fragte ich.

»Natürlich nicht.« Kleines Stirnrunzeln.

»Wenn Sie Ihren Ellbogen wegnehmen, mache ich die Tür zu und erspare Ihnen die Erfahrung.« Sie grinste und zog sich ins Zimmer zurück.

Anshisers Forschung war in einem nichtssagenden modernen Bau nicht weit vom O'Hare-Flughafen untergebracht. Er sah, nach den Worten eines cleveren Burschen, so aus wie die Schachtel, in die das Gebäude hineingehört hätte. Der Direktor verkniff es sich zwar knapp, über Maggies Hand zu sabbern, führte uns aber persönlich zu den Laboratorien, wo gerade eine String-Konfiguration zusammengebaut wurde.

Das Labor sah aus wie ein blitzsauberer Maschinensaal, mit Betonböden und einer Menge Lärm. String war in einem separaten Raum aufgebaut, den wir durch drei verschiedene Türen erreichten. An den beiden letzten mußte selbst der Direktor farbige Karten vorzeigen.

String hatte die Ausmaße eines mittelgroßen Fernsehers und war auf einem drehbaren Ständer montiert. Ordentlich konnte man die Anordnung nicht nennen: Überall hingen Kabel heraus, waren Schaltungen sichtbar. Hier und dort steckten rüsselähnliche Einrichtungen in Stutzen; mehrere Stutzen waren unbelegt. Daneben stand ein Wagen mit Prüfgeräten, an dem sich zwei Ingenieure in blauen Kitteln gerade um Meßwerte zankten. Sie verstummten, als wir hereinkamen.

Maggie stellte mich als Mr. Lamb vor und erklärte ihnen, daß ich Zugang zu allen Informationen hätte.

»Na, was halten Sie davon?« fragte sie mich.

Ich ging um die Versuchsanordnung herum und schüttelte den Kopf. »Keine Ahnung, was das ist.«

»Wir könnten Ihnen die Vorführung für hohe Tiere bieten«, schlug ein Ingenieur vor. Er hatte sein Brillengestell mit Klebeband geflickt, was ihm ein leicht irres Aussehen verlieh. »Die ließe sich in zwei Minuten einstellen.«

»Gerne, warum nicht?«

Die Prüfanordnung wurde rasch abmontiert. Dann schoben die beiden einen Wagen herein, auf dem eine dicht mit dünnen Röhren besetzte Plexiglaskugel stand. Jede Röhre endete in einer kleinen Linse. Die Ingenieure stülpten diesen Gegenstand über die String-Anordnung und schlossen ein halbes Dutzend vielfarbige Flachkabel an.

»Das wär's«, sagte ein Ingenieur und drückte auf ein an der Seite angebrachtes Tastenfeld mit Leuchtdioden-Anzeige.

»Mr. Lamb, würden Sie sich bitte dort hinstellen?« Er wies auf eine Stelle. Ich gehorchte. »Gut. Nun schauen Sie einmal auf diesen Monitor.«

Er betätigte einen Schalter, und auf dem Schirm erschien etwas, das wie ein von einem Zweijährigen gemalter Kopf aussah.

»Hier haben wir Ihren Kopf, interpretiert von hochfrequenten Schallwellen, Infrarotsensoren, Radar- und Laser-Distanzmessern. Im Augenblick sehen wir das vom Laser erzeugte Bild. Sie können es ›lesen‹ wie eine Landkarte mit

Höhenlinien. Das hellste Gelb ist Ihre Nase, die weiter entfernten Züge werden rot, grün und blau dargestellt.«

Dann schaltete er einen anderen Monitor ein. »Hier sehen wir eine simple dreidimensionale Darstellung Ihres Kopfes und seiner Ausrichtung, Größe, Distanz, Geschwindigkeit und vermutliche Identität, die hier unten in der Ecke angezeigt wird.«

Auf dem Monitor war eine Serie von Ziffern aufgetaucht, die mir nichts sagten, aber darunter hieß es: ›Identität: Kopf.‹

»*Kopf* haben wir einprogrammiert«, sagte der Ingenieur, der ein wenig irre aussah.

»So, nun laufen Sie bitte herum«, sagte der andere. Als ich mich zu bewegen begann, veränderte sich die Anzeige. »Sehen Sie, das Gerät hat Sie erfaßt und verfolgt Sie.«

Ich trat hinter Maggie und schaute über ihren Kopf hinweg. String hielt mich trotzdem erfaßt und verfolgte mich weiter, als ich wieder hinter ihr hervorkam.

»Wir haben dem Computer nur Ihre Daten eingegeben; deshalb folgt er nur Ihnen. Er ist auf ein einziges Ziel programmiert; andernfalls hätte er Mrs. Kahn als Sekundärziel erfaßt und unter Berücksichtigung der Tatsache, daß Sie von ihr verdeckt wurden, separat verfolgt.«

»Ganz nett«, sagte ich. »Welchen Zweck haben diese Mikrophone da? Will sagen, was ist ihre Funktion, wenn zwei Flugzeuge mit Mach 2 aufeinander zurasen?«

Nun begann der Ingenieur zu dozieren. »Man muß sich erst einmal klarmachen, daß ...«

Nach fünfzehn Minuten empfahlen sich Maggie und der Direktor. Ich blieb noch zwei Stunden da, schaute mir das Gerät an und fragte nach der Software, die es steuerte. Das Gebiet war mir natürlich fremd, aber ich erkannte immerhin die Konzepte. Wenn du dich sofort an die Arbeit machst, dachte ich, hast du diese Leute in sechs Jahren eingeholt. Mit künstlicher Intelligenz und Spielkonzeption kannte ich mich allerdings besser aus, und über letzteres führten wir eine detaillierte Diskussion.

Um die Mittagszeit gaben wir es auf, und ich machte mich auf die Suche nach Maggie. Sie saß im Büro des Direktors am Computer. Der Direktor tigerte nervös im Vorzimmer herum und gab vor, eine gestreßt wirkende Sekretärin zu beaufsichtigen.

»Ah, da sind Sie ja«, sagte sie, als ich eintrat. »Alles fertig?«

»Ja. Holen wir uns doch einen Cheeseburger.«

Der Direktor umschwänzelte sie, als wir hinausgingen, und drückte mir die Hand. Als er kehrtmachte und Maggie durch die Tür ging, verriet sein Gesicht große Erleichterung.

»Der ist froh, daß er uns los ist«, sagte ich.

»Stimmt«, sagte sie. »Er hat Angst vor mir. Der Grund ist mir schleierhaft.«

Bei Anshiser wurde ich erst wieder ins Wartezimmer geführt, wo ich mir den Whistler noch einmal ansah. Als sie mich holen kam, glaubte ich verstanden zu haben, wie er es machte.

»Wie ich von Maggie höre, befürchten Sie, ich sei nicht ganz bei Trost«, sagte Anshiser munter, als wir sein Büro betraten.

Ich warf ihr einen Blick zu, den sie mit einem Grinsen beantwortete. »Ja, ein bißchen Kummer macht mir das schon.«

»Gut. Sonst müßten wir nämlich an *Ihrem* Geisteszustand zweifeln. Ich wollte Ihnen nur klarmachen, wie ernst wir es meinen. Ich muß dauernd an diese Sache denken. Ich finde keinen Schlaf und kann meine Arbeit nicht tun. Kann sein, daß ich im Begriff bin, verrückt zu werden. Aber wir haben das Problem durchgesprochen und sind zu dem Schluß gekommen, daß dem nicht so ist.«

»Und was soll ich nun tun? Spezifisch, meine ich?« fragte ich und ließ mich auf seinen Besuchersessel fallen.

»Zuerst müssen Sie sich verpflichten, für den Fall einer Ablehnung des Auftrags alles, was hier gesprochen wurde, vertraulich zu behandeln.«

Ich würde sowieso nicht reden. Reden brächte mir nichts ein außer einer Anklage wegen Verschwörung. Ich entspannte mich und schlug die Beine übereinander. »Sicher, wenn mein Wort Ihnen genügt.«

»Unsere Recherchen haben ergeben, daß wir Ihnen trauen können.«

»Diese Recherchen interessieren mich«, sagte ich. »Wie sind Sie auf mich gestoßen?«

»Dillon hat Sie ausfindig gemacht. Dillon ist der beste Rechercheur im ganzen Land. Die Kongreßbibliothek fragt bei ihm an, nicht umgekehrt«, sagte Anshiser. »Als wir feststellten, daß String gestohlen worden war, erkannten wir, daß wir vermutlich bei der Ausschreibung den kürzeren ziehen würden. Gewiß, wir drehten und wendeten uns und sprachen mit Juristen und Patentanwälten, aber es kam immer dieselbe Antwort heraus. So setzte ich Dillon auf den Fall an und befahl ihm, sich nicht weiter um Parameter zu scheren, sondern schlicht eine Lösung zu finden. Und es gibt eine. Vielleicht. Sie ist nur nicht legal.«

Ich warf einen Blick hinüber zu Dillon. Der graue Mann lächelte. »Korrekt«, sagte er.

Anshiser sprach weiter. »Wenn wir überleben wollen, müssen wir den Kerlen Feuer unterm Arsch machen. Vielleicht kommen wir dann zu einer Art Übereinkunft.«

»Eine Übereinkunft?«

»Wir werden sehen. Eine Übernahme vielleicht, oder eine Fusion. Ich weiß nicht. Aber ich brauche einen Ansatzpunkt.«

»Ich habe gedacht, diese Kerle sind Ihre Todfeinde?«

»Ich kann mit Feinden leben. Ich kann nur nicht die Gesellschaft den Bach runtergehen sehen. Wenn ich sie in eine Fusion hineintreiben kann, kümmere ich mich später um sie. Im Augenblick haben sie keinen Grund, mit uns zu verhandeln. Diesen Grund müssen wir ihnen liefern.«

Er drehte sich zu seinem Schreibtisch um und griff nach einem schwarz eingebundenen Typoskript. »Das ist Dillons

Report, in dem er zu dem Schluß kommt, daß Whitemark am besten über die Computersysteme anzugreifen ist – Anlagen, die Konstruktion, Buchhaltung, allgemeine Information, Terminplanung und Materialbeschaffung erledigen. Hier wären Daten zu löschen, zu fälschen, zu ändern.«

»Whitemark ist ein Rüstungsbetrieb«, sagte ich. »Wenn wir erwischt werden, sperrt man uns für den Rest unseres Lebens wegen Gefährdung der nationalen Sicherheit in Leavenworth ein.«

»Nein, diesen Aspekt behandelt Dillons Report sehr ausführlich«, sagte Anshiser. »Sie bekommen einen Vertrag, der die Art des Angriffs, den ich geführt haben will, genau spezifiziert. Sollten Sie verhaftet werden, legen Sie den Behörden diesen Vertrag vor. Ich werde dann freiwillig bestätigen, Ihnen diesen Auftrag erteilt zu haben. Dann sind Sie auf der Stelle ein kleiner Fisch.«

»Der Ihnen dann in Leavenworth Gesellschaft leistet.«

»Nein, das bezweifle ich. Hundertprozentig sicher kann ich natürlich nicht sein, aber falls ich verhaftet werde oder einer unserer Mitarbeiter, gehe ich an die Öffentlichkeit und mache die Spenden publik, die ich unserem Präsidenten im Lauf der letzten zehn Jahre habe zukommen lassen. Er ist, wie Sie wissen, sehr populär und bewirbt sich um eine zweite Amtsperiode. Meine Zuwendungen an ihn waren durchaus illegal, sicherten aber an mehreren kritischen Punkten seine politische Karriere. Ich bin zuversichtlich, daß jedes Ermittlungsverfahren abgewürgt wird.«

»Das ist Erpressung.«

»Genau. Sie kennen ja genug Politiker und wissen daher, daß Erpressung etwas ganz Alltägliches ist.«

»Man geht aber gewöhnlich nicht so unverblümt vor.«

»Ach was, das wird sehr elegant gedeichselt. Wenn man im Lauf eines Ermittlungsverfahrens auf meinen Namen stößt und ihn in den Computer eingibt, kommt eine Warnung auf den Schirm. Dann rennt ein kleiner Beamter rüber ins Weiße Haus, und die ganze Sache löst sich in Luft auf.«

Ich grunzte und dachte darüber nach. Es konnte klappen, aber ich hatte keine Lust, mich ohne Bedenkzeit festzulegen.

»Das Ganze kommt mir etwas wacklig vor. Ich muß erst darüber nachdenken.«

»Das Honorar mag Ihnen als Entscheidungshilfe dienen«, sagte Anshiser, lehnte sich zurück und legte die Fingerspitzen aneinander. »Wenn Sie den Job übernehmen, aber nicht erfolgreich zu Ende führen, erhalten Sie eine Million. Eine weitere Million gibt es als Erfolgsprämie. Ich nehme an, daß Sie Personal und Geräte brauchen werden. Bei Vertragsunterzeichnung erhalten Sie von Mrs. Kahn eine Million in bar – plus hunderttausend Dollar für Ihre Spesen.«

»Donnerwetter«, sagte ich und dachte nun angestrengt nach. »Warum ist das Honorar so hoch? Wäre ich einverstanden, würde es keine Million kosten, mich zu überzeugen.«

»Mr. Kidd«, sagte er leise, »ich bin dreiundachtzig und besitze angeblich eine Milliarde Dollar, vielleicht auch zwei. Wenn ich für den Rest meines Lebens wöchentlich eine Million verschenkte, wüchse mein Vermögen wegen der Zinsen dennoch weiter. Mir ist gleich, was ich Ihnen zahle. Ihnen vermutlich aber nicht. Mit zwei Millionen sind Sie ein freier Mann – für immer.«

»Oder ich komme für acht bis zehn Jahre ins Gefängnis.«

»Dort könnten Sie sich ungestört auf Ihre Kunst konzentrieren.« Er lehnte sich zurück und schaute mich lächelnd an. Ich dachte über die zwei Millionen nach.

»Ich darf vielleicht erwähnen, daß Sie für den Auftrag bestens qualifiziert sind. Sie haben nicht nur die Fertigkeiten, sondern auch die Willenskraft dazu. Unsere String-Ingenieure haben sich übrigens höchst schmeichelhaft über Sie geäußert und um Ihre Einstellung als Spezialist für künstliche Intelligenz gebeten.«

»Wie nett«, sagte ich geistesabwesend.

Zwei Millionen. Ich mußte irgend etwas übersehen haben.

»Sie brauchen Bedenkzeit«, sagte er.

»Jawohl. Und mit den Bedingungen bin ich noch nicht ganz zufrieden. Falls ich einsteige, möchte ich einen zweiten Vertrag: Zwei Millionen für EDV-Beratung. Sicherheitsmaßnahmen oder so etwas. Damit das Geld sauber ist, falls ich es beim Finanzamt deklariere.«

»Einverstanden.«

»Außerdem möchte ich den Whistler.«

»Wie bitte?« fragte er verständnislos.

»Das Pastell von Whistler unten im Salon.«

Anshiser warf Maggie einen fragenden Blick zu. Sie sagte: »Das kleine Bild rechts neben dem Kaminsims.«

»Ach so, das kleine graue Ding«, sagte er, und seine Stirn glättete sich wieder. »Hat meine Frau vor Jahren gekauft. Ich hab's mir nie wieder angesehen. Klar, zwei Millionen und den Whistler.«

»Gut, ich will darüber nachdenken«, sagte ich. »Und Nachforschungen anstellen – über Sie, über Whitemark und über die Aktion. Ich komme wieder auf Sie zu.«

»Wann?«

Ich zuckte die Achseln. »In einer Woche.«

Er nickte. »Abgemacht, in einer Woche. Gehen Sie mit Mrs. Kahn; sie wird Ihnen eine Kopie des Whitemark-Reports geben. Und Dillons Arbeit können Sie auch mitnehmen.« Er schob mir das Typoskript über den Tisch zu, stand auf und rieb sich die großen, faltigen Hände. »Verdammt«, sagte er, »auf diese Sache freu ich mich jetzt schon.«

»Folgen Sie mir bitte«, sagte Maggie zu mir.

Dillon, der keinen Ton gesagt hatte, verließ hinter uns das Büro, verschwand im Korridor und ließ Anshiser allein. Maggie führte mich in ein kleineres Zimmer, wies mir einen Sessel zu und setzte sich an ihren Schreibtisch. In Regalen an zwei Wänden standen dicht an dicht Fachbücher und Nachschlagewerke. Durch ihr Fenster sah man den See, und auf einem langen Eichentisch stapelten sich weitere Bücher.

»Hier fehlt ein Bild an der Wand«, bemerkte ich.

»Dann schicken Sie mir doch eins.« Sie wandte sich ihrem Schreibtischterminal zu, tippte ein paar Codewörter ein und drückte PRINT. Ein Hochgeschwindigkeitsdrucker spuckte den Whitemark-Report aus. Dreißig Sekunden später hatte ich ein Bündel Papier in der Hand. Auf den letzten Seiten standen Namen und Titel.

»Die Liste ist so aktuell wie möglich und repräsentiert den Stand von letzter Woche.« Sie wirkte etwas gestreßt. Zum ersten Mal fielen mir die winzigen Falten an ihren Augenwinkeln auf – einsetzende Krähenfüßchen.

»Haben Sie Angst?« fragte ich.

»Nein, ich stehe zu meinem Chef«, sagte sie und schaute zu mir auf. »Aber es wird Probleme geben. Die vielen komplexen Operationen haben mich eines gelehrt: Es wird unweigerlich etwas schiefgehen. Nichts entwickelt sich exakt wie geplant. Gar nichts. Und bei diesem Unternehmen könnten Fehler ernste Konsequenzen haben.«

Wir unterhielten uns noch ein paar Minuten, und dann begleitete sie mich nach unten zur Haustür. Dort wartete der Chauffeur mit einem in braunes Papier gewickelten Gegenstand.

»Was ist das?« fragte Maggie.

»Ein Bild aus dem Wartezimmer«, sagte der Chauffeur und übergab mir das Paket. »Der Chef hat gesagt, Sie sollten es sich beim Nachdenken ansehen.« Er breitete verständnislos die Hände aus. »Keine Ahnung, was das bedeuten soll. Aber so hat er sich ausgedrückt.«

Das Bild fühlte sich trotz seines dicken Rahmens aus Kirsche leicht an. Ein Whistler.

5

Mit dem Whistler unterm Arm entschied ich mich gegen eine weitere Nacht in Chicago und ließ mich vom Chauffeur zum Flughafen bringen. In der Maschine zurück nach St. Paul blätterte ich Dillons Report durch.

Die Hauptverwaltung von Whitemark, die auch Konstruktionsbüros und die Forschungslaboratorien beherbergte, stand im Staat Virginia, nicht weit von Washington. Produziert wurde in North Carolina. Wenn ich den Job annahm, würden wir unser Quartier in einem Vorort von Washington aufschlagen, im gleichen Ortsnetz also wie Whitemarks EDV-Zentrale. Der Report enthielt die Namen der Geschäftsleitung, der Fabrikdirektoren und der leitenden Ingenieure. Ich nahm mir vor, die Liste an Bobby zu senden.

Whitemark war in den zwanziger Jahren von einem exzentrischen Elektronikfan namens Harry Whitemark gegründet worden und stellte ursprünglich Radios her. Die Firma überlebte nur knapp den Börsenkrach von 1929 und stellte sich in den Dreißigern auf Avionik um. Während des Zweiten Weltkriegs modifizierte sie Privatmaschinen zu leichten Aufklärern. Im Koreakrieg rüstete sie Hubschrauber mit speziellen Funkgeräten für Rettungseinsätze und die zunehmend komplexen Netze zwischen Luft und Boden auf.

In das Geschäft mit Kampfflugzeugen kam Whitemark fast durch Zufall. In den siebziger Jahren hatte das Unternehmen keinen Großaktionär, und das war dem Management auch recht, denn es konnte ungestört schalten und walten. Die Sache hatte nur einen Haken.

Das Unternehmen war unterbewertet, hatte eine Menge stiller Reserven und war daher von einer feindlichen Übernahme bedroht. Man suchte also nach einer Lösung und fand sie in einem nicht sehr intelligenten Nichtsnutz namens Winton Woormly IV.

Woormly hatte die Aktienmehrheit einer mittelgroßen

Flugzeugfabrik geerbt. Die Firma war auf Jet-Trainer und kleine Bodenkampfflugzeuge spezialisiert, die sie in der Dritten Welt, wo man sich größere Maschinen nicht leisten konnte, absetzte. Woormly war immerhin klug genug, das Unternehmen nicht selbst zu leiten; das wäre in die Hose gegangen. Außerdem war er daran nicht interessiert. Er war interessiert an schottischem Single Malt Whisky, Hochseejachten, Polo, Forellenangeln und jungen Männern – in dieser Reihenfolge.

Whitemark bot ihm eine hohe Summe, ein Aktienpaket und einen Sitz im Vorstand an. Im Gegenzug sollte Woormly seine Aktienmehrheit der Flugzeugfabrik an Whitemark abtreten. Woormly griff sofort zu und hatte dann mit einemmal einen Titel und mehr Geld, als er ausgeben konnte. Whitemark bekam einen Hauptaktionär, der nicht dazwischenfunkte und dessen Mehrheit potentielle Piraten abschreckte. Zudem hatte sich das Unternehmen seiner überflüssigen Reserven entledigt und stellte nun ein weniger einladendes Übernahmeobjekt dar.

Die Woormly-Transaktion war von Anfang an erfolgreich. Die beiden Firmen paßten gut zueinander. Für die Bodenkampfflugzeuge gab es immer Bedarf. Dann kam das *Hellwolf*-Konzept, und Whitemark richtete seinen Blick allmählich auf größere Dimensionen.

Der Report enthielt noch viel mehr: Details zu *Hellwolf*, Spekulationen über Testflüge und Kostenüberschreitungen, Argumente aus der militärischen Fachpresse über die jeweiligen Vorzüge und Nachteile von *Hellwolf* und *Sunfire*.

Als das Fahrwerk ausgefahren wurde, las ich immer noch. Draußen wand sich der Mississippi als dunkles Band durch das Lichtermeer und trennte St. Paul von Minneapolis, den Osten mit seinen roten Ziegelsteinen von dem Westen mit seinem Chrom und Glas. Ich nahm ein Taxi nach St. Paul und hielt den Whistler auf dem Schoß.

Als ich heimkam, streunte die Katze offenbar über die Dächer. Ich holte Hammer, Nägel und Haken hervor und räumte dem Whistler einen Ehrenplatz an der Innenwand des Ateliers ein, umgeben von den Arbeiten meiner Freunde und Vorbilder. Der Whistler, so schlicht er auch war, dominierte alle. Die Macht des Alters; die Schamanen haben recht.

Ich holte eine Flasche Bier aus dem Kühlschrank und sah mir das Bild noch einmal an. Ich starrte immer noch darauf, als Emily an die Tür klopfte.

»Ah, da ist er ja wieder«, sagte sie. Emily hat stahlgraues, im Nacken zu einem Knoten geschlungenes Haar und sieht aus wie eine englische Gouvernante aus dem neunzehnten Jahrhundert. Gewöhnlich trägt sie einen Wollschal. Ohne das harte Glitzern in ihren Augen konnte man sie für Whistlers Tante halten. »Ich dachte, Sie kämen erst morgen zurück. Ich hörte dumpfe Schläge und dachte, siehst besser mal nach.«

»Kommen Sie mal mit.« Ich machte den Zeigefinger krumm. Sie folgte mir ins Atelier und entdeckte das neue Prunkstück sofort, erkannte es und rief aus: »Heilige Scheiße! Ist der echt?«

»Ja.«

»Was haben Sie angestellt?«

»Bisher noch nichts.«

»Muß ganz schön extrem sein«, sagte sie und packte mich mit erstaunlicher Kraft am Arm. »Hoffentlich passiert Ihnen dabei nichts.«

»Ich passe schon auf«, sagte ich. »Wie wär's mit einem Bier?«

»Sicher.«

Als ich mit einer Flasche aus der Küche zurückkam, war ihre Nasenspitze gerade einen Zentimeter von dem Bild entfernt. »Der kleine Jimmy Whistler«, sagte sie. »Wissen Sie, daß er in West Point zeichnen gelernt hat, ausgerechnet an einer Militärakademie? Er ging ab, weil er in Chemie durchgerasselt war. Jahre später pflegte er zu sagen: ›Wenn Silikon ein Gas wär, wär ich jetzt General.‹ Da hatte er wahrscheinlich recht, denn er war kurz vor dem Bürgerkrieg in West Point, und Absolventen wurden rasch befördert.«

Nachdem wir das Bild noch eine Weile begutachtet hatten, zog sie sich in ihre Wohnung zurück, und ich ging in mein Arbeitszimmer, um Kontakt mit Bobby aufzunehmen.

WAS IST LOS?

Brauche alle verfügbare Info über Whitemark Aerospace. Persönliche Daten über die Geschäftsleitung, Zugangscodes zu allen internen Computersystemen, Hinweise auf Geschäftsverbindungen. So rasch wie möglich; zahle großes Geld.

HUNDERTER ODER TAUSENDER?

Erst mal 5000; später vielleicht mehr. Brauche unter Umständen massive Unterstützung bei Großprojekt. Außerdem Info über Rudolph Anshiser, seine Sekretärin Maggie Kahn, einen Assistenten namens Dillon und anderes Anshiser-Schlüsselpersonal sowie Daten über die Firma.

LASS DEINEN TERMINAL AUF EMPFANG.

Wenn ich mich auf die Sache einließ, brauchte ich Hilfe.

Ein paar Minuten nach Mitternacht ging ich zu Fuß in die Stadt, um mir was zum Essen zu holen. Während die Pommes und Spiegeleier zubereitet wurden, ging ich über die Straße zur Greyhound-Station und führte ein Ferngespräch mit dem Wee Blue Inn, einer Bierkneipe am Hafen in Duluth. Ein Mann meldete sich.

»Weenie? Sind Sie das?«

»Genau der.«

»Ich bin der Künstler aus St. Paul, der mal mit Ihrer Freundin bei Ihnen war.«

»Ja.«

»Ich muß sie unbedingt sprechen und komme morgen um zwei bei Ihnen vorbei. Sagen Sie ihr bitte Bescheid, falls Sie sie sehen sollten?«

»Gut. Versprechen kann ich's aber nicht.«

»Sicher; nur, wenn Sie sie sehen...«

»Okay.«

LuEllen ist eine Diebin. Sie bestiehlt nur Reiche aus dem guten Grund, daß das die einzigen Leute sind, bei denen es sich lohnt. Sie schnappt sich Schmuck, Münz- und Briefmarkensammlungen, Wertpapiere und Bargeld. Sie hat noch nie eine Stereoanlage mitgehen lassen.

Begegnet bin ich ihr in einer heißen Sommernacht, als sie in eine benachbarte Wohnung einbrach. Ich lag vor meinem Wohnzimmerfenster auf der Dachterrasse in der Hängematte, hatte alle Lichter aus und betrachtete die Sterne. Ich war schon fast eingeschlafen, als vom anderen Ende des Gebäudes ein dumpfes Geräusch kam, das mir seltsam, irgendwie verstohlen klang. Ich schlich über die Dachpappe und lugte über die Brüstung. Am Nebenhaus kletterte geschickt eine Frau hoch. Sie hatte einen mit Stoff umwickelten Enterhaken über die Balkonbrüstung im zweiten Stock geworfen und hangelte sich nun an einem Tau hoch.

Ich sah zu, wie sie sich übers Geländer schwang, kurz innehielt, um zu lauschen, und dann das Tau hinter sich hochzog. Eine Sekunde später machte sie sich an der Glastür zu schaffen und hatte sie in weniger als einer Minute offen. Nun hörte ich in der Wohnung das Telefon klingeln. Die Frau ging hinein, und das Läuten verstummte.

Die Wohnung gehörte einem fetten, unangenehmen Parteihengst mit Mundgeruch und riesigen Füßen, der gerne mit den sehr sonderbaren Dingen protzte, die er mit Prostituierten in Las Vegas anstellte und manchmal mit Frauen, die bei Auseinandersetzungen im Rathaus seine Hilfe brauchten. Großes Mitleid hatte ich also nicht.

Im Zweifel war ich dennoch. Einerseits gönnte ich ihm den Einbruch, andererseits gab es einen unangenehmen Präzedenzfall, wenn ich dergleichen in meiner allernächsten Umgebung durchgehen ließ. Es konnte sich ja unter Süchtigen herumsprechen, daß man hier leichtes Spiel hatte. Das geschickte Vorgehen der Frau sah mir allerdings nicht nach Beschaffungskriminalität aus.

Auch ich hatte gelegentlich Fabriken und Büros uneingeladen einen Besuch abgestattet, aber weniger um Sachen zu stehlen, als um sie mir anzusehen. Chips, Pläne, Produktionsverfahren. Nie würde ich in Gebäude einbrechen, wo sich Menschen aufhalten. Außerdem hatte ich immer Unterstützung von innen gehabt. Trotzdem – als ich die Diebin in die Wohnung gehen sah, hatte ich ein Gefühl kollegialer Verbundenheit. Wir arbeiteten zwar in verschiedenen Branchen, hatten aber Gemeinsamkeiten.

Kurz nachdem sie in der Wohnung verschwunden war, schlich ich übers Dach zurück in meine Wohnung, holte meine vollautomatische Nikon, in der noch ein Film lag, und steckte den Blitz auf. Dann ging ich zurück aufs Dach. Zwei Minuten später tauchte sie wieder auf.

Als sie mir im Begriff, das Balkongeländer zu übersteigen, das Gesicht zuwandte, löste ich den Blitz aus. Sie erstarrte, vermutlich geblendet. Nachdem sich der Blitz sirrend wieder aufgeladen hatte, sagte ich: »Hallo.« Sie schaute zu mir hoch und bekam noch einmal voll das grelle Licht ins Gesicht. Dann klang ihre Stimme zu mir herüber, leise, aber deutlich.

»Wer ist da?«

»Ein Nachbar.«

»Sind Sie allein?«

»Vorerst noch. Ich spiele aber mit dem Gedanken, die Polizei zu rufen.«

»Nein, lieber nicht. Warten Sie einen Augenblick, ich komme rüber zu Ihnen. Drücken Sie mir unten auf?«

Darüber dachte ich nach, dachte an den fetten Filzokraten und sagte: »Meinetwegen.«

Sie schwang sich übers Geländer und seilte sich ab. Als sie unten angelangt war, stellte sie etwas mit dem Tau an, das dann vor ihren Füßen landete. Sie rollte es auf und verschwand um die Ecke. Eine halbe Minute später kam ich mir wie ein Idiot vor. Die kommt doch nie rüber, sagte ich mir, die ist schon fast in Minneapolis. Ich war tatsächlich überrascht, als es schellte.

Wenige Minuten später stand sie im Gang vor meiner Wohnungstür und hatte eine ernste Miene aufgesetzt. Ich musterte sie durch den Spion. Eine kleine Frau mit ovalem Gesicht und kurzen dunklen Haaren. Sie trug eine hellrote Jacke und Jeans.

»Lassen Sie mich rein?« fragte sie durch die Tür.

»Ziehen Sie sich erst aus.«

»Wie bitte?«

»Ziehen Sie sich bitte aus, und zwar ganz. Ich will nicht, daß Sie mit einer Waffe reinkommen.«

Sie erhob keine Einwände, sondern schlüpfte einfach aus ihren Kleidern. Als sie den Slip herunterzog, machte ich auf.

»Umdrehen«, sagte ich. Sie drehte sich um. Wenn sie eine Waffe bei sich hatte, war sie unter dem tätowierten Schmetterling auf der linken Hüfte versteckt. Ich machte die Tür ganz auf.

»Lassen Sie Ihre Kleider liegen und gehen Sie langsam an mir vorbei«, sagte ich. Sie gehorchte und schaute mich dabei von oben bis unten an. Ich hob ihre Kleider auf und trug sie hinter ihr in die Wohnung.

»He, hören Sie...« begann sie, als ich das Kleiderbündel durchwühlte. Ihre Stimme klang flehend. »Dieses Arschloch da drüben war mal mein Freund. Ich habe noch Sachen bei ihm liegen, die er nicht herausgeben will. Deshalb mußte ich einfach rein. Bitte sagen Sie ihm nichts. Er hat Freunde bei der Polizei, die er dann auf mich losläßt.«

»Was haben Sie mitgenommen?«

Sie schlug die Augen nieder, seufzte todunglücklich und gestand: »Marihuana. Mein Vorrat lag bei ihm. Deswegen müssen Sie die Polizei aus dem Spiel lassen.«

Eine erstklassige Vorstellung angesichts der Tatsache, daß sie aus dem Stegreif und splitternackt in der Wohnung eines Fremden gegeben wurde. »Haben Sie sich dieses Märchen gerade einfallen lassen oder schon vor Tagen ausgedacht – für alle Fälle, sozusagen?« fragte ich neugierig.

»Es ist aber wahr.«

»Unsinn. Sie haben sich ohne Zögern ausgezogen. Jetzt stehen Sie da, Hände in den Hüften, und versuchen noch nicht mal, sich zu bedecken. Für einen Beutel Gras tut man so was nicht. Es sei denn, man ist verrückt. Und diese Jacke da – außen rot, innen schwarz. Ich habe gesehen, wie Sie an der Fassade hochgeklettert sind. Sie sind 'ne Art Profi.«

Sie schaute mich an, zog die Stirn kraus, wirkte unsicher. »Tja, und was machen wir jetzt?« Das klang nach einem versteckten Angebot. Ich ertappte mich beim Hinstarren.

»Glotz nur, du Wichser!« fauchte sie.

»Verzeihung«, brummelte ich, warf ihr ihre Kleider zu und kam mir vor wie ein Sittenstrolch. Als sie angezogen war, unterhielten wir uns.

Sie hatte zehntausend Dollar in kleinen Scheinen aus der Wohnung des Dicken geholt; Schmiergeld für die Erteilung einer Nachtclublizenz. Sie hatte nicht die Absicht, das Haus noch einmal aufzusuchen – es sei denn, räumte sie ein, daß noch einmal jemand zehntausend in bar herumliegen ließ.

»Er kann den Diebstahl noch nicht mal melden, weil er dann dem Finanzamt erklären müßte, wo er das Geld herhat«, meinte sie.

»Prima.« Ich ging nach hinten in die Küche, holte die Nikon, spulte den Film zurück, nahm ihn heraus und warf ihn ihr zu.

»Da, fürs Familienalbum. Haben Sie Lust auf ein Bier?«

Sie hatte, und nicht nur auf eins. Auch ich trank ein paar. Spät in der Nacht lachten wir ungeheuer über bescheidene Witzeleien. Und noch später fielen ihre Kleider zum zweiten Mal.

»Warum bist du nicht gleich rangegangen, als ich nichts anhatte?« fragte sie nachher, auf ein Kissen gestützt.

»Wir hatten uns ja noch nicht mal vorgestellt«, erwiderte ich.

»Hast aber dran gedacht.«

»Kann sein.«

Seitdem hat sie mich hin und wieder besucht, und einmal

machten wir in einem kalten Februar zwei Wochen Urlaub auf den Bahamas. Ich war zweimal bei ihr in Duluth, wo sie wohnt, aber niemals stiehlt. Bei ihr zu Hause war ich allerdings nie, und ich weiß noch nicht einmal, wo sie wohnt, oder ob sie wirklich LuEllen heißt. Sie ist Einbrecherin von Beruf und schon fast krankhaft vorsichtig. Ihre Ziele wählt sie mit Bedacht – nichts zu Großes, was einen Riesenwirbel verursachen könnte. Im Jahr verdient sie zwischen 125.000 und 150.000 Dollar. Fünfzigtausend davon legt sie gewinnbringend an. Mit rund vierzigtausend finanziert sie ihren bescheidenen Lebenswandel, und der Rest geht für Unkosten, Pferde und Kokain drauf. Alljährlich führt sie zweitausend Dollar ans Finanzamt ab; im Wee Blue Inn ist sie zum Schein angestellt, und Weenie setzt ihr imaginäres 15.000-Dollar-Gehalt von seiner Steuer ab.

Weenie ist ihr Kontaktmann. Wäre sie verreist gewesen, hätte Weenie gesagt, er habe sie nicht gesehen. So aber wußte ich, daß sie in der Stadt war, und daß Weenie ihr Bescheid sagen würde. Ob sie kam, war ihre Sache.

Duluth ist eine um die Getreide- und Erzdocks errichtete Hafenstadt. Zwei russische Frachter luden Weizen, und ein langes, tiefliegendes Erzschiff lief gerade aus.

Das Wee Blue Inn steht gleich überm Seeufer am Fuß eines großen Hügels, auf den der Stadtkern gebaut ist. Es ist die Art von Lokal, in dem der Barmann Sägemehl auf den Boden streut und das Dekor nennt. Auf der Theke schwimmen Eier und Würste in einer trüben Flüssigkeit in Glasbehältern, an der Wand hängen Kartoffelchips und Käsegebäck, und der Spiegel war zuletzt in den Fünfzigern geputzt worden. Weenie ist dick, kaut Zahnstocher und hat ein weißes Papierschiffchen auf. Er stand hinter der Theke, als ich um fünf nach zwei eintraf.

»Hinten in der Nische«, sagte er. Ich ließ mir eine Flasche Bier geben und ging ins Lokal. LuEllen trank ein Perrier mit Zitrone.

»Wie läuft die Malerei?« fragte sie, als ich in die Nische glitt.

»Ordentlich. Wie laufen die Einbrüche?«

»Nicht übel. Schön regelmäßig.«

»Irgendwelche kritischen Momente?«

»Nur einen, nichts Ernstes.«

»Erzähl doch mal.« Ich berichte ihr von meinen unkonventionellen Jobs, und sie weiht mich in ihre ein. Therapie nennt sie das.

Sie war in Cleveland dem Manager von drei Schnellimbissen an der Autobahn auf der Spur gewesen. Jeden Samstag holte er spät die Tageseinnahmen von Freitag und Samstag ab – alles in bar, Schecks nimmt er nicht. An den meisten Wochenenden fuhr er in die Stadt und warf das Geld – bis zu fünfundzwanzigtausend – in den Nachttresor seiner Bank. Manchmal aber, wenn er mit seiner Freundin, einer Stewardess, verabredet war, nahm er die Freitags- und Samstagskasse mit heim und behielt sie übers Wochenende in seiner Wohnung, wo er allein lebt.

»Ich rede also mit dieser Stewardess – eine Freundin hatte mir von ihr erzählt – und erfahre von ihr eine Menge über den Typ. Sie kann ihn nicht ausstehen. Er hat zwar Geld, ist aber grob und pingelig, wenn's ans Blasen geht – etwas, das sie nur ungern tut. Sie will nichts mehr mit ihm zu tun haben. Wir schwätzen über dieses und jenes, und dann sagt sie, sie nähme fünfundzwanzig Prozent. Einverstanden, sage ich und bekomme von ihr zwei Schlüssel.«

»Aha, nur so ein kleiner Weiberschwatz«, sagte ich.

»Genau. An diesem einen Samstagabend ruft sie den Typen also an, und er sagt: ›Na, Baby, was geht denn so ab‹; so redet er nämlich. Sie summt ein paar Takte vom ›Boogie-Woogie Bugle Boy From Company C‹, und er sagt: ›Na, dann los‹.«

LuEllen beobachtete ihn, als er die Geldtasche ins Auto legte.

»Zehn Minuten später brummt er los, und ich fahre hinter

ihm her. Ich sehe, wie er mit der Stewardess in die Stadt fährt, und sause zu seiner Wohnung. Kein Portier, nur der Hausschlüssel und der Wohnungsschlüssel. Ich gehe hoch und sofort rein. Die Tür ist auf, ich flitze gleich in die Küche, wo er das Geld im Kühlschrank aufbewahrt, wie ich von der Lady erfahren hatte. Und da liegt es auch – im Gefrierfach. Ich hole es raus, und da höre ich auf einmal eine Männerstimme, von hinten aus dem Schlafzimmer wohl: ›Steve, bist du das?‹ «

»Verdammt!«

»Ja. Muß ein Freund gewesen sein, der bei ihm übernachtete.«

»Was hast du gemacht?«

»Ich hab das Geld geschnappt, bin aus der Wohnung marschiert, die Feuerleiter runtergeklettert und abgehauen.«

»Und?«

»Nichts und. Ich hab mich in mein Auto gesetzt und bin weggefahren. Den Kerl hab ich nie zu Gesicht bekommen.«

»Ist ja heiß. Was machst du, wenn er dich sieht?«

Sie zuckte die Achseln. »Kommt drauf an. Vielleicht fang ich an zu schreien: ›Hilfe! Tun Sie mir nichts, sonst hole ich die Polizei.‹ Wenn er mich fragt: ›Wer sind Sie eigentlich?‹ sagte ich: ›Tina‹, als wäre ich eine heimliche Freundin seines Freundes. Auf jeden Fall verhalte ich mich nervös, als fühlte ich mich von diesem Fremden bedroht. Und dann mache ich, daß ich rauskomme.«

LuEllen ist noch nie von der Polizei erwischt worden und hat noch nie im Gefängnis gesessen. Gewiß, es hatte heikle Situationen gegeben und direkte Begegnungen wie jene mit mir. Aber bisher hatte sie sich immer herausgeredet.

Wir plauderten noch ein bißchen weiter, und dann rückte sie mit ihrer Frage heraus: »Was willst du in Duluth?«

»Wieviel brauchst du, um dich zur Ruhe setzen zu können?«

»Vielleicht eine Viertelmillion.«

»Also noch vier oder fünf Jahre Arbeit?«

»Stimmt, es sei denn, ich hätte Glück«, sagte sie. »Oder Pech.«

»Wächst deine Kokainrechnung immer noch?«

»Was soll ich denn machen?« fragte sie scharf. »Ohne bringe ich es bei der Arbeit nicht mehr.«

Ein anderer Gast ging an unserer Nische vorbei zur Toilette. Wir verstummten, bis er die Tür hinter sich zugemacht hatte.

»Paß auf, ich hab' ein Projekt«, sagte ich. »Ob ich es auch durchziehe, weiß ich noch nicht, aber es kann sein, daß ich Unterstützung brauche.«

»Mich?«

»Für diese Sache kommst nur du in Frage.«

»Mann, Kidd, was hast du vor?«

»Ein komischer Job, aber gut bezahlt. Für mich kommt eine Million plus heraus, für dich eine halbe. Es wird noch ein Mann mitmachen müssen, und der bekommt dann zweihundertfünfzigtausend. Für alle Spesen komme ich auf. Die Sache ist zwar illegal, hat aber nichts mit Stehlen zu tun. Niemandem passiert etwas. Und ich decke dich. Das heißt, daß du nicht vom Auftraggeber bezahlt wirst, sondern von mir. Vielleicht mußt du ihm begegnen, aber dann wird er nicht wissen, woher du kommst und wer du bist.«

Sie hielt die Perrierflasche ins Licht und starrte auf die perlenden Bläschen. »Das ist verdammt viel Geld, Kidd«, sagte sie schließlich. »Die Sache kann unmöglich so sauber sein, wie du behauptest.«

»Doch, davon bin ich überzeugt. Ein komischer Job, wie ich sagte.«

»Und wozu brauchst du mich?«

»Ein paar Einbrüche, allgemeine Unterstützung, als Fahrerin und vielleicht auch mal am Computer – ich weise dich ein. Du hast eine Woche Bedenkzeit.«

»Warum erledigst du die Brüche nicht selbst? Du hast doch auch Erfahrung auf diesem Gebiet.«

»Aber nicht mit Privathäusern und Wohnungen. Ich habe

immer Unterstützung von innen. Außerdem verstehe ich nichts von Schlössern.«

Sie überlegte eine volle Minute lang und seufzte dann. »Ich glaube nicht, daß ich noch vier Jahre durchhalte«, sagte sie. »Okay. Erzähl, was es damit auf sich hat!«

Die Nacht verbrachten wir in einem Holiday Inn. Am nächsten Morgen flog ich nach Chicago und setzte mich um die Mittagszeit in eine Maschine nach Washington. Unterwegs legte ich die Tarot-Karten aus. Wieder tauchte der Narr auf. Das ist cool, dachte ich, das ist okay.

Um drei landete ich in Washington und fuhr mit dem Taxi in ein heruntergekommenes Geschäftsviertel und ließ mich vor einem Gebäude absetzen, das Sugar Exchange heißt. Den Zuständen in der Eingangshalle nach zu urteilen war der weiße Puder, mit dem hier in der letzten Zeit gehandelt wurde, kein Zucker mehr. Dace Greely schloß gerade sein Büro im zweiten Stock ab, als ich die Treppe hochkam.

»He, Kidd!« rief er und rang sich die Reste eines einstmals strahlenden Lächelns ab. Er war schon immer schlank gewesen, fast zierlich, sah aber nun richtig ausgemergelt aus. In seinen Zwanzigern hatte er eine seltsame Wirkung auf junge Frauen ausgeübt: sie wollten ihn bemuttern. Und gerade Emanzen, die am Vormittag ihre BHs verbrannten, umschmusten ihn am Abend. Dabei war Dace kein Schürzenjäger. Er brauchte sich auf einem Fest nur in die Ecke zu setzen, und zwanzig Minuten später waren die interessantesten unter den anwesenden Frauen hinter *ihm* her. Eine sagte mir einmal, es läge an seinen Augen, große dunkle Seen unter einem schwarzen Wuschelkopf. Seine Augen waren noch immer dunkel, wirkten aber nun in seinem ausgehungerten Gesicht fast lemurenhaft. Sein Haar hatte sich gelichtet und war mit grauen Strähnen durchsetzt.

Zuletzt hatte ich von einem gemeinsamen Freund gehört, Dace verbrächte seine Zeit in fragwürdigen Bars.

»Komm, lad mich auf einen Drink ein«, schlug ich vor, als wir uns die Hände gaben.

»Klar, aber dann müssen wir in eine miese Kneipe. Ich hab nämlich nur vier Dollar dabei. Aber wenn du einen ausgibst, können wir in ein anständiges Lokal gehen.«

»Abgemacht«, sagte ich. »Ich spendiere.«

Wir ließen den altersschwachen Aufzug links liegen und gingen die Treppen hinunter.

»Fit siehst du aus«, sagte er. »Gehst du noch ins Shotokan zum Karate?«

»Ja. Und was treibst du?«

»Ach komm. Seh ich vielleicht aus, als triebe ich Sport?«

»Es scheint dir ganz gut zu gehen.«

Auf dem untersten Treppenabsatz packte er mich am Ärmel. »Kidd, mein Lieber, wir haben zusammen viel erlebt. Erzähl mir also keinen Scheiß. Ich sehe aus wie ein Wrack. Ich kriege keine vernünftige Arbeit. Meine Frau hat mich verlassen und ist nach Los Angeles gezogen, und ich mache ihr keinen Vorwurf. Komm, gehen wir einen trinken. Aber verarsche mich bloß nicht.«

»Einverstanden. Aber eines muß ich sofort wissen! Wie schlimm sieht es mit dem Alkohol aus? Säufst du?«

Dace lachte schrill und gepreßt. »Ach, wenn ich bloß saufen könnte! Aber nach dem vierten Glas kotze ich alles wieder aus. Kann das Zeug nicht bei mir behalten. Mein Glück, sagt der Arzt, daß ich gegen Alkohol allergisch bin.«

»Na fein, dann trinken wir halt nur zwei oder drei.«

Zur Zeit des Watergate-Skandals hatte Dace bei der *Washington Post* gearbeitet, als jeder dort jung, heiß und hart war. Er war als Reporter für das Pentagon zuständig und hatte einen Riecher für Skandale. Immer wieder enthüllte er Kungeleien zwischen Generälen und dem militärisch-industriellen Komplex. Und eines Tages stieß er auf einen Riesenknüller. Eine Gruppe hoher Heeresoffiziere half einem Rüstungsbetrieb, entscheidende Fehler in einer bestimmten Serie von Artilleriegeschossen zu vertuschen. Die Behebung der Mängel wäre sehr teuer geworden. Der Vietnamkrieg ging offensichtlich dem Ende entgegen. Wäre es rechtzeitig zu einem Waffenstillstand gekommen, wären die defekten Granaten zurückgezogen und eingelagert worden. Der Krieg ging aber nicht rechtzeitig zu Ende. Ein Dutzend Soldaten starb im Feuer der eigenen Seite.

Dace hatte als Quelle einen unzufriedenen Oberst mit einigen Tapferkeitsauszeichnungen. Es gab einen Riesenskandal. Zwei Generäle und ein halbes Dutzend Oberste wurden plötzlich arbeitslos. Dace war auf dem Weg nach oben. Er glaubte es zumindest.

Das Pentagon aber hatte von Dace Greely die Nase voll. Als wieder eine Story hochkam, brisanter noch als die erste, hatte Dace das Material lückenlos und exklusiv. Die *Washington Post* machte seinen Artikel groß auf – und mußte feststellen, daß sie einem Hirngespinst aufgesessen war. Wichtige Dokumente erwiesen sich als Fälschungen; Gewährsmänner standen nicht mehr zu ihren Aussagen.

Dace wurde als gewissenloser Sensationsreporter vorgeführt, dem der eigene Erfolg wichtiger war als die Wahrheit. Inzwischen kämpfte Nixon im Watergate-Skandal um sein politisches Überleben und führte wütende Angriffe auf die Presse. Auf einmal hatte alles blitzsauber zu sein. Die *Washington Post* ließ Dace fallen wie eine heiße Kartoffel. Niemand wollte etwas von einer Verschwörung innerhalb der Militärbürokratie hören: Wer glaubt an diese Art Märchen?

Er zog in den Westen und arbeitete dort ein Jahr lang für eine solide, kleinere Zeitung, sehnte sich aber zurück nach Washington. Da es dort keine Pressearbeit für ihn gab, landete er bei Public Relations. Das war zwar nicht seine Stärke, aber er war billig, stand immer auf der Matte und baute sich schließlich ein einigermaßen stabiles Arbeitsverhältnis mit einer Sportlobby auf.

»Ich kann damit leben«, sagte er mir beim ersten Glas.

»Hast du mal daran gedacht, ein Buch zu schreiben, etwas Solides? Das könntest du bestimmt.«

»Das braucht Zeit, die ich nicht habe«, sagte er. »Ich muß essen. Mit meinen Unterhaltszahlungen bin ich vier oder fünf Monate im Rückstand. Gewiß, ich habe an ein Buch gedacht, aber für etwas Ordentliches bräuchte ich zwei Jahre.«

»Paß auf, ich habe ein Projekt«, begann ich. »Es ist illegal, und du könntest ins Gefängnis kommen, wenn du erwischt wirst. Ich werde zwar versuchen, dich zu decken, aber garantieren kann ich nichts.«

»Klingt nicht so gut«, sagte er trübsinnig und ließ seine Eiswürfel klingeln.

»Zwei gute Gründe sprechen für das Projekt«, sagte ich.

»Laß mal hören.« Er winkte der Kellnerin und wies auf unsere Gläser.

»Erstens: wir besorgen es ein paar von den Typen, die dafür gesorgt haben, daß du bei der *Post* rausgeflogen bist. Zweitens: dein Honorar ist zweihundertfünfzigtausend in bar. Kein Mensch wird wissen, wo das Geld herkam. Damit kannst du den Rest deines Lebens in Mexiko verbringen und sechs Bücher schreiben.«

»Himmel noch mal! Wen müssen wir dafür umbringen?«

»Niemand. Du wirst recherchieren und einen Teil der Logistik übernehmen, Presseerklärungen verfassen und den richtigen Leuten diskret zuspielen – ohne daß jemand merkt, wer dahintersteckt. Ein bißchen leichte Arbeit an der Schreibmaschine.«

»Mann, was hast du da laufen?« Er hatte seinen zweiten Drink ganz vergessen und mustere mich scharf.

»Sag erst mal, was du von den Bedingungen hältst.«

Er fuhr sich durch das schüttere Haar. »Wenn alles so ist, wie du es dargestellt hast – Einzelheiten kenne ich ja noch nicht –, mache ich mit«, sagte er. »Aber ich muß die Details kennen.«

Die Kellnerin kam mit den Gläsern. Als sie wieder weg war, gab ich ihm ein paar.

6

Bei der Whitemark-Aktion, falls ich sie übernahm, mußte ich zum ersten Mal mit einem Team arbeiten. Von Teams halte ich nicht viel; wenn etwas schiefgeht und die Gruppe verhaftet wird, besteht immer die Möglichkeit, daß jemand auspackt. Die Polizei hat schlagende Argumente: Kronzeugen kommen ungestraft davon, aber wer schweigt, landet für fünf bis zehn Jahre im Knast, wenn sich ein Komplize vor ihm zur Aussage bereit erklärt.

LuEllen war eine gute Wahl. Sie war cool, eine Frau der Tat und rasch entschlossen. Ein Profi. Die Konsequenzen ihrer Arbeit wog sie methodisch ab und wußte genau, was sie in praktisch jeder denkbaren Situation zu tun hatte. Sie brauchte ihre Handlungen nicht zu rationalisieren. Sie wußte, daß sie eine Diebin war, und konzentrierte sich darauf, eine gute zu sein.

Dace war eine riskantere Angelegenheit. Er war gut auf seinem Gebiet, lebte aber in einer Traumwelt. Träumer verlieren den Kontakt mit den Ereignissen in ihrer Umgebung; Träumer versuchen, schneller als Kugeln zu sein und schärfer zu schießen als die Polizei. Sie tun einen Schritt, ohne an die möglichen Folgen zu denken. Bei der Arbeit an der falschen Story, die ihn seine Stelle bei der *Post* gekostet hatte, war es ihm nie in den Sinn gekommen, sich zu fragen: ›Was, wenn diese Leute lügen? Was, wenn die ganze Sache getürkt ist?‹ Der Ruhm war greifbar vor ihm gewesen. Er hatte Lauf. Er *wußte*, daß er recht hatte. Ein einziger Anruf hätte ihn retten können.

Er hatte Probleme, aber ich wollte ihn trotzdem haben. Er würde nicht sehr unter Druck geraten; er würde hauptsächlich den Papierkrieg führen. Außerdem war meine Wahl aus einem der ältesten und am wenigsten honorierten Motive unter Dieben auf ihn gefallen: Er war verfügbar.

Als ich zurück nach St. Paul kam, zeigte der Computer an,

daß Daten abgeladen worden waren. Ich ließ den Printer anlaufen, der prompt sechs Meter Endlospapier ausdruckte. Mit Ausnahme einiger aus Anshiser-Computern geklauter Hinweise stammte alles aus öffentlichen Datenbanken und war größtenteils bereits von Zeitungen und Zeitschriften veröffentlicht worden.

Anshiser war ein harter Brocken, berichtete Bobby, aber er war von selbst dazu geworden. Er hatte nie zu kämpfen brauchen, nie auf der Straße gesessen, war niemals arm gewesen. Sein Vater war aus Deutschland eingewandert und hatte um die Jahrhundertwende mit einem Pferdefuhrwerk als Schrotthändler angefangen. Am Ende besaß er den größten Schrottplatz von Chicago, zwei Stahlschmelzen und eine kleine Flugzeugfabrik, die er seinem Sohn zum Spielen überließ. Es gab nichts darüber, wie er den Sprung vom Schrottwagen zur Stahlfabrik geschafft hatte, aber das war nicht wichtig. Der alte Mann war mehr als vierzig Jahre tot.

Im Zweiten Weltkrieg wurde aus der Flugzeugfabrik, die er seinem Sohn übertragen hatte, ein Rüstungsbetrieb. Bei Kriegsende war Rudy Anshiser reicher als sein Vater. Er expandierte in den Dienstleistungssektor – Hotels, Automaten, Kettenrestaurants. Er engagierte sich nie im Filmgeschäft und nie im Sport-Franchising.

Nach dem Tod seiner Frau in den siebziger Jahren blieb er Witwer. Im Lauf der letzten Jahre hatte er sich mit wachsendem Reichtum immer mehr zurückgezogen – zwar nicht so extrem wie Howard Hughes, aber seine Villa in Chicago verließ er so gut wie nie.

Außer weiteren biographischen Daten erhielt ich auch Informationen über seine Frau und seine Kinder. Mrs. Anshiser hatte Chicagos Institut der schönen Künste kräftig gefördert. Die Kinder sparten jeden Pfennig, den sie in die Finger bekamen, und lebten vorwiegend in wärmeren Gefilden.

Die Computer der Firma Anshiser waren mit den bei der Rüstungsindustrie üblichen Sicherheitsmaßnahmen geschützt, teilte mir Bobby mit. Er hatte sich ein wenig in ihnen umgesehen, ohne auf etwas Interessantes zu stoßen. Vorwiegend Konstruktionsunterlagen, meldete er, und Millionen von Seiten Verwaltungsunterlagen und Geschäftskorrespondenz. Er fand Verweise auf den Computer der Buchhaltung und stieß zufällig auf eine Auflistung des Datenverkehrs zwischen diesem und dem Wirtschaftsprüfer.

Der nächste Schritt war natürlich das Anzapfen der EDV-Anlage des Wirtschaftsprüfers. Tief in der Datenbank fand Bobby ein Privatkonto mit Anshisers Geldzuwendungen an den Präsidenten und ein Dutzend anderer Politiker, die noch im Amt waren. Ein gefundenes Fressen für Leute, die sich an Skandalen weiden. Der Präsident, ehemals Senator eines Staates im Mittleren Westen, hatte sich ein Image als grundehrliches, unverblümt gutes Gewissen des Senats aufgebaut. Er hatte sich also in einem Ramada Inn in Des Moines einen braunen Umschlag mit zwanzigtausend Dollar zustecken lassen? Tz-tzz. Diese Blätter des Ausdrucks versteckte ich gut.

Auch über Maggie gab es einen Bericht. Vor Tische las man's anders. Sie war, bevor sie den Sprung auf die Universität von Chicago geschafft hatte, auf einer schlechten High School in einer Stahlstadt in Pennsylvania gewesen. Ihr Vater, ein Fabrikarbeiter, hatte sie und ihre Mutter sitzen gelassen. Nach Abschluß der High School hatte Maggie zwei Jahre bei einem Wirtschaftsprüfer in Indianapolis gearbeitet und war dann an die Uni gegangen. Ein Teilhaber der Wirtschaftsprüferfirma hatte ihr die ersten vier Jahre des Studiums finanziert.

Anschließend geriet sie erst an einen Wirtschaftsprofessor und dann an Anshiser. Sie war keine Sekretärin im engeren Sinn, sondern eher die rechte Hand des Chefs. Zweimal hatte sie den Auftrag erhalten, wacklige Firmen zu sanieren. Sie war vorübergehend Direktorin der Automatenfirma gewesen und hatte, als sie wieder schwarze Zahlen schrieb, ihren Nachfolger höchstpersönlich ausgewählt. Außerdem hatte sie in Arizona eine Müllbeseitigungsfirma geleitet und sich erfolgreich gegen einen Konkurrenten durchgesetzt – und das, wenn Bobbys Unterlagen stimmten, in drei Monaten.

IN ARIZONA GAB ES DAMALS ZWISCHEN DEN MÜLLFIRMEN EINEN REGELRECHTEN KRIEG – VERBRANNTE LKWS, AUFGESCHLITZTE REIFEN, TANKEXPLOSIONEN. WILL VERSUCHEN, MEHR HERAUSZUFINDEN. BISHER LIEGEN NUR PRESSEMELDUNGEN VOR.

Während Maggie die Aufmerksamkeit der Manager-Magazine erregte, blieb Dillon im Hintergrund. Über ihn existierten nur Hinweise auf seine Kreditwürdigkeit und Hinweise auf Artikel, die er für Fachzeitschriften verfaßt hatte. Offenbar war er Millionär und sammelte japanische Netsukes.

Ich setzte mich auf einen bequemen Ledersessel, legte die Füße auf ein Sitzkissen und las Bobbys Material über Anshiser und Dillons Whitemark-Report durch, schaute dabei hin und wieder hinaus auf den dunklen Fluß. Ich mußte nachdenken. Fast unmöglich, Whitemark einen Knüppel zwischen die Beine zu werfen, ohne die Aufmerksamkeit der falschen Leute zu erregen. Aber das Geld...

Den Rest der Woche verbrachte ich mit Malen, Angeln auf dem St. Croix River, und Training im Dojo. Dillons Report hatte ich so oft gelesen, daß ich ihn nun fast auswendig konnte. LuEllen rief zweimal an und stellte Fragen, Dace ebenfalls. Beide wollten einsteigen.

Sechs Tage nach dem Flug nach Chicago marschierte ich um acht Uhr früh den Berg hinauf zum Dojo. Die ersten Stunden begannen zwar erst um die Mittagszeit, aber der Sensei erledigte vormittags seine Bürokratie. Als ich anklopfte, kam er an die Haustür, zog die Augenbrauen hoch, als er mich erkannte, und ließ mich wortlos ein. Ich verbrachte zwei Stunden auf dem Parkett mit einer Übung, die Kata heißt. Zwanzig beherrschte ich mehr oder weniger. An dieser bestimmten, einem Sochin, hatte ich seit sechs Monaten gearbeitet.

Ein Kata kann die Psyche wunderbar beruhigen. Wenn man es richtig macht, schaltet sich das Großhirn mit seinem ganzen intellektuellen Kram ab. Nur ältere Gehirnteile, Sitz von Instinkten und Reflexen, funktionieren dann noch.

Der Anshiser-Job lockte mich. Kein Zweifel, das Geld war ein wichtiger Faktor, der mir ein gewisses Maß an Freiheit und Freizeit bringen würde. Aber das war nicht meine einzige Motivation.

Außer dem Geld zog mich das Spiel an. Es ging um ein gewaltiges Angriffsziel, und es machten starke Spieler mit. Konnte ich Whitemark ausschalten? Schwer zu sagen. Vielleicht. Auf Sieg stand eine hohe Prämie. Eine Niederlage konnte mich ins Gefängnis bringen. Es ging also um allerhand.

Ehrlich gesagt, war mir das Schicksal von Whitemark so ziemlich egal. Auch Anshisers Gejammer über Arbeitsplatzverluste, sollte Whitemark den Zuschlag bekommen, hatte mich nicht besonders beeindruckt.

Ich war im Vietnamkrieg gewesen und konnte mich entsinnen, an der Grenze zwischen Südvietnam und Laos auf einem Wildwechsel gelaufen zu sein. Vor mir zwei Hmong; einer mit einem Bauchschuß auf dem Rücken des anderen. Ein Killer-Trupp der nordvietnamesischen Armee war uns auf der Spur, und ich schrie über Funk verzweifelt um Hilfe. Aber das Funkgerät setzte immer wieder aus. Ich schrieb das zunächst der Antenne zu, die ich unter die Gurte meines Tornisters gesteckt hatte, wollte aber nicht anhalten, um die herauszuziehen und hochschnellen zu lassen. Der Feind war zu nahe, und die Antenne hätte beim Laufen im Laub über mir geraschelt.

Da Bäume und das Terrain Funksignale beeinflussen können, blieb ich auf Anhöhen und Lichtungen stehen und ging auf Sendung. Und da es sich um Anhöhen und Lichtungen handelte, warf ich mich dazu auf den Boden, und ausgerechnet dann setzte das Gerät aus. Eben gerade, als ich lief, hatte es noch funktioniert, und ich hatte den Spruch der Hubschrauber empfangen: »Echo, wiederholen Sie Ihre Position.« Aber alles, was ich sendete, war offenbar zerhackt, verzerrt und unverständlich.

Die Lage wurde so verzweifelt, daß ich beim Laufen ins Mikrophon rief, und dabei stellte ich fest, daß das Radio funktionierte, wenn ich aufrecht stand. Der Feind war bis auf sieben- oder achthundert Meter herangekommen, als wir auf einer kleinen Kuppe bei einem niedergebrannten Dorf anhielten, ein paar Nebelgranaten warfen und evakuiert wurden. Als der Hubschrauber wieder in der Luft und der Hmong an dem Bauchschuß gestorben war, hebelte ich die hintere Abdeckung des Funkgerätes mit dem Messer los und schaute hinein.

Münzen! Das Arschloch von der Endmontage hatte drei kleine Geldstücke im Gehäuse vergessen. Jedesmal, wenn ich mich zu Boden geworfen hatte, waren sie auf die Schaltung gerutscht und hatten sie kurzgeschlossen. Stand ich wieder auf, fielen sie im Gehäuse nach unten, und das Gerät funktionierte wieder.

Es gibt Hunderte solcher Geschichten. Jeder Soldat in Vietnam hatte solche Stories über unsere Ausrüstung und Verpflegung zu erzählen. Stoff, der verrottet war, Mörsergranaten, die zu kurz landeten, die ersten M16, die im Feuergefecht Ladehemmung hatten, die Gefechtsrationen, die vier Dosen Bohnen mit Schinken enthielten und sonst nichts, abgesehen von einer Packung Lucky Strike ohne Filter, hergestellt im Zweiten Weltkrieg...

Als ich diese Münzen fand, dachte ich: Die ganze Rüstungsindustrie soll zur Hölle fahren. Und ich habe meine Meinung seitdem nicht geändert.

Das alles brodelte in den tieferen Schluchten meines Bewußtseins, als ich das Kata ausführte, die schwierigen Haltungen, das langsame Drücken, die fast unmöglichen Tritte zur Seite. Am Ende war ich naß geschwitzt. Der Sensei, der ab und zu einmal hereinschaute, sagte, ich könnte bei harter Arbeit den Bogen in zwei oder drei Jahren heraushaben. In einer anderen Sportart wäre das ein sarkastischer Kommentar gewesen. Hier aber nicht; der Sensei war absolut aufrichtig. Es war vielleicht das Netteste, was er je zu mir gesagt hat.

Nach dieser Übung hieb ich mit jeder Hand fünfzigmal auf das Makiwara-Brett, duschte und schlenderte zurück in meine Wohnung. Ich rief Weenie an, und er verständigte Lu-Ellen, die dann fünf Minuten später zurückrief und erklärte, sie wolle mitmachen. Ich wählte Daces Nummer; auch er war bereit. Dann rief ich Anshiser an und sagte ihm, ich wolle den Auftrag annehmen.

»Aber nur unter einer Bedingung.«

»Und die wäre?« fragte er.

»Ich setze den Vertrag auf. Sie setzen Ihre Unterschrift und Ihre Fingerabdrücke darunter. Keine Klauseln, keine juristischen Spitzfindigkeiten. Das Dokument verwahre ich. Vor Gericht mag es keinen Bestand haben, aber wenn Sie uns im Stich lassen, sorgt es dafür, daß Sie bis zum Hals in der Scheiße stehen.«

»Einverstanden.«

»Ich komme morgen bei Ihnen vorbei, um die erste Million abzuholen. Und ich will sie so rechtzeitig haben, daß ich sie noch auf die Bank bringen kann.«

»Gut, dann kommen Sie um eins ins Haus. Den Vormittag brauchen wir, um die Summe in bar zusammenzubekommen.«

WAS IST?

Ich fange an. Bitte nichts mehr in meine Wohnung senden. Melde mich bei dir. OK?

OK. HABE NAMEN/ADRESSEN/TELEFONNUMMERN VON RUND 70 WHITEMARK-MANAGERN MIT HEIMTERMINALS. BRAUCHT SEINE ZEIT.

Wann wirst du damit fertig?

MORGEN.

Gut. Alles klar mit dem Geld?

BISHER MACHT'S $2250.

Ist noch mehr da, falls du's brauchst.

OK. BIS DANN.

Einen guten Teil des Tages verbrachte ich mit Reisevorbereitungen. Ich leerte den Abfalleimer, räumte den Kühlschrank aus und stellte einen Wasserfarben-Set für unterwegs zusammen. Emily wollte sich um die Katze und den Whistler kümmern und den Briefkasten leeren und die Rechnungen der Versorgungsbetriebe bezahlen. Zu diesem Zweck gab ich ihr einen Umschlag mit Bargeld.

Vor der Abfahrt legte ich noch einmal die Karten aus. Das Rad des Schicksals dominierte, stand auf dem Kopf. Das sagte mir überhaupt nichts. *Das wußte ich.*

Kurz nach Einbruch der Dunkelheit rollte mein zwei Jahre alter Oldsmobile auf die Interstate 94. Es ist ein großer, ungeschlachter Schlitten mit viel PS, bequemen Sitzen und einem riesigen Kofferraum, in dem sich auffälliges Gerät wie Computer, Drucker, Kameras und Malsachen außer Sichtweite verstauen lassen. Ich stellte WLS ein, die 50000 Watt-Station auf der Mittelwelle, und ließ mich vom Rock 'n' Roll nach Chicago tragen.

7

Den frühen Vormittag verbrachte ich im Art Institute. Das *Junge Mädchen an der offenen Halbtür* stammt zwar nicht von Rembrandt, wie das Museum behauptet, gefällt mir aber trotzdem. Auch wenn man nicht viel für Pointillismus übrig hat, muß einem Georges Seurats *Sonntagnachmittag auf der Île de la Grande Jatte* als Meisterwerk gelten. Jedesmal, wenn ich das Bild sehe, laufe ich Gefahr zu hyperventilieren. Es ist so beeindruckend wie die herrliche Degas-Wand im Metropolitan Museum in New York.

Wie üblich vergaß ich im Museum die Zeit und mußte durch die Stadt hetzen, um LuEllen vom Flughafen abzuholen. Sie trug einen brauen Hosenanzug und einen weißen Panamahut, dessen Krempe sie sich über die Augen gebogen hatte. Wir holten ihr Gepäck ab, fuhren in die Stadt und mieteten uns bei der Second Illinois Banksafes. Anschließend setzte ich sie vor meinem Hotel ab und fuhr zu Anshiser. Maggie kam an die Tür und führte mich nach oben. Das Geld lag in einem kleinen Kunstlederkoffer auf Anshisers Schreibtisch.

»Haben Sie den Vertrag?« Er klang zittrig und mußte sich räuspern. Dillon, wieder ganz in Grau, saß auf seinem Besuchersessel und lächelte schwach.

»Jawohl, da ist er.« Ich reichte ihm einen klar formulierten Arbeitsvertrag. Er las ihn durch und gab ihn an Maggie weiter, die ihn anschaute und nickte.

»Das sollte genügen«, sagte Anshiser, ließ sich den Vertrag von Maggie zurückgeben und unterschrieb und datierte ihn.

»Nun die Fingerabdrücke.« Ich nahm ein Stempelkissen aus der Tasche und reichte es ihm.

»Das gibt eine Schweinerei«, sagte er.

»Aber nur eine kleine«, sagte ich. »Ich werde mir die Finger schmutziger machen.«

»Hmm.« Er drückte die Fingerspitzen auf das Kissen und dann in einer sauberen Reihe unter seine Signatur.

»Die andere Hand auch?«

»Eine genügt.«

Maggie reichte ihm eine Packung Papiertaschentücher.

»Nun zum Geld«, sagte er, als er sich die Finger abgewischt hatte, und schob mir den Koffer zu. »Eine Million einhunderttausend in Zwanzigern und Fünfzigern, nicht fortlaufend numeriert. Das Geld kommt direkt aus dem Tresor eines unserer Spielkasinos. Zählen Sie es, wenn Sie wollen.«

Ich ließ die Schlösser aufschnappen, schaute in den Koffer und klappte ihn wieder zu. »Das mach ich später. Wollen Sie hören, was ich bisher unternommen habe?«

»Bitte.« Er lehnte sich zurück, verschränkte die Arme und war nun ganz der Chef, der sich von einem Untergebenen vortragen läßt. Ich hätte zwei Assistenten angestellt, erzählte ich, und sei nun dabei, Namen aus Dillons Report zu überprüfen. Ich umriß zwei Angriffsmethoden, teilte ihm mit, daß wir im Großraum Washington arbeiten wollten, und daß ich vorhatte, ihm alle paar Tage Bericht zu erstatten. Als ich geendet hatte, schaute er erst Dillon und Maggie und dann wieder mich an.

»Wir haben eine Bitte«, sagte er.

»Welche?«

»Maggie soll mit Ihnen zusammenarbeiten, damit sie sieht, was getan wird und wie. Solange sie das Gefühl hat, daß Sie nicht übers Ziel hinausschießen, wird sie Ihnen nicht ins Handwerk pfuschen. Wir wollen nur den Überblick behalten.«

Ich warf einen Blick hinüber zu Maggie und dachte an Bobbys Informationen über sie. Sie schaute ruhig und ohne zu lächeln zurück.

»Den Laden schmeiße ich und sonst niemand«, sagte ich zu Anshiser. »Es ist nämlich meine Haut, die hier riskiert wird. Meinetwegen kann sie zusehen, aber ich lasse ihr nur eine Option: Sie kann die Aktion abblasen. Wenn sie ›Schluß‹ sagt, machen wir Schluß. Aber wir lassen uns von ihr keine Anweisungen geben.«

»Das verlangen wir auch nicht«, sagte Anshiser und zeigte auf Maggie. »Beim geringsten Anzeichen von Ärger steigen Sie aus.«

»Wird gemacht.«

»Und wenn wir gerade von Ärger sprechen«, sagte Anshiser mit einem kalten Unterton zu mir, »möchte ich Ihnen einen guten Rat geben. Bitte versuchen Sie nicht, uns das Geld zu stehlen, Mr. Kidd. Wir erwarten Leistung. Wenn Sie die nicht bringen können, sagen Sie uns Bescheid. Aber ich muß das Gefühl haben, daß Sie sich Mühe geben. Ich lasse mich nicht bestehlen. Ich drohe nun nicht, Ihnen die Beine zu brechen, falls Sie sich absetzen sollten, aber eine Milliarde kann eine Menge rechtlichen und finanziellen Ärger kaufen. Verstanden?«

»Alles klar«, sagte ich und nahm den Koffer. Eine Million Dollar... leichter, als ich erwartet hatte. »Morgen fahre ich mit einem Partner nach Washington. Sobald wir eine Wohnung gefunden haben, melde ich mich bei Ihnen, und Maggie kann dann zu uns stoßen.«

»Viel Glück«, sagte Anshiser, stand auf und streckte die Hand aus. Seine Haut fühlte sich kalt, feucht an, wie ein nasses Papiertaschentuch. Ich drückte zu, gab die Hand rasch wieder frei und ging.

»So, jetzt sind wir also Komplizen«, sagte Maggie im Korridor.

»Hoffentlich werden Sie gut bezahlt«, versetzte ich. »Das wird nämlich eine größere Sache.«

»Ich bin gut versorgt«, sagte sie.

Ich machte den Mund auf, klappte ihn aber schnell wieder zu.

»Was wollten Sie gerade sagen?«

»Ach, nichts. Ich hätte nur beinahe einen meiner Sprüche abgelassen.«

»Sie sind doch sonst nicht schüchtern«, sagte sie und schaute leicht amüsiert zu mir auf. »Warum rücken Sie jetzt nicht mit der Sprache heraus?«

Ich zuckte die Achseln. »Wegen meines Mundwerks bekomme ich manchmal Ärger mit Frauen, die ich mag. Ich will nur nett sein, werde aber falsch verstanden.«

»Mögen Sie mich denn?«

Ich schaute in ihre kühlen grünen Augen. »Gut möglich. Sie sind intelligent und knallhart. Das gefällt mir.«

Zum ersten Mal hörte ich sie laut lachen. Es klang nett und spontan.

»Eine Million Dollar«, sagte LuEllen ehrfürchtig. »In acht Stunden könnten wir in Brasilien sein.«

Wir hatten das Geld auf dem Hotelbett ausgebreitet, damit wir es betrachten, zählen, auf die Seriennummern überprüfen und befingern konnten. Als wir festgestellt hatten, daß alles vollzählig vorhanden war, packten wir drei Taschen. Sechshunderttausend für mich, zweihundertfünfzigtausend für LuEllen, hundertfünfzigtausend für Dace.

Die hunderttausend für Spesen legten wir in Daces Tasche.

»Hunderttausend für die Unkosten«, sagte LuEllen, guckte erst das Geld und dann mich an und fing an zu kichern.

Als sie sich endlich wieder beruhigt hatte, verließen wir das Hotel, brachten unsere Anteile in Bankschließfächern unter und schickten die Schlüssel mit der Post nach Hause – meiner ging an Emily, ihrer an jemanden in Duluth. Ich fragte nicht an wen und verriet ihr nicht, wo meiner hinging. Der Rest des Geldes, minus ein paar tausend für Brief- und Handtasche, kam in eine hinterm Ersatzrad versteckte Kassette.

Am Spätnachmittag fuhren wir bewaffnet mit den Kleinanzeigen der *Chicago Tribune* durch die Vororte und erstanden gegen bar zwei gebrauchte Kaypro IBM-kompatible Computer und einen Drucker von Toshiba. Dann brachen wir auf nach Washington.

»Kann man sich auf diesen Dace verlassen?« frage LuEllen.

»Bestimmt.«

»Hat er uns eine Wohnung besorgt?«

»Ja. Möbliert, mit Telefonanschlüssen, Geschirr und allem Drum und Dran. Wir können sofort einziehen.«

»Was soll das kosten?«

»Zweitausend pro Woche.«

Sie pfiff durch die Zähne. »Das ist teuer.«

»Es ist ein ganz spezieller Deal. Der Hauseigentümer hat in Alexandria einen Callgirlring für die hohen Tiere im Pentagon laufen. Die Wohnungen sind eigentlich für die Mädchen, aber er hat Dace eine überlassen. Und da er selbst außerhalb der Legalität arbeitet, wird er den Mund halten. Das Ganze geht ohne Vertrag und Quittungen ab. Der Mann wird sich auch im Hintergrund halten und uns daher nicht zu sehen bekommen.«

Privatautos bleiben in den USA unsichtbar, solange man das Benzin nicht mit Kreditkarte bezahlt und keine Strafzettel bekommt. Und wenn man von den großen Interstate-Highways herunterfährt, findet man über kurz oder lang immer ein Motel, das alle Geschäfte in bar abwickelt. Man will dort keine Kreditkarte sehen und sieht auch nicht nach, ob man das richtige Autokennzeichen eingetragen hat. Man legt vierzig Dollar im voraus auf den Empfangstisch und hat seine Ruhe.

Wir hatten Grund zur Vorsicht. Anshiser hatte zwar von politischer Protektion gesprochen und schien sich auszukennen, aber es war dennoch möglich, daß er nicht wußte, was für ein Riesenunternehmen er in Gang gesetzt hatte. Ein Computerangriff auf einen Großkonzern ist der Alptraum des technischen Zeitalters. Wenn ein Krieg zwischen Firmen sich in Computerkreisen herumsprach, konnte es zu heftigen Reaktionen kommen. Sehr unangenehme Leute könnten hinter uns her sein. Angesichts dieser Möglichkeit wollten wir so wenig Spuren wie möglich hinterlassen.

Wir fuhren gemütlich nach Washington und besprachen die Aktion.

»Wenn es heikel wird, willst du mich also überhaupt nicht dabeihaben?« fragte LuEllen. »Besonders, wenn es aufs Ende zugeht?«

»Genau. Du kannst ruhig verschwinden. Du kommst nur am Anfang ins Spiel – ehe der Angriff beginnt. Es wäre nett, wenn du mir noch eine Weile Gesellschaft leisten würdest, aber bis zum Ende brauchst du nicht zu bleiben.«

»Ich will aber wissen, wie die Sache ausgeht.«

»Das wirst du ohnehin erfahren. Entweder von mir am Telefon, oder aus der Zeitung.«

»Wie ermutigend.«

LuEllen war eine angenehme Begleitung, weil ihr das Bedürfnis fehlte, dauernd zu reden. Nach dem Abendessen guckten wir uns im Fernsehen einen Film an und liebten uns anschließend; eine einigermaßen sportliche Angelegenheit, die einen netten Übergang zum Schlaf darstellte. Als wir in Washington ankamen, kamen wir uns schon fast wie ein Ehepaar vor.

Wir trafen an einem heißen, schwülen Donnerstag ein. Unser neues Hauptquartier lag in einem hübschen Viertel mit schmalen grünen Vorgärten, sauber gestutzten Hecken und geschmackvoll gealterten Villen und gepflegten Apartment-Häusern. Die letzteren hatten vorwiegend dunkelbraune oder gelbe Backsteinfassaden. Die Parkplätze der Mieter waren diskret hinter Spierstaudenhecken versteckt. Vor dem Haus mit der Nummer, die Dace uns genannt hatte, stellten wir unser Auto auf dem Gästeparkplatz ab. Das Gebäude war ein langes, zweigeschossiges Rechteck, dessen Schmalseite zur Straße wies. Es hatte vier Eingänge, über denen jeweils acht Wohnungsnummern standen. Wir gingen an die der Straße nächstgelegene Tür und wählten an einem Wandtelefon die Nummer der Wohnung. Dace drückte auf.

»Nicht übel«, sagte LuEllen, als wir eintraten. »Günstiger Kasten für einen Bruch.« Der dicke weinrote Teppichboden in der Eingangshalle kontrastierte mit der grüngemusterten Tapete. Unsere Wohnung lag im ersten Stock und gleich rechts vom Lift. Von außen gesehen mußte sie die zweite von vorne sein, von der Einfahrt abgewandt. Ich klopfte an die Tür, und Dace machte auf.

»He, Kidd«, sagte er. Er war barfuß und trug eine kurze Hose aus Khaki und ein Golfhemd. Als wir uns die Hände gaben, schaute er LuEllen neugierig an. Ich hatte ihm zwar gesagt, daß noch andere Leute mitmachen würden, aber sonst nichts.

Ich stellte die beiden einander vor. Nachdem sie gesagt hatten, wie sehr sie sich freuten, einander kennenzulernen, erklärte ich: »LuEllen ist... äh, Spezialistin für Raumpenetration.«

»Wie bitte?« fragte Dace verständnislos.

»Einbrecherin«, sagte LuEllen schlicht.

»Oh.« Dace wackelte mit den Augenbrauen und guckte interessiert. »Na, dann kommt mal rein und schaut euch um.«

Von meinem Standpunkt aus sah ich eine Küche mit Eßecke und ein gemütliches Wohnzimmer mit Sofas vor einem großen Fernseher. Die Stofftapete hatte ein diskretes Goldmuster auf beigem Grund, und an den Wänden hingen englische Jagddrucke aus dem neunzehnten Jahrhundert. Ein Gang führte zu Bädern und Schlafzimmern.

»Nicht schlecht«, sagte ich. »Das ist mehr Klasse, als ich erwartet hatte.«

Dace zuckte die Achseln. »Ist schließlich ein besseres Unternehmen. Das darf hier nicht aussehen wie im Puff.«

»Hast du die Möbel bestellt?«

»Die sind schon da und stehen im großen Schlafzimmer.«

Er ging voran in den hinteren Teil der Wohnung. Hier gab es vier Schlafzimmer, jedes mit Bad. Das große Schlafzimmer war in ein sauberes Büro mit großem Tisch in der Mitte und vier Bürosesseln daran verwandelt worden. Rechts auf dem Tisch stand ein Telefon.

»Was ist aus dem Bett geworden?« fragte ich.

»Das hat der Vermieter in die Wohnung nebenan tragen lassen. Ihm gehört das ganze Haus.«

»Gibt es noch ein Telefon?«

»Ja. Einen Anschluß in jedem Schlafzimmer, und noch einen im Wohnraum. Jeder hat seine eigene Amtsleitung.«

»Mann, hier könnte man ja ein Wettbüro einrichten«, sagte LuEllen.

»Ich hatte vor, die Anschlüsse verlegen zu lassen, hab mir aber dann gesagt, daß du das vielleicht lieber selbst machen willst«, sagte Dace.

»Gut. Je weniger Leute diese Wohnung zu sehen bekommen, desto besser«, sagte ich.

In einer Stunde war alles fertig. Ich legte eine zweite Telefonleitung ins Büro, schloß beide an die Laptops an und stellte die Verbindung zum Drucker her. Als Test rief ich Bobby an.

WAS IST?

Ich gab ihm die Nummer.

ICH HAB WAS FÜR DICH. SOLL ICH GLEICH SENDEN?

Klar.

GEH AUF EMPFANG.

Zwei Minuten später hatte ich die Daten im Speicher des einen Computers und druckte sie aus. Der Printer brauchte fünf Minuten, um zwei Kopien auszuwerfen.

»Ich hab noch nie gesehen, wie ein Computer funktioniert«, sagte LuEllen, die mir über die Schulter guckte, als ich das Endlospapier vom Printer abriß. Dace kochte in der Küche Kaffee. »Was hast du da bekommen?«

»Namen, Adressen, Telefonnummern von Whitemark-Managern und anderen Leuten mit Heimterminals, die wir vielleicht besuchen wollen. Dabei würdest du gebraucht.«

»Wollen wir ihnen die Computer stehlen?«

»Ach wo. Wir besorgen uns nur die Informationen, die auf Diskette gespeichert sind.«

»Davon verstehe ich nichts.«

»Paß auf, eine Computerdiskette funktioniert wie ein Tonband, ist aber rund und flach wie eine Schallplatte. Daten werden in Form von magnetischen Impulsen auf ihr gespeichert. Wenn wir sie abspielen, übersetzt der Computer diese Impulse in Zahlen und Buchstaben und läßt sie auf dem Bildschirm erscheinen.«

»Ah, wir klauen also diese Disketten.«

»Ich hoffe nicht. Ich nehme einen Laptop mit und kopiere die Diskette. Das dauert jeweils ein, zwei Minuten. Die Originale bleiben an ihrem Platz, damit niemand merkt, daß wir etwas mitgenommen haben.«

Dace kam mit dem Kaffee zurück. »So, und was passiert jetzt?« fragte er.

»Ich will mir jetzt erst einmal dieses Material ansehen«, sagte ich. »Macht doch einfach Feierabend. Morgen erkläre ich euch dann, was wir zuerst tun und wo.«

Dace nickte. »Um neun?«

»Gut.«

»Ich wäre ganz gern in die Stadt gegangen und hätte mir das Washington Monument und das Kapitol angesehen«, sagte LuEllen. »Ich war nämlich noch nie in Washington.«

Ich zuckte die Achseln. »Meinetwegen.«

»Ich mache eine Stadtrundfahrt mit Ihnen«, bot Dace an.

Als die beiden verschwunden waren, ging ich den Ausdruck durch. Er war sauber arrangiert: Dutzende von Namen mit Hintergrundinformationen wie Erscheinungsbild, Kreditwürdigkeit, Familienstand, Kfz-Typ.

LuEllen kam um zehn zurück, gähnte und verkündete, sie ginge ins Bett. Als ich eine halbe Stunde später den Whitemark-Report aus dem Schlafzimmer holen wollte, stellte ich fest, daß wir nicht mehr miteinander schliefen. LuEllen war in ein anderes Zimmer umgezogen.

Neugierig schaute ich zu ihr hinein. Sie lag zu still auf dem Bett, um am Schlafen zu sein.

»Sag mal, stimmt was nicht?«

Sie drehte sich halb zu mir um, so daß ich ihr Gesicht im Schein der Gangbeleuchtung sehen konnte. »Ach wo. Ich dachte nur, das ist besser so, solange wir quasi einen Krieg führen.«

»Hat das vielleicht etwas mit Dace zu tun?«

Schweigen.

»Er ist ein schrecklich netter Kerl«, sagte sie leise. »Er will nach Mexiko gehen und ein Buch schreiben.«

»Und du willst mit?«

»Ich weiß nicht. Heute abend ist jedenfalls noch nichts passiert, falls du das meinst.« Sie klang ein wenig frostig, als wollte sie gleich klarstellen, daß sie so leicht nicht zu haben sei, aber das ging nicht, weil wir beide es besser wußten. »Er ist ein netter Kerl. Ich mag ihn.«

»Ich hab ja nur gefragt«, sagte ich und wandte mich ab.

»Kidd!« rief sie.

Ich kam zurück an die Tür.

»Dich mag ich auch sehr gern«, sagte sie und klang nun traurig. »Aber du bist kein netter Kerl. Und nach so einem hab ich mich schon immer gesehnt.«

»Herzlichen Dank für das Kompliment.«

»Nein, ich meine das ehrlich. Hältst du dich denn für einen netten Kerl?«

Darüber mußte ich ein wenig nachdenken. War ich etwa ein netter Kerl? Diese Frage hatte ich mir noch nie gestellt.

»Na bitte«, sagte LuEllen in die Stille hinein.

Manchmal bin ich sicher, daß ich mit Frauen nicht gut auskomme. Ein, zwei gibt es immer in meinem Leben, aber sie verlassen mich immer. Ich hatte gedacht, mit LuEllen sei es anders. Sie war so unabhängig und selbständig wie ich, wir paßten gut zusammen und fanden uns interessant. Wir redeten nicht zuviel, hatten keinen Stress.

Ich ging zurück in mein Schlafzimmer und akzeptierte die Veränderung, aber als ich mir das Unterhemd ausgezogen hatte, knüllte ich es plötzlich zusammen und schmiß es an die Wand.

Am nächsten Morgen erschien Dace um neun mit einem Paket unterm Arm und einem leicht verlegenen Ausdruck im Gesicht. Er marschierte lässig ins Büro, und als er im Vorbeigehen das zerwühlte Bett in LuEllens Zimmer sah, konnte er sich eine zufriedene Miene nicht ganz verkneifen.

»Aha«, sagte er, als er merkte, daß ich ihn dabei beobachtet hatte.

»Macht nichts. Bei euch muß es gestern abend gefunkt haben.«

»Faszinierende Frau«, sagte er. »Wir haben über Mexiko gesprochen. Nachher.«

»Hab ich auch gehört.«

LuEllen kam mit einer Tasse Kaffee aus der Küche. »Wird hier über mich geredet?«

»Wir regeln nur die administrativen Details«, erwiderte ich.

»Genau«, bestätigte Dace. »Da ist ein Paket für uns.« Er reichte es mir.

Der Karton trug keinen Absender, kam aber dem Poststempel zufolge aus Kalifornien, wo ich einen auf elektronische Leckerbissen spezialisierten Freund habe. Er arbeitet in einer gemieteten Garage, und seine Geräte sind sehr, sehr teuer.

»Werkzeug«, sagte ich. »So, machen wir uns an die Arbeit.«

8

WAS IST?

Brauche Daten aus dem Telefonspeicher.

GIB MIR MAL DIE NUMMERN.

Nicht über Korrektur. Diskretion, bitte.

GUT, ICH MACH EIN CUTOUT.

OK. Was kostet das?

$1000.

OK.

Die Telefongesellschaft speichert in ihrem Computer Daten über alle von einem Ortsbezirk ausgehenden Gespräche. Wenn ein Hacker über seinen Privatanschluß in fremde Computer einbricht und die Aufmerksamkeit der Behörden erregt, kann die Polizei aus dem Telefoncomputer sehen, wann er wo angerufen hat.

Sobald man bei Whitemark merkte, daß der Computer unter Beschuß war, würde man das FBI verständigen, das dann mit seinen Crays in den Datenbanken nach einem verdächtigen Gesprächsraster suchte.

»Wenn Bobby mit Hilfe seiner Software dem Telefoncomputer befiehlt, Gespräche von diesem Anschluß nicht zu registrieren, könnte das FBI die Manipulation entdecken und aus dem Befehl unsere Nummer ablesen«, erklärte ich LuEllen.

»Und wie will er dieses Problem lösen?«

»Indem er ein Cutout einrichtet. Jedesmal, wenn wir hier wählen, schreibt der Telefoncomputer das Gespräch einer beliebigen anderen Nummer zu.«

»Und wie schafft er das von zu Hause aus?«

»Keine Ahnung. Mag sein, daß er hier einen Techniker einsetzt, aber bei diesem Preis bezweifle ich das. Wahrscheinlich richtet er die Sache von seinem Standort aus ein.«

CUTOUT MIT RANDOM-BYPASS EINGERICHTET.

Danke.

STEHE WEITERHIN ZU DIENSTEN.

Ich melde mich wieder.

Wir wollten unseren Feldzug gegen Whitemark in zwei Phasen führen. Zunächst einmal drangen wir in das Computersystem der Firma ein und brachten Änderungen an – manche subtil, manche grob und auffällig. Das richtete beträchtlichen Schaden an. Und wenn Whitemark wegen der EDV-Probleme in zunehmend größere Schwierigkeiten geraten war, sollte Dace die zweite Offensive starten und im Pentagon und bei der militärischen Fachpresse Gerüchte über Whitemarks Schieflage streuen. Wenn wir das richtig anfingen, würde Whitemarks Ruf und damit auch das *Hellwolf*-Projekt schweren Schaden nehmen. Erst aber mußten wir in Whitemarks EDV-System eindringen.

Rüstungsbetriebe wie Whitemark sind adäquat bis streng gesichert, aber zum Glück für den Industriespion gibt es immer Schwachstellen – Profitgier zum Beispiel. Bei diesen Firmen sieht man es gern, wenn die Ingenieure und Spitzenmanager auch zu Hause noch arbeiten. Und diese Leute haben unweigerlich Heimcomputer, die über eine Telefonleitung mit dem Hauptsystem im Betrieb verbunden sind.

Für die EDV-Zentren stellen diese externen Terminals ein paradoxes Problem dar. Einerseits müssen die Computer, wenn sie von Laien wie Ingenieuren oder Buchhaltern bedient werden, benutzerfreundlich sein, also leichten Zugang und leichten Umgang bieten. Sind sie aber zu benutzerfreundlich, besteht die Gefahr, daß Hacker oder Spione, wenn man unter Verfolgungswahn leidet, in das System eindringen und alles kaputtmachen.

Die übliche Lösung ist eine starke, aber dünne Verteidigungsstellung, meist in Form eines Codes. Der Benutzer eines Heimsystems gibt ein Kennwort ein und erhält Zugang. Wenn wir in Whitemarks Computer hinein wollten, mußten wir diese Codes haben. Wir mußten sie stehlen.

Dazu mußten wir in die Häuser der Benutzer eindringen, die den Code enthaltende Software kopieren und eine Wanze hinterlassen, die den Datenverkehr anzapfte und an uns weitersendete. Wenn das Ganze wie ein gewöhnlicher Einbruch aussah, würde niemand auf den Gedanken kommen, daß das Computersystem infiltriert worden war.

Waren wir erst im Besitz der Codes, mußten wir sie sofort zu benutzen beginnen, denn die verdammten Dinger haben Verfallsdaten. Und hatte der Angriff auf Whitemark begonnen, mußte er ohne Pause weiter vorgetragen werden. Wenn man bei Whitemark merkte, was gespielt wurde, schottete man sicher das EDV-System ab und verwehrte uns so den Zugang.

Wir mußten also überall zugleich zuschlagen. Günstig war das nicht, aber wir hatten keine andere Wahl.

Bobbys Recherchen resultierten in einer Liste potentieller Einbruchsobjekte. Dace kannte sich in Washington so gut aus, wie es nur ein Lokalreporter fertigbringt, und LuEllen nahm ihn zu den Themen Straßenpläne, Verbrechensrate und Gartenarchitektur ins Kreuzverhör. Nachdem wir die Liste auf zwölf Namen reduziert hatten, besorgte Bobby von den Kreditschutzorganisationen umfassende Informationen über die Zielpersonen.

Am Spätnachmittag hatten wir fünf Kandidaten und ihre persönlichen Daten in der Hand und beschlossen, Pause zu machen und essen zu gehen.

Ich saß am Steuer, LuEllen neben mir, Dace auf dem Rücksitz. Am Ende der Einfahrt hielt ich kurz an, um in die Straße zu biegen. LuEllen berührte meine Hand am Lenkrad und drehte sich gleichzeitig zu Dace um.

»Aufgepaßt«, sagte sie lächelnd. »Nicht umdrehen. Als wir aus dem Haus kamen, saß ein Mann am Steuer des grünen Lieferwagens dort drüben. Ich glaube, er hat im Außenspiegel nach uns Ausschau gehalten, und als wir rauskamen, hat er sich nach uns umgedreht. Jetzt ist er weg vom Lenkrad und bestimmt hinten im Laderaum.«

»Um uns zu beobachten?« fragte Dace, ohne zu dem Lieferwagen zu schauen, der zehn Meter von uns entfernt auf der anderen Seite der Straße parkte.

»Ich hab ein mieses Gefühl«, sagte LuEllen. »Er hat uns ganz komisch angeguckt. Es war, als hätten unsere Blicke sich getroffen.«

»Wir können hier nicht stehenbleiben«, sagte ich, schaute nach links und rechts, bog in die Straße ein und fuhr auf den grünen Kastenwagen zu.

»Schau du mal hin«, sagte LuEllen zu Dace. »Tu so, als würdest du mit mir reden, aber sieh nach, ob jemand auf dem Vordersitz ist.«

Wir fuhren an dem Lieferwagen vorbei. »Niemand«, grunzte Dace.

»Scheiße!« sagte LuEllen.

»Vielleicht ist der Mann ausgestiegen, als wir zum Auto gegangen sind«, überlegte Dace.

»Nein«, sagte ich und schaute in den Rückspiegel. »Der Lieferwagen ist gerade losgefahren und folgt uns.« Der Fahrer hatte abgewartet, bis sich ein anderes Auto zwischen uns gesetzt hatte, und blieb dann hinter ihm. LuEllen wandte unauffällig den Kopf und drehte sich dann wieder zu mir um.

»Verflucht noch mal, Kidd, was soll das?« fragte sie.

»Keine Ahnung. Wir haben noch nichts unternommen.«

»Du hast aber schon am Computer vorgearbeitet. Ist es möglich, daß uns die Polizei schon jetzt beschattet?«

»Ausgeschlossen. Das ist *zu* paranoid, LuEllen. In dieser Stadt gibt es am Tag bestimmt eine halbe Million Datenübertragungen«, sagte ich.

Sie behielt den Lieferwagen weiter im Auge. »Was will er dann?« fragte sie ungeduldig.

»Das weiß ich auch nicht. Aber jetzt gibt er es gerade auf.« Der Lieferwagen hatte uns einige Blocks weit verfolgt, aber als wir uns der Ampel an einer großen Kreuzung näherten, fiel er zurück, ließ zwei Autos passieren, wendete und fuhr wieder in die Richtung unserer Wohnung.

Ich bog nach links ab, fuhr um den Block und dem Lieferwagen hinterher.

»Fahr am Haus vorbei und komme aus der entgegengesetzten Richtung zurück«, sagte LuEllen. »Auf die wird er nicht achten.«

Der Lieferwagen stand vor unserem Haus auf der Straße. Ein Mann in einem grünen Arbeitsanzug war ausgestiegen und schlug gerade die Hecktür zu. Dann fuhr der Wagen an und blieb dreihundert Meter weiter wieder stehen.

»Sie sind also zu zweit«, sagte LuEllen. »Der Mann auf der Straße hält Wache. Der im Haus hat ein Funkgerät oder einen Pieper.«

»Und was nun?« fragte Dace.

LuEllen schaute mich an. »Unsere Tarnung muß im Eimer sein.«

»Kommt mir höchst unwahrscheinlich vor«, beharrte ich. »Wenn uns überhaupt jemand auf die Spur gekommen ist, dann nur aus Zufall.«

»Und was machen wir jetzt?« fragte Dace.

»Eine Million Dollar«, sagte ich und dachte nach. »Es steht noch nicht einmal fest, ob wir überhaupt das Ziel sind. Schau, der Kerl ist in unser Haus gegangen. Stellen wir ihn einfach und fühlen ihm auf den Zahn. Bisher haben wir noch nichts Ernsthaftes verbrochen. Vielleicht finden wir heraus, was gespielt wird, wo wir stehen. Es ist aber auch möglich, daß er nur ins Haus gegangen ist, um etwas zu reparieren.«

»Gut, dann handeln wir besser sofort«, sagte LuEllen. »Länger als fünf Minuten bleibt er bestimmt nicht im Haus.«

Ich schüttelte den Kopf. »Nur, wenn er ein Einbrecher ist. Wenn er die Wohnung nach Belastungsmaterial durchsucht oder verwanzt, braucht er länger... was fangen wir mit dem Kerl im Lieferwagen an?«

»Dazu brauche ich ein Telefon«, sagte LuEllen.

Im Freizeitcenter zwei Straßen weiter gab es ein Münztelefon. LuEllen rief die Polizei an und kam zurückgerannt.

»Ich habe gesagt, der Mann im grünen Lieferwagen hätte vor dem Freizeitcenter ein kleines Mädchen angesprochen und mitgenommen«, sagte sie beim Einsteigen. »Der Streifenwagen soll in einer Minute da sein. So ein Fall hat höchste Priorität.«

Knapp eine Minute später war die Polizei zur Stelle. Wir warteten in einer Seitenstraße, und als der Streifenwagen an uns vorbeigefahren war, fuhr ich um den Block und erreichte den Parkplatz unseres Hauses über die Hintereinfahrt. Die Beamten hatten den Mann aus seinem Lieferwagen geholt.

»Dace, du wartest hier«, sagte ich über die Schulter. »Wenn LuEllen nicht in exakt fünf Minuten wieder unten ist, schickst du die Cops hoch.«

»Warum darf ich nicht mit?« fragte er besorgt.

»Keine Zeit für Diskussionen«, sagte ich. LuEllen folgte mir ins Haus, und wir gingen die Treppe hoch in den ersten Stock. An der Wohnungstür legte LuEllen den Finger auf die

Lippen, lauschte kurz und begutachtete dann das Türschloß.

»Kratzer«, flüsterte sie mir ins Ohr. »Die waren vorher nicht da. Könnten von einem altmodischen Dietrich stammen.«

»Gehen wir rein?« wisperte ich zurück.

»Er wird uns hören. Wenn er bewaffnet ist, sitzen wir in der Tinte.«

»Nimmt er den Aufzug, oder geht er die Treppe runter?«

»Treppe.«

Wir gingen zurück ins Treppenhaus und schlossen die stählerne Feuertür.

»Geh runter und sag Dace Bescheid«, sagte ich. »Ich warte hier und fange ihn ab, wenn er durch die Tür kommt.«

Ein leises, metallisches Geräusch hinter der Feuertür. »Zu spät«, sagte LuEllen. »Da kommt er schon.«

»Mist. Los, du verschwindest.«

LuEllen hastete die Betonstufen hinunter und blieb auf dem nächsten Absatz stehen. Ich wartete hinter der Tür. Wenn es sich bei der Person im Gang um eine Edelnutte oder einen General aus dem Pentagon handelte, stand mir eine peinliche Situation bevor.

Es kam aber anders. Ein dürrer, blasser Mann mit dünnem blonden Haar und blassen, wäßrigen Augen erschien. Er trug einen grünen Overall und einen Werkzeugkasten. Er stieß die Tür mit der rechten Hand auf und entdeckte mich nicht sofort. Als sein Blick dann auf mich fiel, riß er Mund und Augen auf. Ich wirbelte herum und knallte die Tür mit einem kräftigen Karatetritt zu. Die Stahltür traf ihn an Seite und Schläfe.

Er ließ den Werkzeugkasten fallen, der aufging und seinen Inhalt über den Treppenabsatz verstreute. Der Mann taumelte. Ich säbelte ihm ein Bein weg und ließ ihn auf dem Betonboden landen. Er streckte die Hände aus, um den Fall zu mildern. Ich setzte ihm ein Knie ins Kreuz und schlang ihm den Arm um den Hals.

»Eine Bewegung, und ich brech dir das Genick«, sagte ich. LuEllen war zurückgekommen. »Sag Dace Bescheid«, befahl ich. Sie wandte sich zum Gehen und erstarrte: unten auf dem Treppenabsatz stand ein Typ mit einem Rattengesicht. Er hatte Augen wie Stahlkugeln und zielte mit einer kleinen schwarzen Pistole auf meine Stirn.

»Laß ihn los, du Wichser!« sagte Rattengesicht. Er hatte eine schrille, zittrige Stimme, die quietschte wie Kreide auf einer Tafel, aber das runde schwarze Loch am Ende des Pistolenlaufs zitterte nicht. Ich stand auf, und der Mann unter mir kam jammernd auf Hände und Knie und sammelte sein verstreutes Werkzeug wieder ein. Abgesehen von ein paar Zangen, Schraubenziehern und einer Rolle Isolierband hatte er vorwiegend illegale elektrische Geräte bei sich.

»Wer zum Teufel sind Sie?« fragte ich Rattengesicht. LuEllen schien ihn von hinten angreifen zu wollen, aber ich hob die Hand, und sie entspannte sich wieder.

»Maul halten.« Der Lauf blieb ruhig auf mich gerichtet.

»Wir verschwinden jetzt«, sagte er. »Kommt uns bloß nicht hinterher.«

Wir hörten unten die Haustür schlagen. Dann ging über uns die Feuertür auf: Dace.

»Was war los mit dir?« fragte ich ihn. »Der zweite Mann hat uns mit einer Knarre überrascht.«

»Die Polizei hat nur ein paar Sekunden mit ihm gesprochen und ist dann wieder weggefahren. Einfach so. Eine Sekunde später rannte der Kerl hier ins Haus. Ich war zu weit weg, um ihn einzuholen. Also hab ich den Aufzug genommen. Ich hab gehofft, daß ihr schon in der Wohnung wart und daß er im Treppenhaus warten würde.«

»Wie ist er ins Haus gekommen?«

»Mit einem Schlüssel«, sagte Dace.

»Wahrscheinlich hatte er nur den Schlüssel zur Haustür, aber nicht den für die Wohnung«, sagte LuEllen und schaute mich an. »Wir sind alle aufgeschmissen. Es ist nicht Dace' Schuld.«

»Hier ist etwas in die Hose gegangen«, sagte ich. »Dieser Kerl war kein Einbrecher, sondern wollte die Wohnung verwanzen. Jemand ist uns einen Schritt voraus. Und es muß an Chicago liegen.«

In der Wohnung packten wir, und ich nahm die Telefone auseinander. Sie enthielten primitive Wanzen, primitiv installiert.

»Zu mehr reichte die Zeit nicht«, sagte ich. »Wenn ich die Wohnung noch einmal mit dem Spürgerät abgehe, ist sie sauber.«

»Fragen wir mal in Chicago nach«, sagte LuEllen. Sie hatte alle ihre Sachen gepackt. Sie hatte nicht vor zurückzukommen.

Wir fuhren zu einem Holiday Inn und stiegen dort für die Nacht ab. Als ich Maggie in Chicago ans Telefon bekam, behauptete sie mit Vehemenz, ihre Sicherheitsvorkehrungen seien absolut perfekt.

»Bei uns ist eine undichte Stelle ausgeschlossen«, sagte sie fest. »Über Ihr Team wissen nur drei Personen Bescheid: Rudy, Dillon und ich. Und wir sind verschwiegen. Ich halte es für wahrscheinlicher, daß Ihr Dace das Problem ist.«

»Das glaube ich nicht«, sagte ich. »Wir kennen uns schon seit einer Ewigkeit.«

»Mit Sicherheit können Sie das aber nicht sagen.«

»Gewiß, aber er ist mein Freund. Mein Instinkt sagt mir, daß ich ihm trauen kann. Heute war er zu Tode erschrocken. Und überrascht.«

»Wie auch immer, bei uns liegt das Problem nicht«, beharrte sie.

»Ich kann immer noch nicht glauben, daß diese Männer durch Zufall auf uns gestoßen sind«, sagte ich. »Wenn wir keine Erklärung für diesen Vorfall finden, müssen wir die Aktion abblasen.«

»Moment, warten Sie doch erst einmal zwei Tage. Ich setze Dillon auf die Sache an...« Nach einer längeren Pause sagte sie nachdenklich: »Sagen Sie, kann das etwas mit dem

Vormieter zu tun haben? Das Haus ist doch so eine Art Bordell, nicht wahr?«

»So etwas Ähnliches«, sagte ich und dachte darüber nach. Es schien vernünftig zu sein – vernünftiger jedenfalls als die anderen Möglichkeiten.

»Wie heißt der Vermieter?«

Ich nannte ihr den Namen, und sie versprach, sich wieder bei uns zu melden.

Am Abend beschäftigte ich mich mit dem Tarot. LuEllen und Dace kamen zu mir, steckten die Köpfe zusammen und schauten mir beim Umdrehen der Karten zu.

»Dieser Tarot-Scheiß ist unheimlich«, sagte Dace nach einer Weile.

»Aber interessant«, sagte LuEllen und schaute mich an. »Erklär ihm doch mal, wie das funktioniert.«

»Ich benutze es als Spiel«, sagte ich knapp.

»Was zum Teufel soll das heißen?«

Ich schaute die Karten an, die ich ausgelegt hatte. Es dominierten die niedrigen Schwerter. Das bedeutete Sorgen und Spannung. Damit lagen sie richtig. Ich schaute Dace an.

»1979 bat mich ein Astrologe, ihm ein Astrologie-Programm zu schreiben. Das ist eine rein mechanische Angelegenheit, bei der es nur um Sonnen- und Mondaufgänge und Planetenbahnen geht.«

»Ich dachte, man bräuchte Jahre, um das zu lernen«, sagte Dace.

»Das betrifft nur die Interpretation des Diagramms, das von Geburtstag, -zeit und -ort bestimmt wird. Die Berechnung dieser Daten schafft der Computer genausogut wie der Mensch – eher besser, weil er keine Rechenfehler macht und rascher arbeitet.

Zuerst mußte ich ein Abtastgerät bauen, um die Ephemeride – das Buch mit den eigentlich astronomischen Informationen über den Lauf der Planeten und ähnliches – in den Computer einzulesen. Anschließend schrieb ich ein Programm, um die Daten noch einmal zu scannen – zwecks Überprüfung der beiden Tabellen auf Fehler. Eine Heidenarbeit. Wie auch immer, dieser Astrologe benutzte das Tarot, und das weckte mein Interesse.«

»Sagst du damit die Zukunft voraus?«

»Nein. Fast alles, was über Tarot geschrieben wird, ist Quatsch. Sieht man aber in den Karten Archetypen menschlicher Motive und Verhaltensweisen, werden sie plötzlich zu einer Art Kriegsspiel-System.«

»Und wie funktioniert das?« fragte Dace.

»Wer mit einem Problem konfrontiert ist sieht es immer in einem bestimmten Kontext; seine Vorurteile und seine Umgebung verstellen ihm den Blick auf mögliche Lösungen. Wer hingegen mit einem Problem spielt, sprengt zwangsläufig den Rahmen seiner Vorurteile. Unsere Frage lautet: Warum haben wir ein Sicherheitsproblem? LuEllen habe ich nicht im Verdacht; ihr traue ich. Aber vielleicht wurde sie in dieser Wohnung in Cleveland überrascht und festgenommen und steht nun unter Anklage; und als ich mich mit ihr in Verbindung gesetzt und ihr erklärt habe, was ich vorhatte, ist sie schnurstracks zum Bundesanwalt gegangen und hat mit ihm einen Deal gemacht. Es kann auch sein, daß Bobby in einer ähnlichen Klemme steckt. Die Tarotkarten zeigen einem verschiedene Möglichkeiten auf Zufallsbasis, über die man dann gründlich nachdenkt.«

»Ich habe aber nicht mit dem Staatsanwalt gekungelt«, sagte LuEllen.

»Weiß ich doch.«

»Woher willst du das wissen?« fragte Dace. »Ich meine, nur als Beispiel.«

»Ich hab gesehen, wie LuEllen ihre Nummer abzieht. Das hat sie heute nicht gemacht. Sie war drauf und dran, diesen Typ mit der Waffe anzugreifen.«

Darüber dachten wir alle einen Moment nach.

»Wie merkwürdig«, sagte Dace schließlich. »Machst du denn jemals auch dieses alte magische Kartenschlagen?«

»Nur selten.«

»Warum nur selten? Weil es nicht funktioniert?« fragte Dace neugierig.

»Im Gegenteil. Es scheint zu funktionieren. Und das macht mir Kummer.«

»Warum?«

»Weil ich nicht an diesen Scheiß glaube«, sagte ich.

Maggie rief kurz vor Mitternacht an. »Haben Sie nicht gesagt, der Mann mit der Pistole habe ein Rattengesicht und einen Bürstenhaarschnitt gehabt?«

»Ja.«

»Und der andere? War er groß und schwächlich, dürr und nervös?«

»Stimmt. Woher wissen Sie das?«

»Der Spitznasige ist ein Privatdetektiv aus Washington, und der Dürre arbeitet für ihn. Sie sind auf Scheidungsfälle spezialisiert.«

»Was wollten die von uns?«

»Nichts. Der Vermieter sagt, er wäre schon vor zwei Monaten einmal mit diesen Kerlen aneinandergeraten. Sie sind hinter einem General her, der sich früher in der Wohnung, die Sie jetzt benutzen, mit seiner Freundin traf.«

»Das paßt mir ein bißchen *zu* gut«, sagte ich nach einer Pause.

»So hat es der Vermieter dargestellt. Gehen Sie morgen zu ihm und fragen Sie ihn selbst. Er ist wütend und wird sich das Rattengesicht morgen vorknöpfen und ihm sagen, er soll Sie in Frieden lassen. Die Wohnung sei an eine private EDV-Sicherheitsfirma vermietet, wird er sagen, die fürs Pentagon arbeitet, und wenn er keine Ruhe gäbe, würden Sie ihm das FBI auf den Hals hetzen. Wie der Vermieter meint, ist dieser Detektiv beim FBI nicht gut angeschrieben und wird mit Dingen, die die Staatssicherheit angehen, nichts zu tun haben wollen.«

»Ich weiß nicht so recht«, sagte ich, fand aber, daß die Erklärung plausibel klang. Kein Wunder also, daß die Wanzen und Einbruchswerkzeuge altmodisch gewesen waren. »Ich muß erst mal mit den beiden andern reden. Die sind nämlich ziemlich vor den Kopf gestoßen.«

»Suchen Sie sich meinetwegen eine andere Wohnung, aber starten Sie jetzt die Aktion. Das war nur ein verrückter Zufall. Erkundigen Sie sich beim Vermieter.«

Als mir an diesem Abend Dac' Frage zum Tarot durch den Kopf ging, holte ich die Karten heraus und versuchte es mit einer »magischen« Interpretation. Über dem Herrscher erschien die Schwert-Sieben in einer entscheidend wichtigen Position. Was das bedeutete, sollte mir später klar werden. Aber da war es schon zu spät.

Am nächsten Morgen erklärte sich Dace bereit, mit dem Vermieter zu reden, während ich ein Wanzenspürgerät kaufen ging. Diese Geräte, in Washington so notwendig wie Videorecorder und CD-Spieler, sind in Elektronikfachgeschäften ohne weiteres erhältlich.

»Die ganze Sache macht mich ziemlich nervös«, sagte LuEllen, als wir wieder ins Haus gingen.

»Kein Grund zur Panik«, sagte ich. »Bisher haben wir noch nichts eindeutig Kriminelles angestellt. Wenn wir oben in der Wohnung auf ein Problem stoßen, verschwinden wir.«

Wir fanden aber nichts. Ich holte die Wanzen aus den Telefonen, prüfte die Leitungen durch und suchte dann die Wohnung Zoll für Zoll mit dem Spürgerät ab. Nichts.

»Alles sauber«, sagte ich schließlich. »Er hatte hier nicht genug Zeit, um mehr unterzubringen als die Telefonwanzen. Und bestimmt keine raffinierte Abhöreinrichtung, die völlig unsichtbar und mit diesem Ding hier nicht auszumachen ist.« Ich hielt das Spürgerät hoch.

LuEllen blieb skeptisch, doch Dace, der dann vom Hausbesitzer zurückkam, schien überzeugt zu sein.

»Der Vermieter sagt die Wahrheit, da bin ich sicher. Das

Rattengesicht heißt Frank Morelli. Der andere Mann ist ein Fernmeldetechniker, den er bei manchen Fällen einsetzt. Die beiden haben schon vor neun Wochen versucht, hier einzubrechen, weil sie diesen General aus dem Pentagon beschatteten. Der ließ seine Freundin daraufhin sofort fallen, kam aber vergangene Woche zu einer Party zurück in die Wohnung. Morelli mußte ihn beobachtet und geglaubt haben, das Verhältnis ginge weiter.«

»Der Hausherr hat also mit den beiden gesprochen?«

»Ja. Morelli sei früher einmal bei der Polizei gewesen, meinte er. Deshalb ist er die Besatzung des Streifenwagens so schnell losgeworden. Er hat seine Lizenz vorgezeigt, ein paar Namen fallen lassen und gesagt, er bearbeite gerade einen Fall. ›Alles klar‹, sagten die Beamten und zogen ab.«

»So, und was machen wir jetzt?« fragte ich und schaute LuEllen an. »Du bist die Skeptikerin. Wenn du nicht mitmachen willst, blasen wir die Sache ab.«

Sie knabberte an ihrem Daumennagel.

»Eine halbe Million«, sagte sie.

»Genau.«

»Na schön, meinetwegen«, sagte sie dann und zeigte mit dem Finger auf mich. »Aber wenn es noch ein einziges Problem gibt, steige ich aus.«

»Unsere Recherchen über diese Leute sind mir noch nicht gründlich genug«, sagte LuEllen am nächsten Tag. Sie hatte sich auf einen Sessel drapiert und sah sich die endgültige Liste der Whitemark-Angestellten an, bei denen wir einbrechen wollten. Laut Bobby hatten alle von ihren Privatwohnungen aus Zugang zu den Firmencomputern. »Es stört mich, daß wir halb blind an die Sache herangehen.«

»Zu mehr reicht die Zeit nicht«, sagte ich.

»Wenn ihr geschnappt werdet, ist die ganze Aktion im Eimer«, sagte Dace, der auf der Armlehne der Couch saß. Er hatte eine Blechdose in der einen Hand und eine Prise Tabak zwischen Daumen und Zeigefinger der anderen.

»Dafür haben wir ja LuEllen dabei. Damit das Risiko minimal bleibt.«

»Du hörst aber nicht auf ihren Rat«, wandte Dace ein. »Sie meint, es müßte gründlicher recherchiert werden. Du aber willst sofort loslegen.«

Natürlich hatte er recht, aber die Lage ließ sich nicht ändern. Jeder Tag, der verstrich, brachte Whitemarks Version von String der Vervollkommnung näher. Wenn wir nicht rasch handelten, hatte es vielleicht gar keinen Sinn mehr.

»Warum beschatten wir diese Leute nicht eine Woche lang und konzentrieren uns dann auf die zwei oder drei, bei denen es am besten aussieht?« fragte Dace.

»Weil wir keine Woche Zeit haben«, sagte ich. »Wir müssen auf gut Glück zuschlagen, nachsehen, was in den Computern ist, und dann feststellen, woran wir sind. Wenn nur ein oder zwei Brüche nötig sind, wären die Recherchen die reine Zeitverschwendung gewesen.«

»Aber...«

»Moment, Moment«, sagte LuEllen und brachte uns mit einer Geste zum Schweigen. »Die Sache macht mich nervös, aber für undurchführbar halte ich sie nicht. Wir müssen nur vorsichtig sein, das ist alles.«

»Mir gefällt das nicht«, sagte Dace. »Ich halte es nicht aus, hier herumzusitzen. Ich wollte, ich könnte mit euch kommen und das Auto fahren oder sonst irgend etwas tun.«

»Darüber haben wir schon gesprochen. Du würdest das Ganze nur komplizieren«, fauchte LuEllen. »Los, beschäftigen wir uns mit der Liste.«

Mit Whitemarks Computern hatten wir drei Dinge vor. Wir wollten die Konstruktionsprogramme für *Hellwolf* durcheinanderbringen, in der Verwaltung ein Chaos stiften und schließlich den Computer selbst attackieren, seine Funktionsfähigkeit beeinträchtigen.

Dazu brauchten wir den Zugangscode des leitenden Systemprogrammierers; mit Hilfe dieser Chiffren konnten wir uns ungehindert im gesamten System bewegen. Es war aber nicht ungefährlich, auf einen System-Mann loszugehen. Computerfachleute sind fast zwanghaft auf Sicherheit bedacht: Wenn wir bei dem EDV-Chef einbrachen, war es gut möglich, daß er rein routinemäßig die Codes änderte. Das dauerte nur ein paar Minuten, und er konnte es selbst erledigen – warum also nicht?

So beschloß ich, nicht gleich den Systemprogrammierer zum Ziel zu nehmen, sondern mich erst einmal auf einen Ingenieur und einen Manager zu konzentrieren in der Hoffnung, über ihre Terminals auf die Programmebenen zu kommen.

»Wir brauchen einen Vorort mit Einfamilienhäusern und kein Apartmenthaus; dort herrscht zu viel Betrieb. Unsere Zielperson darf keine Kinder haben, weil Kinder manchmal krank sind und nicht zur Schule gehen oder zu Unzeiten heimkommen. Ein kinderloses Ehepaar wird tagsüber arbeiten«, summierte LuEllen. »Wenn Wohnviertel und Haus stimmen, dürfte diese Mrs. Ebberly unser günstigstes Ziel sein. Laut Bobby arbeitet ihr Mann bei der Post – von neun bis fünf also. Bei den anderen – wo der Mann bei Whitemark arbeitet, die Frau aber anderswo – läßt sich schwer beurteilen, wie wichtig ihre Positionen sind. Sie könnten zum Beispiel in Früh- oder Spätschichten arbeiten.«

»Gut, konzentrieren wir uns auf diese Frau aus der Personalabteilung, Samantha Ebberly. Samantha und Frank«, sagte ich.

LuEllen nickte. »Nehmen wir sie erst mal unter die Lupe.«

Spät in der Nacht legte ich die Karten aus, fand aber nichts Bedeutsames. Der Narr hielt sich versteckt.

Am nächsten Morgen verließen wir um neun die Wohnung. Die Luft war schon dick und stickig, und im Süden verzogen sich dünne, diesige Wolken. Wir trugen Tenniskleidung und Taschen, aus denen Schlägergriffe ragten.

»Unter einem Einbrecher stellen sich Weiße einen Klotz von einem Neger vor, der nachts mit einer Strumpfhose überm Kopf ins Haus kommt. Um ein weißes Paar, das morgens um zehn mit Tennisschlägern durch die Gegend marschiert, kümmert sich kein Mensch«, hatte LuEllen im Sportgeschäft erklärt, als wir die Ausrüstung kauften. »Stemmeisen und Bolzenschneider, Handschuhe und dein Gerät kommen ganz unten in die Taschen. Wenn es Probleme gibt, schmeißen wir die Taschen weg und joggen zurück zum Auto. Joggen ist eine Möglichkeit, in den Vororten zu rennen, ohne daß sich ein Mensch um dich kümmert.«

Die Ebberlys wohnten in Falls Church, Virginia, einer wohlhabenden Gemeinde mit Ranchhäusern und Bungalows. Die Straßen schlängelten sich endlos durch die Gartenlandschaft und hatten Namen wie Weidenweg und Am Holzapfel. Neben den Häusern standen Segelboote, an den Garagen waren Basketballkörbe montiert, und auf den Terrassen aus Natur- oder Ziegelstein standen große schwarze Grillöfen. Hohe Hecken und Trauerweiden trennten die Grundstücke.

Wir fuhren bei den Ebberlys vorbei, und LuEllen schaute sich das Haus an.

»Es scheint niemand zu Hause zu sein«, sagte sie. Das Haus war zweigeschossig; links und rechts vom Eingang standen immergrüne Büsche. Die Anlage gefiel LuEllen.

»Ich mag diese Büsche. Sie geben einem Sichtschutz von der Seite. Und weil die Straßen hier so gewunden sind, wohnt niemand direkt gegenüber, der uns an der Haustür beobachten könnte. Da kann ich in Ruhe arbeiten.«

Wir fuhren ein zweites Mal vorbei. Sie holte ein Leitz-Kompaktfernglas aus der Tasche und suchte das Anwesen ab.

»Man achtet auf dunkelgrüne Grasbüschel im Garten hinterm Haus, besonders in der Nähe des Zauns«, sagte LuEllen entspannt. »Das weist auf einen Hund hin, der sein Geschäft im Garten verrichtet. Ein hundertprozentiger Hinweis ist das nicht, aber eine Warnung.«

Es war nichts zu sehen. Zufrieden fuhren wir sechs Straßen weiter zu einem Supermarkt, wo wir ein Münztelefon für Autofahrer gesehen hatten. LuEllen zog Bobbys Liste zu Rate und rief die beiden Ebberlys an ihren Arbeitsplätzen an. Als Samantha sich meldete, drückte LuEllen ein paarmal auf die Gabel und legte dann auf. Frank habe sein Zimmer gerade verlassen, um sich einen Kaffee zu holen, erklärte seine Sekretärin, werde aber gleich wieder zurückerwartet, weil er einen Termin habe. LuEllen versprach, in fünfzehn Minuten zurückzurufen.

»Gib mir mal meine Tasche«, sagte sie. Ich holte sie vom Rücksitz. LuEllen warf derweil eine neue Münze ein. »Wen rufst du jetzt an?« fragte ich.

»Die Ebberlys.« Sie lauschte und ließ es dreißigmal durchläuten, schaute sich dann auf dem Parkplatz um. Als sie sich sicher war, daß niemand sie beobachtete, holte sie einen kleinen Bolzenschneider aus ihrer Tennistasche und knipste den Telefonhörer ab.

»Nichts wie los«, sagte sie und warf den Hörer auf den Rücksitz. »Wir gehen rein.«

»Bist du ganz sicher?«

»Verdammt, mach voran!« fauchte sie zurück. Ihre Gesichtsmuskeln traten hervor. Sie holte einen Beutel mit weißem Pulver aus der Handtasche, schüttete sorgfältig eine kleine Menge auf einen Streichholzbrief und schnupfte.

»Willst du auch was?«

»Nein danke.«

»Erstklassiges Zeug«, sagte sie. »Schärft die Sinne.«

»Meine sind schon scharf genug«, versetzte ich.

»Dann fahr los.«

Als ich den Wagen vom Parkplatz steuerte, holte sie den amputierten Hörer vom Rücksitz und ließ ihn im Handschuhfach verschwinden.

»Wenn der Hörer fehlt, wird niemand versuchen, das Telefon zu benutzen«, erklärte sie. »Das heißt, daß niemand auflegt; bei den Ebberlys wird der Apparat also noch läuten, wenn wir hinkommen.«

»Vorausgesetzt, es ist niemand zu Hause.«

»Genau.«

Wir hielten an einer Sportanlage zwei Straßen vom Haus der Ebberlys entfernt. Beide Tennisplätze waren belegt. Nach ein paar Lockerungsübungen machten wir uns zu Fuß auf den Weg zu unserem Ziel.

»Wenn wir dort sind, gehen wir sofort an die Haustür. Ich klopfe an. Kommt jemand an die Tür, erkundigen wir uns, wo die Sportanlage ist. Klingelt das Telefon und niemand geht an die Tür, machst du einen Schritt zurück, damit ich ans Schloß komme. Ist es auf, gehen wir rein. Alles schön langsam«, sagte sie leise. Beim Reden schaute sie zwischen mir und der Straße hin und her, lächelte zwischendurch: das perfekte Verhalten eines Ehepaars, das vom Tennis zurückkommt. Die Straßen waren an diesem schönen Sommertag gespenstisch leer. Keine Autos, keine Kinder.

»Ein älteres Viertel, so was liebe ich«, sagte LuEllen. »Junge Familien können sich die Häuser hier nicht leisten. Die Anwohner, die hierherzogen, als die Grundstücke noch billig waren, sind nun zwischen vierzig und fünfzig. Ihre Kinder sind fast erwachsen. Da es hier tagsüber nichts zu tun gibt, gehen die Teenager zur Arbeit, in die Stadt oder an den Strand. Das ganze Viertel ist verlassen, kein Mensch zu Hause.«

Sie schaute grinsend zu mir auf. »Du bist ja zapplig.«

»Ich bin okay«, sagte ich gereizt. Meine Antwort klang mir erstickt in den Ohren.

»Echt ein Trip«, sagte sie, hielt die Hand vor den Mund, als müsse sie husten, und nahm eine zweite Dosis Kokain.

Nichts rührte sich auf der Straße, als wir das Haus erreichten. LuEllen schaute unauffällig in die Runde. »Auf geht's«, sagte sie heiser. Schon in der Einfahrt hörten wir das Telefon klingeln. An der Haustür drückte LuEllen mit dem Fingerknöchel auf die Klingel und klopfte dann. Keine Reaktion. Sie holte eine Hundepfeife aus der Tasche und blies fest hinein. Kein Gebell zur Antwort.

»Sieht so aus, als wäre die Luft rein«, sagte sie und schaute sich noch einmal um. Wir standen seit fünfzehn Sekunden vor der Tür. Sie zog ein kurzes, gebogenes Eisen aus der Tennistasche; ich trat einen Schritt zurück, um ihr mit meinem Körper Deckung zu geben. Sie rammte ein Ende des Eisens zwischen Tür und Rahmen und warf ihr gesamtes Gewicht gegen das andere. Die Tür sprang mit einem lauten Krach auf.

»Mann, was für ein Lärm!« murmelte ich.

»Auf so was achtet keiner«, sagte sie, stieß die Tür mit dem Handrücken auf, und wir gingen hinein. Nun waren wir in einer kleinen Diele, an die das Wohnzimmer angrenzte. Links in der Küche standen noch Kaffeetassen und Müslischalen auf dem Tisch. Im Wohnzimmer sahen wir Sofa, Sessel, Klavier und zwei Tische. An der Wand hing ein billiger Öldruck.

»Los, Handschuhe an«, befahl LuEllen und gab mir ein Paar Chirurgenhandschuhe aus der Tennistasche.

»Der Computer steht hier wahrscheinlich im ersten Stock«, sagte sie. »Du gehst nach oben. Schau aber erst in alle Schlafzimmer, ehe du anfängst. Ich sehe mich im Keller um.« Als ich die Treppe hochging, nahm sie in der Küche das Telefon ab, damit das Geklingel aufhörte.

Der Computer stand in einem umfunktionierten Schlafzimmer. Ich ging in die anderen Zimmer, fand niemanden, und kehrte zu dem Rechner zurück, einem IBM-AT mit Hayes-Modem. Daneben stand ein Kasten mit Disketten. Ich schaltete das Gerät ein und ging die Disketten durch. Bis auf drei waren sie alle säuberlich etikettiert – Word Perfect, Lotus 1-2-3, Datei, und so weiter. Die drei unmarkierten Scheiben stammten von verschiedenen Herstellern; offenbar hielt Ebberly sie so auseinander. Ich holte eine Packung Leerdisketten und mein spezielles, selbstverfaßtes Knackprogramm aus der Tasche, lud die Knacker-Diskette und sah mir das Inhaltsverzeichnis der ersten unmarkierten Scheibe an. Ah, Spiele.

Sicherheitshalber lud ich das erste, und auf dem Bildschirm erschien ein beliebtes Baseball-Spiel. Natürlich eine Raubkopie. Ich stellte das Programm ab und schob eine zweite Diskette in den Schlitz. Auf ihr war ein kundenspezifisches Datenübertragungsprogramm. Nach einigem Fummeln holte ich eine kurze Liste von Wörtern mit sieben Buchstaben heraus – Codewörter.

»So ist's brav«, murmelte ich zu der Maschine. Es dauerte zwei Minuten, bis das Programm auf eine meiner Leerdisketten überspielt war.

Inzwischen war LuEllen irgendwo im Haus an der Arbeit. Dem Krach nach zu schließen, verwüstete sie alles, aber ich hatte keine Zeit zum Nachsehen.

Als die Kopie fertig war, warf ich die Disketten in meine Tasche und nahm mir die nächste unmarkierte vor. Mehr Spiele. ›Datei‹ enthielt Privatkorrespondenz und ein Buchhaltungsprogramm mit Privatkonten. Ich sah mir die Salden an; den Ebberlys ging es nicht schlecht. Als ich die Originaldisketten wieder in ihren Kasten stellte, kam LuEllen schnaufend an die Tür.

»Geht's voran?«

»Die Hälfte ist geschafft«, erwiderte ich. Sie nickte und verschwand wieder. Ich sah mir die Telefonsteckdose an, mit der das Modem verbunden war. Ein Standardanschluß von AT&T. Ich holte einen Schraubenzieher aus der Tasche, schraubte die Abdeckung der Wandsteckdose ab und zog den Kabelsalat heraus. Es dauerte eine Minute, bis die richtigen Drähte identifiziert und einen Zentimeter weit abisoliert waren. Dann klemmte ich die Wanze, ein exotisches Stück Technik mit den Ausmaßen eines Kronkorkens, an den blanken Kupferdraht. Das war nicht schwer, aber knifflig. Jeder Schritt schien eine Ewigkeit zu dauern.

Als alles fertig war, schraubte ich die Abdeckung wieder fest. Wenn sie nun von einem Fernmeldetechniker abgenommen wurde, hing die Wanze da wie ein fetter Blutegel. Mit einem bißchen Glück würden bis dahin Jahre vergehen.

»Wir sind jetzt zehn Minuten hier drin«, sagte LuEllen von der Tür her. »Das ist mein persönlicher Rekord.« Ich hatte sie noch nie so verkniffen gesehen.

»Gut, ich bin fertig.« Ich warf meine Sachen zurück in die Tasche und fuhr mir mit dem Ärmel über die Stirn. »Puh, ich bin total geschafft.«

»Laß mich mal ran«, sagte LuEllen, riß die Schubladen aus dem Aktenschrank und kippte den Inhalt auf den Boden.

»Es soll so aussehen, als hätten wir nach Geld gesucht«, erklärte sie. »Los, hauen wir ab.«

Wir gingen zur Haustür, wo ihre Tasche schon bereitstand. »Trag du meine«, sagte sie. »Mir ist sie zu schwer.« Wir zogen uns die Handschuhe aus, und sie griff nach meiner Tasche. Ihre fühlte sich an, als stecke ein Anker darin.

»Himmel noch mal, was ist denn da drin?« fragte ich.

»Waffen.«

»Was?«

»Pistolen. Knarren. Ballermänner. Schießeisen. Halt Waffen. Einer von den Ebberlys sammelt sie.«

»Warum hast du die mitgenommen? Wenn wir angehalten werden...«

»Weil das wie ein ganz primitiver Bruch aussehen soll, bei dem es jemand auf Geld, Drogen, Schmuck und so weiter abgesehen hatte. Eine Nummer größer als der übliche Stereo-Klau«, sagte sie, als wir hinaus auf die Eingangstreppe traten. Sie zog sorgfältig die Tür hinter uns zu. Aus einiger Entfernung wirkte sie nun völlig intakt. »Waffen läßt nur ein echter Spezialist liegen. Auf der Straße sind sie so gut wie bares Geld. Hätten wir sie nicht mitgenommen, würde die Polizei merken, daß hier etwas nicht stimmt.«

»Und was fangen wir mit den Dingern an?« fragte ich, als wir aus der Einfahrt der Ebberlys marschierten.

»Die schmeißen wir in den Fluß oder in die Kanalisation«, sagte sie. »Mir egal. Liegenlassen konnten wir sie auf keinen Fall.«

Der Weg zurück zum Auto kam mir nun doppelt so weit vor wie der Hinweg. Ein Postbote kam mit seinem blauweißroten Jeep vorbei und nickte uns zu. LuEllen ermahnte mich zweimal, langsamer zu gehen und mich mit ihr zu unterhalten. »Du siehst aus wie einer von diesen Langstreckengehern«, fauchte sie mit einem einstudierten Lächeln. »Mach gefälligst langsam.« Am Auto warf ich die Tennistasche in den Fond und schnallte mich vor dem Anfahren an.

»Puh!« stöhnte ich zwei Straßen weiter erleichtert, als sich mein Magen zu entkrampfen begann.

»Tja, manchmal wird es ganz schön heiß«, kicherte LuEllen, holte das Kokain aus der Handtasche und nahm zwei kräftige Prisen.

Ich war bei meinen mitternächtlichen Forschungsexpeditionen noch nie in einer Fabrik erwischt worden. Von zwei Ausnahmen abgesehen, war ich immer zusammen mit einem Angestellten hineinmarschiert, einem bezahlten Führer. Wenn jemand uns angehalten und gefragt hätte, was ich denn da mache, sollte der Angestellte behaupten, ich sei nur ein Freund, der ihn von der Arbeit abholen wollte, wir hätten nicht gedacht, daß es Probleme gäbe, wenn ich mich kurz da aufhielte, täte uns leid, und so weiter.

Bei den wenigen Anlässen, wo ich auf eigene Faust in eine Fabrik eingedrungen war, hatte ich vorher so gründlich recherchiert und so begrenzte Ziele gehabt, daß ich eher Interesse als Erregung empfunden und keine besondere Angst gehabt hatte.

Dieser Einbruch war anders gewesen, unstrukturierter. Wie Jazz verglichen mit Bach. Begegnet man als Fremder in einem Rüstungsbetrieb dem Nachtwächter, kann man sich in neunundneunzig Prozent der Fälle herausreden. Bricht man aber in ein Haus ein und stößt plötzlich auf den Besitzer, sieht die Sache ganz anders aus.

Ich war immer noch aufgedreht, und LuEllen fing an, meinen Fahrstil zu monieren. Sie ließ mich knapp unter der vorgeschriebenen Höchstgeschwindigkeit bleiben und wies mich auf jede Einmündung und jedes Stoppschild hin. Als wir zurück zu unserer Wohnung kamen, öffnete Dace besorgt die Tür.

»Was ist passiert?« fragte er hastig.

»Wie sieht's denn aus?« fragte LuEllen zurück.

»Wir waren drin«, sagte ich grinsend. »Es war perfekt.«

»Habt ihr den Computerkram?«

»Klar. Wir hängen an der Leitung.«

LuEllen ging durch das Zimmer und schnappte ihn an den Ohren. »Du, komm mal her«, sagte sie, schleppte ihn ins Schlafzimmer ab und knallte die Tür zu. Ich blieb allein im Wohnzimmer. Als ich ein paar Minuten später feststellte, daß die Wohnung doch nicht so schalldicht war, wie ich angenommen hatte, nahm ich meinen Aquarellkasten und fuhr hinunter zum Potomac. Es war heiß und schwül; die Gebäude am anderen Flußufer schimmerten wie weiße Seidentücher, und ich bemühte mich, sie genau so aufs Papier zu bekommen.

Am Spätnachmittag kehrte ich zu unserem Haus zurück und traf gerade hinter einem metallicblauen Corvette ein. Die Fahrerin schritt schon über den Parkplatz, als ich ausstieg.

Ein bezaubernder Anblick. Sie war brünett, zierlich, perfekt gebaut und hatte den Gang einer Ballerina.

Sie schloß die Haustür auf und ließ sie hinter sich zufallen. Ich benutzte meinen Schlüssel und erwischte sie am Aufzug. Sie musterte mich argwöhnisch.

»Sie wohnen bestimmt in 2-A«, sagte sie mit einem leichten französischen Akzent.

»Stimmt. Und Sie haben...«

»2-D«, erwiderte sie. »Sind Sie... eine Firma?«

»Ja, wir sind Berater«, sagte ich.

»Aha, Berater«, sagte sie munter, als sei damit alles erklärt. Nun, in Washington traf das wohl zu. »Ehrlich, ich war froh, als Louis und seine kleinen Freunde auszogen.«

»Louis?«

»Der Vermieter.«

»Ah, natürlich. Ich bin ihm noch nie begegnet. Die Wohnung hat ein Kollege angemietet.«

»Aha.« Der Aufzug kam. Sie trat in die Kabine und drückte den Knopf für den ersten Stock.

»Äh, Verzeihung...« Ich schenkte ihr mein schönstes offenes Lächeln. »Als Berater bin ich schrecklich neugierig, leider. Was hat Louis für Freunde?«

Sie wich meinem Blick aus und zuckte die Achseln. »Na ja, wenn man heterosexuell ist...« Sie hob wieder die Schultern.

»Hat man ein unangenehmes Gefühl, ich weiß.«

»Sind Sie heterosexuell?«

»Ja.«

»Ich habe Ihre Kollegin gesehen. Sie ist sehr attraktiv.«

»Ja, sie sieht ähnlich wie Sie aus – sehr attraktiv.«

In ihren Wangen erschienen Grübchen, und sie wollte gerade etwas erwidern, als der Aufzug im ersten Stock hielt. »Ich habe nichts gegen Homosexuelle«, sagte sie mit Bedacht, »aber es waren immer so viele. Fünf, sechs, alle in einer Wohnung. Abends klang es manchmal, als lägen sie alle übereinander. Und dann liest man ja auch so viel von Aids.«

»Jetzt haben Sie mir angst gemacht. Haben diese Leute denn lange hier gewohnt?«

»Zwei Jahre vielleicht«, antwortete sie.

»Himmel noch mal, da muß ich ja die ganze Wohnung desinfizieren.«

»Jetzt nehmen Sie mich aber auf den Arm.«

»Würd ich gerne tun«, sagte ich. Wir hatten inzwischen meine Tür erreicht; sie ging im Korridor weiter und blieb an ihrer Tür stehen.

»Darf ich Sie irgendwann mal auf einen Drink einladen?« fragte ich.

Darüber dachte sie kurz nach und schüttelte dann mit offensichtlich echtem Bedauern den Kopf. »Ich hab schon einen Freund«, sagte sie. »Andernfalls gerne.« Sie machte ihre

Tür auf, lächelte mir noch einmal zu und war verschwunden.

LuEllen wartete gleich hinter der Tür, als ich aufschloß, und Dace stand knapp hinter ihr. Auf dem Küchentisch lag eine halbe Pizza aus der Mikrowelle.

»Wir haben dich reden gehört«, sagte sie mit einem fragenden Unterton.

»Ich habe mich mit einer anderen Mieterin unterhalten und etwas sehr Seltsames erfahren.«

»Und was?«

»Sie sagt, der Vermieter sei schwul und habe sich hier einen ganzen Stall Jungs gehalten. Rund zwei Jahre lang.«

»Scheiße!« LuEllen biß sich auf die Lippe.

»Ist das denn wichtig?« fragte Dace verdutzt.

LuEllen drehte sich zu ihm um und sprach die Frage aus, die uns beiden Kummer machte. »Hier haben Schwule gewohnt. Warum verwanzt das Rattengesicht dann die Wohnung, um einen General mit seiner Freundin zu erwischen?«

»Großer Gott...«

»Hier lügt uns jemand die Hucke voll«, sagte LuEllen. Wir drehten und wendeten das Problem, ohne zu einem Schluß zu kommen. »Ich suche die Wohnung noch einmal mit dem Spürgerät ab und lasse Bobby die Telefonleitungen sterilisieren«, sagte ich. »Vielleicht kann Bobby auch etwas über Rattengesicht – Morelli, oder wie er sonst heißen mag – in Erfahrung bringen. Vielleicht kann er sein Telefon anzapfen.«

»Sollten wir das überhaupt hier besprechen?« fragte Dace mit einem Blick auf die Wände.

Ich suchte die Wohnung Zoll für Zoll ab und fand wieder nichts. Bobby erklärte, unsere Leitungen seien garantiert sauber.

»Vielleicht regen wir uns nur über irgendeinen Quatsch auf«, sagte ich. »Niemand kann über uns informiert sein – es sei denn, bei Anshiser gibt es eine größere undichte Stelle.

Und wenn die Polizei uns auf der Spur wäre, hätte sie schon längst zugeschlagen.«

Dace schüttelte den Kopf. »Alles Paranoia«, sagte er. »Schemen und Schatten.«

LuEllen schaute skeptisch drein. »Ich weiß nicht so recht.« Sie lief zwei langsame Runden im Zimmer und ließ sich dann auf die Couch fallen. »Ich blick' da nicht durch.«

»Machen wir vorerst mal weiter«, sagte Dace.

»Vielleicht kriegt Bobby was raus.«

»Die Sache ist einen Versuch wert«, stimmte LuEllen zu. »Okay, wir machen weiter. Vorerst.«

»Gut.« Dace drehte sich zu mir um. »Wollt ihr euch mal die Beute ansehen?«

Wir kippten den Inhalt von LuEllens Tasche auf den Wohnzimmerteppich. Ein halbes Dutzend Pistolen, zweihundert Dollar in bar, drei Kreditkarten und mehrere wertvolle Schmuckstücke, darunter eine Anstecknadel aus Gold mit Brillanten. Gesamtwert beim Hehler zweitausend Dollar.

»Fette Beute für einen Junkie«, sagte LuEllen. »Die erwischen sonst höchstens ein Transistorradio und eine Flasche Chilisauce.«

Spät in der Nacht lud sie mit Dace alles bis auf die Waffen und das Bargeld in einer Gasse in einem üblen Viertel von Washington ab. Dort würden die Sachen gefunden und so verwertet werden, wie die Polizei es erwartete. Die Pistolen flogen in den Potomac; das Geld behielten wir.

Während ihrer Abwesenheit wählte ich die Nummer der Ebberlys. Ehe es durchläutete, blies ich an der Sprechmuschel in eine Stimmpfeife. Der Ton aktivierte die Wanze, die eine Verbindung zwischen unserer Leitung und dem Anschluß der Ebberlys herstellte. Dann stellte ich die offene Leitung auf einen Computer um.

Wenn nun die Wanze die Trägerfrequenz einer Datenübertragung erfaßte, leitete sie sie an unseren Computer weiter, ließ sie aber auch zum Rechner der Ebberlys durch. Mrs.

Ebberly konnte also ihre Arbeit wie üblich erledigen, aber wir waren immer dabei.

In der ersten Nacht und am folgenden Morgen tat sich nichts. Kurz nach neun verließen wir die Wohnung, um neue Ziele auszukundschaften. Bei unserer Rückkehr fanden wir im Computer eine Datenübertragung vom Haus der Ebberlys an Whitemark vor.

»Hat es geklappt?« fragte Dace.

»Jawohl«, sagte ich. »Sie muß heute nachmittag zu Hause gearbeitet haben. Unser Glück, daß sie gestern nicht da war.«

»Sie ist wahrscheinlich wegen des Einbruchs zu Hause«, sagte LuEllen. »Um mit der Polizei zu reden.«

Wenn man eine Dialogsitzung am Computer ausdrucken läßt, werden Unmengen Papier verbraucht. Jedesmal, wenn Samantha Ebberly nur mal kurz in eine Personalakte schauen wollte, druckte der Computer sie komplett aus. Ich ließ die ganze Sitzung auf dem Schirm zurücklaufen, nahm hier und da rasch ein paar Schnitte vor und druckte sie dann aus. Den Ausdruck, der siebzig Seiten umfaßte, gab ich Dace.

»Wir müssen hier die Prozeduren herauskristallisieren«, sagte ich, »weil wir genauso verfahren wollen wie diese Frau, die ungehinderten Zugang zum EDV-System hat. Zeichne ihre Methoden bei dieser und den nächsten Sitzungen auf. Wenn wir angriffsbereit sind, müssen wir die Prozedur ebensogut beherrschen wie sie.«

»Wird gemacht. Aber das ist bestimmt tierisch langweilig.«

»Denk an das Geld.«

»Hab ich schon getan.«

»Und hat es nicht funktioniert?« fragte LuEllen.

»Doch, doch, es hat funktioniert. Meinetwegen, hock ich mich halt an den Computer. Aber sagt John Wayne nichts davon.«

9

Samantha Ebberly gehörte zum Management; ihre Codes verschafften uns also Zugang zur Verwaltungsseite bei Whitemark. Wir mußten aber auch in jene Rechner hineinkommen, die die technische Seite erledigten. Wir kundschafteten unter den Ingenieuren vier von den fünf Zielpersonen aus und fanden sie allesamt nicht sehr aussichtsreich. Am nächsten Morgen fuhren wir beim fünften Ingenieur vorbei.

Schon als wir um die Ecke bogen, sah das Ziel mies aus. Abgesehen von verdorrtem Gras kein Pflanzenleben im Vorgarten. An der Einfahrt lag ein rostiges Rennrad neben einem grün-beigen 57er Chevrolet auf Betonklötzen. Die Einfahrt wies einen tränenförmigen schwarzen Fleck auf, eine Öllache, die unter dem Auto hervorkroch.

Den Garten hinterm Haus umgab ein schulterhoher Maschenzaun. Extragrüne Grasbüschel waren nicht zu sehen, weil so gut wie kein Rasen existierte, aber solch feine Hinweise waren überflüssig. An der Hauswand standen zwei altmodische Hundehütten, und daneben saß ein böse aussehender Jagdhund mit weißen Augen. Die Kette an seinem Hals sah aus, als wäre sie früher mal zum Schleppen von Baumstämmen benutzt worden. Als wir vorbeifuhren, kam eine Blondine in einem engen schwarzen T-Shirt aus der Haustür getrampelt, gefolgt von einem Jungen, der ihr auf dem Weg über den sterbenden Rasen zu seiner Harley, die am Straßenrand parkte, auf den Po hieb.

»Fahr ruhig weiter«, sagte LuEllen. »Umdrehen ist reine Zeitverschwendung.«

»Der reinste Schrottplatz.«

»Die Harley find ich aber stark.«

»Angeberteil.«

»Wattearsch«, sagte sie.

»Lieber Würmer fressen als Harley Davidson fahren. Das stand mal auf einem Aufkleber an einer Honda.«

»Honda fahren ist wie Schwulenficken«, sagte LuEllen. »Es macht irgendwie Spaß, aber man möchte nicht von seinen Freunden dabei gesehen werden. Ich dachte, dein Bobby hätte uns nur kinderlose Paare ausgesucht.«

»Er bezieht seine Informationen aus Dateien und kann nicht garantieren, daß sie richtig oder vollständig sind.«

»Was nun?«

»Wahrscheinlich ist es bei den Durenbargers am günstigsten«, sagte ich. »Die Alternativen hast du ja gesehen.«

»Durenbarger, Jason und Ellen«, las sie von der Liste ab. »Die beiden verdienen zusammen einen Haufen Kohle. Verdammt, ich hasse Wohnungen.«

Die Durenbargers wohnten in einem Apartmentkomplex namens Summit Rock, nicht weit von unserem entfernt.

»Viel zuviel Leute«, sagte LuEllen. Wir saßen auf einer Bank gegenüber von Summit Rock. »Wenn ich die Tür mit dem Brecheisen knacke, hört das bestimmt jemand. Dann kommt der Nachbar in den Hausflur, sieht die Tür und ruft die Polizei.

Und Miethäuser haben überall Augen. Denk nur daran, wie du mich erwischt hast. Mitten in der Nacht hast du auf dem Dach gehockt, du Arsch.«

»Immer auf der Hut sein. Amerika braucht mehr Hüte.«

»Schwachkopf. Ein weiteres Problem bei Apartmenthäusern ist die Haustür. In Städten wie Des Moines oder Lincoln wartet man einfach, bis ein Mieter rauskommt, und hält die Tür fest, bevor sie zuschlägt. Man sagt Danke und geht rein. Meistens klappt das. Hier gibt es zuviel Verbrechen. Alles ist mißtrauisch. Probier das in einer Großstadt und man will deinen Hausschlüssel sehen.«

»Und was machen wir jetzt?«

»Wir besorgen uns einen Schlüssel. Weißt du, was für Autos sie fahren?«

»Ja. Er hat einen dunkelbraunen Thunderbird, sie einen roten Toyota Celica.« Ich blätterte Bobbys Bericht durch und fand die Kennzeichen.

»Gut. Dann warten wir. Vielleicht bietet sich eine Chance, an einen Schlüssel heranzukommen.«

»Das kann eine Ewigkeit dauern.«

»Ach was. Du sagst, die Zeit würde knapp. Wenn sich in zwei Tagen nichts getan hat, knacken wir die Wohnung.«

Vor dem Haus verlief eine Einbahnstraße, von der Parallelstraße durch eine schmale Anlage mit Eichen und grünen Bänken getrennt. Wir suchten uns jenseits der Anlage einen Parkplatz und warteten.

LuEllen wartete geduldig. Ich nicht. Ich sah mir mein Leben in Gestalt gefalteter und geknickter Papiere in meiner Brieftasche an, als LuEllen sich räusperte.

»Was ist?«

»Glaubst du, daß es Dace ist? Die undichte Stelle?«

»Es steht ja noch nicht einmal fest, daß es überhaupt eine gibt. Wir hatten ein Problem, aber das hat sich irgendwie gelöst. Es liegen widersprüchliche Informationen vor, aber es tut sich nichts. Ich weiß es nicht.«

»Wenn etwas durchgesickert ist...«

»... finde ich nach wie vor, daß Dace nichts damit zu tun hat«, sagte ich. »Er ist kein guter Lügner.«

»Sehen wir es doch einmal so«, sagte LuEllen. »Du sprichst mit ihm. Er nickt mit dem Kopf, aber insgeheim sagt er sich: ›Was für ein Knüller. Krieg der Konzerne.‹ Das könnte die Story seines Lebens werden.«

»Daran habe ich auch gedacht«, räumte ich ein. »Aber irgendwie kann ich das nicht glauben. Er kommt mir so... unschuldig vor.«

Sie schaute aus dem Fenster und seufzte erleichtert. »Finde ich auch. Aber ich mußte dich fragen. Jeder, der mir bisher über den Weg gelaufen ist, hat gelogen, du mit deinem Pokergesicht eingeschlossen. Aber auf seine Instinkte kann man sich verlassen.«

»Sag mal, bist du verliebt?«

Sie schob die Unterlippe vor, kniff die Augen zusammen und schaute mich nachdenklich an. »Kann sein.«

Um sechs kam Jason Durenbarger heim, seine Frau eine halbe Stunde später. Sie stellten ihre Autos nebeneinander auf einem eingezäunten Parkplatz hinterm Haus ab.

»Schade, daß sie keine Garagen haben«, sagte LuEllen. »Die meisten Leute verstecken dort ihre Ersatzschlüssel fürs Haus. Wir könnten die Garagen durchsuchen, bis wir sie finden.«

»Wenn Schweine Flügel hätten...«

»Genau.«

Wir warteten vier geschlagene Stunden lang. Die ersten zwanzig Minuten unterhielten wir uns. Dann stellte LuEllen das Radio an, und wir mußten feststellen, daß Radiohören im stehenden Auto unmöglich ist. Irgendwie stimmte das Ambiente nicht. Nachdem sie es wieder abgestellt hatte, fühlte ich mich wie auf einer Fahrt durch North Dakota – bloß daß wir nicht anhalten mußten, um zu tanken.

»Die bleiben zu Hause«, sagte LuEllen schließlich.

»Was nun?«

»Fahren wir.«

»Vielleicht sollten wir in Summit Rock eine Wohnung mieten, falls etwas frei ist«, schlug Dace vor, nachdem wir ihm erzählt hatten, was passiert war. »Geld genug haben wir. Sind wir erst mal drinnen, können wir die Wohnungstür knacken.«

»Das wäre eine Idee«, sagte ich und warf LuEllen einen Blick zu.

»Zwei Haken: Der Hausverwalter bekäme uns zu sehen und wüßte genau, daß wir Dreck am Stecken haben, wenn wir am Tag nach dem Einbruch verschwinden«, sagte LuEllen. »Wir müßten also noch eine Weile bleiben. Das ist der zweite Haken. Wenn ein oder zwei Tage nach unserem Einzug eingebrochen wird, schaut die Polizei nur aus Routine bei uns herein. Und ich will mich nicht von der Polizei anglotzen lassen.«

»Hmm.«

»Wenn man Zielpersonen nur lange genug beobachtet, eröffnet sich immer eine Möglichkeit. Sie gehen essen, sie verschwindet aufs Klo und läßt ihre Handtasche auf dem Waschbecken liegen. Wenn ich die Schlüssel nur eine Minute lang in die Finger kriege, kann ich einen Abdruck machen.«

LuEllen hatte drei oder vier Blechdosen mit Knetmasse gefüllt. Sie konnte sie öffnen, beide Seiten eines Schlüssels in die weiche Masse drücken, und dann den Deckel zuklappen, um den Abdruck zu schützen. Der ganze Prozeß dauerte pro Schlüssel zwei Sekunden.

Am nächsten Tag schauten wir uns ein weiteres potentielles Ziel am Stadtrand an. Der Mann war auf Fiberoptik im Flugzeugbau spezialisiert. Die Frau arbeitete als Immobilienmaklerin und kam manchmal unerwartet mitten am Tag nach Hause. Die Nachbarn zur Linken hatten sechs Kinder, und auch im Haus gegenüber gab es reichlich Nachwuchs. Machbar, aber nicht ungefährlich.

Um fünf waren wir wieder bei den Durenbargers. Jason Durenbarger traf pünktlich wie am Vortag um sechs ein. Seine Frau folgte eine Minute später.

»Die beiden sind jung und sollten ausgehen«, sagte LuEllen. »Zwei Abende hintereinander bleiben die bestimmt nicht zu Hause.«

Am Tag zuvor hatten wir mit einiger Sicherheit ihre Wohnung identifiziert. Zur Bestätigung ging eine Minute nach Jasons Eintreffen das Licht an.

»Ah, jetzt geht's los«, sagte LuEllen eine halbe Stunde später. Die Durenbarger kamen aus dem Haus und gingen zum Parkplatz. Wir lauerten jenseits der Anlage. Ich flitzte los, um sie zu erwischen, fuhr aber zu schnell: Sie waren noch nicht aus der Einfahrt gekommen, als wir uns näherten. LuEllen befahl mich an den Randstein.

»Scheiß drauf. Warte einfach hier«, sagte sie.

Beim Verfolgen von Autos werden bestimmte Techniken angewandt. Man geht nicht zu nahe heran, fährt versetzt auf einer Nebenspur hinterher und prägt sich die Rücklichter des verfolgten Fahrzeugs ein. Ein guter Überwacher riskiert eher, den Wagen zu verlieren, als sich entdecken zu lassen.

Und da standen wir fünfzehn Meter von ihrer Einfahrt entfernt wie auf dem Präsentierteller im Parkverbot. Einem guten Überwacher wären die Tränen gekommen. Zum Glück rollten die Durenbargers aus der Einfahrt und warfen nur einen flüchtigen Blick die Straße hoch. Wir prägten uns die Rücklichter ein, hielten Distanz und folgten ihnen den Shirley Highway entlang und über den Fluß nach Georgetown. Abseits der Schnellstraße mußten wir weiter aufrücken, aber ich brachte es fertig, ein, zwei Wagen zwischen uns zu halten. Endlich bremsten sie ab und hielten in der Einfahrt neben einem hübschen Restaurant aus Sequoiabalken und Bruchsteinen.

»Mann! Los, schnell, häng dich dran jetzt!« LuEllen schrie fast. »Da, ein Parkwächter. Oh Scheiße!« Ich wußte nicht, wovon sie redete, aber da ihr Ton deutlich genug war, fuhr ich langsam an den Wagen der Durenbargers heran. Jason stieg aus, ließ sich vom Parkwächter eine Marke geben, und dann gingen die beiden in das Lokal. Der Parkwächter bedeutete uns mit einer Geste zu warten und fuhr das Auto der Durenbargers auf den Parkplatz hinterm Haus.

»Steig aus, stell dich neben das Auto und warte auf den Wächter. Ich gehe rüber an sein Häuschen und rufe ihn zu mir, ehe er zu dir kommt«, stieß LuEllen hastig hervor und stieg aus. Ich folgte ihrem Beispiel und wartete am Wagen. Fünfzehn Sekunden später kam der Wächter zurück und hielt auf sein Häuschen zu, als er LuEllen dort stehen sah.

Sie sagte etwas von der Damentoilette. Er lächelte und zeigte auf eine Tür. Gleichzeitig langte er lässig in sein Häuschen und hängte die Wagenschlüssel der Durenbargers an einen Haken. LuEllen bedankte sich und lief los. Er reichte mir eine Marke und stieg in mein Auto. Sowie er außer Sichtweite war, machte LuEllen kehrt und kam wieder zurück. Mit einem flinken Blick in die Runde steckte sie den

Arm in das Häuschen, schnappte sich die Schlüssel der Durenbargers und führte mich dann ins Restaurant.

»Zur Bar«, sagte sie. Wir setzten uns in eine Nische und bestellten Cocktails. Als die Kellnerin gegangen war, öffnete LuEllen die Hand und zeigte mir den Schlüsselbund. An ihm hingen fünf Schlüssel – zwei fürs Auto, zwei, die zu ihrer Wohnungstür passen mochten, und ein Kofferschlüssel. Sie holte die Blechdosen hervor, machte Abdrücke und schrieb sich die Namen der Schlüssel auf. Dann tranken wir unsere Cocktails aus und gingen.

»Haben Sie's noch geschafft?« fragte der Parkwächter grinsend.

»Ganz knapp«, sagte LuEllen. Ich reichte ihm die Marke, und als er mein Auto holen ging, hängte LuEllen die Schlüssel zurück ins Häuschen.

»Alles klar«, sagte sie mit leuchtenden Augen.

Als wir zurückkamen, war Dace in seine eigene Wohnung gegangen. LuEllen rief ihn an und fragte ihn, wer Schlüsselrohlinge verkaufe, ohne dumme Fragen zu stellen. Zehn Minuten später hatten wir Namen und Anschrift eines Schlossers. Als wir ihn anriefen, sagte er, er wolle noch eine Stunde in seiner Werkstatt bleiben.

Es dauerte fast eine Stunde, bis wir ihn gefunden hatten. Sein Laden war eine schäbige Klitsche in einem Einkaufszentrum, eingeklemmt zwischen einem hellen, aber leeren Waschsalon und einem aufgegebenen Second-Hand-Laden. Auf einer Mülltonne vor dem Waschsalon saß ein Mann in einer Jeansweste und sah zu, wie die Nachtfalter die Parkplatzbeleuchtung umschwirrten.

Als wir ausstiegen und über den rissigen Asphalt gingen, rührte sich der Typ auf der Tonne. Einen Augenblick lang sah es sogar aus, als wollte er etwas sagen. Er hatte schulterlanges Haar, einen Kinnbart und DEATH BEFORE DISHONOR auf einen dürren Oberarm tätowiert. Als wir nicht auf den Waschsalon, sondern auf den Schlüsseldienst zuhielten, machte er es sich wieder bequem und beobachtete uns.

Der Laden war dunkel und abgeschlossen, aber hinten brannte noch Licht. LuEllen hämmerte an die Tür, bis jemand brüllte: »Ja, ja, komm' ja schon.« Eine Minute darauf kam der Schlosser durch das finstere Geschäft an die Tür.

»Wir haben wegen der Schlüssel angerufen«, sagte LuEllen durchs Glas.

Er nickte, machte auf und schloß hinter uns wieder ab. Wir folgten ihm nach hinten, wo er unter eine Theke langte und drei Rohlinge hervorholte.

»Elwin 402«, sagte er. »Zehn Dollar. Das Stück.«

»Das ist ja Wahnsinn!« rief LuEllen schrill. »Die kosten doch sonst nur vierzig Cent, wenn sie...«

Der Schlosser schnitt ihr das Wort ab. »Das können Sie einem anderen erzählen. Wer von mir Rohlinge für ein Elwin 402 will, ein Schloßtyp, den man nur an den Wohnungstüren von Reichen findet, der kriegt sie auch – für meinen Preis. Zehn Dollar. Die Diskretion ist umsonst.«

LuEllen schaute ihn kurz an und rang sich dann ein kleines, verkniffenes Lächeln ab. »Sie werd' ich mir merken«, sagte sie und meldete sich damit als zukünftige Kundin an. Dann wandte sie sich an mich und sagte: »Gib ihm sein Geld.«

Ich gab ihm dreißig Dollar.

»Danke«, sagte er. »Für einen Hunderter schleife ich sie gleich noch nach den Abdrücken.«

»Nein, danke«, sagte LuEllen. »Mit Gaunern wollen wir nichts zu tun haben.«

Der Schlosser lachte und zeigte dabei gelbe, schiefstehende Zähne. »Sie können jederzeit wiederkommen.«

Draußen wartete der Typ mit der Jeansweste. Als wir aus der Ladentür kamen, trat er dicht hinter uns und sagte: »Los, Brieftaschen her.« Er hatte eine Hand in der Westentasche.

LuEllen schaute ihn von oben bis unten an. »Das soll wohl ein Witz sein.«

»Los, Alte...«

»Verpiß dich, du Arsch. Das ist keine Knarre in deiner Tasche, sondern nur eine Faust. Geh heim und hol dir damit einen runter.«

Der Typ glotzte sie mit halboffenem Mund an. Dann bewegte er die Hand in der Tasche. Es machte ›Popp‹, und LuEllen rief: »Verdammt, er hat mich getroffen.«

Als es ›Popp‹ machte, trat ich dem Kerl seitlich gegen die Kniescheibe, und als er vornüberkippte, schlug ich ihm mit der rechten Hand auf die Nase. Das Nasenbein knirschte, und er fiel wie ein Sack zu Boden.

LuEllen starrte auf ihren Arm. »Vielleicht bin ich doch nicht getroffen. Nein, ich glaube doch.«

Der Typ lag bäuchlings auf dem Asphalt, hielt sich mit beiden Händen das Gesicht und wußte offenbar noch nicht so recht, wie ihm geschehen war. Nasenbeinbrüche haben diese Wirkung. Für ein paar Minuten kann man an nichts anderes denken.

LuEllen zog den Blusenärmel hoch. Knapp überm Ellbogen hatte sie ein winziges Geschoß gestreift, eine rote Linie hinterlassen und den Ärmel zweimal durchschlagen.

»Der Kerl hätte mich richtig verletzen können«, sagte LuEllen.

Der Schlosser hatte den Aufruhr mitbekommen, trat aus seinem Laden und schaute sich den Typen auf dem Asphalt an.

»Der wollte Sie berauben, was?«

»Danke. Nett, daß Sie uns gewarnt haben.«

Der Schlosser zuckte die Achseln. »Bin ich die Heilsarmee?«

»Er hat auf mich geschossen«, sagte LuEllen. Der Kerl versuchte nun, auf die Knie zu kommen, und hielt sich mit einer Hand immer noch die Nase. LuEllen ging hinter ihn und trat ihm voll zwischen die Beine. Er gurgelte und krümmte sich zusammen, hielt sich nun die Hoden. Blut strömte ihm aus der Nase in den kleinen schwarzen Bart. LuEllen langte in seine Westentasche und fand die Waffe: ein einschüssiger .22er, eingebaut in ein Zippo-Feuerzeug.

Der Schlosser griff danach. »Hm, Kaliber .22 kurz. Effektive Schußweite: die Länge seines Pimmels. Was für'n Dummfick.«

»Verschwinden wir«, sagte LuEllen.

»Wollen Sie ihn denn nicht filzen?« fragte der Schlosser.

»Das überlassen wir Ihnen«, sagte LuEllen. Als wir losfuhren, durchwühlte der Schlosser die Taschen des Typen.

LuEllen schwieg eine Zeitlang, betrachtete sich ihren Arm und kicherte dann. »Schade, daß ich kein Coke dabeihabe.«

»Ist besser so.«

»Jedenfalls hat er voll eins in die Eier gekriegt. Sag mal, warum hast du das nicht gleich getan?«

»Ein zu riskantes Ziel. Wenn man die Hoden verfehlt und statt dessen den Schenkel trifft, hat man den Kerl gleich an der Kehle. Man schützt im Reflex die Hoden, aber nicht das Knie. Ein guter Tritt an diese Stelle setzt einen außer Gefecht. Und nichts tut so weh wie eine frisch gebrochene Nase.«

»Häßlich geknirscht hat das«, sagte LuEllen. »Ich krieg jetzt noch eine Gänsehaut, wenn ich dran denke.«

»Hm, ja.« Ich faßte an meine Nase, die zweimal gebrochen worden war. Ich kann mich an beide Male mit schmerzlicher Klarheit erinnern. »Du solltest es erst mal von innen hören.«

Das war an einem Freitag. Da wir am Wochenende nicht bei den Durenbargers einbrechen konnten, fuhr Dace mit LuEllen zu seinem Wochenendhaus im Bergland von West Virginia. »Meine Frau hat die Hütte gehaßt«, sagte Dace. »Sie nannte sie das Schnakenloch.«

Am Sonntag nachmittag, als die beiden fort waren, meldete sich Bobby. Ich hatte ihm den richtigen Namen des Rattengesichts gegeben – Frank Morelli – und gebeten, mit Hilfe eines Telefonfreaks seinen Anschluß zu überwachen. Keine Aktivität, berichtete Bobby.

HABE TANKSTELLEN IN DER UMGEBUNG VON MORELLIS WOHNUNG ÜBERPRÜFT UND DATEIEN NACH KREDITKARTEN

ABGECHECKT. MORELLI HAT VERGANGENE WOCHE FÜNFMAL EINE KK BENUTZT – IN ATLANTIC CITY UND UMGEBUNG.

Er ist also verreist?

JA, SEIT EINER WOCHE. HAB MIR AUCH SEINE AKTE BEI EINER KREDITSICHERUNGSANSTALT ANGESEHEN. NAHM EINEN KREDIT FÜR EINEN CHEVROLET AUF. DATUM UNBEKANNT, ABER DA BUCHWERT NOCH $4500, MUSS VERTRAG ALT SEIN. GESCHÄTZTES VORJAHRESEINKOMMEN VOR STEUERN $52000.

Danke. Bleib dran.

KLAR. MACH'S GUT.

Als LuEllen und Dace um Mitternacht zurückkamen, erzählte ich ihnen von Bobbys Bericht.

»Es ist also unwahrscheinlich, daß er uns überwacht«, schloß LuEllen.

»Rattengesicht ist ein kleiner Fisch. Von zweiundfünfzigtausend im Jahr kann in Washington keine Kirchenmaus leben. Nicht wenn er außer einer Wohnung noch ein Büro und den Telefonservice bezahlt«, sagte Dace.

»Jetzt ist mir schon wohler«, sagte LuEllen. »Nur die Sache mit den Schwulen kommt mir noch komisch vor. Über die würde ich gerne mehr wissen.«

Am Montag früh brachen wir bei den Durenbargers ein. Ich machte meine Kopien, brachte die Wanze unter, und dann zischten wir ab wie der Wind. LuEllen rührte kein Teil an.

10

Am Montagabend ging Dace mit LuEllen ins Theater. Ich blieb zu Hause und analysierte die Disketten, die wir bei Ebberly und Durenbarger kopiert hatten. Whitemarks Codesystem war simpel. Wenn der Zentralcomputer von außen angewählt wurde, verlangte er den Namen des Anrufers und eine Kennummer. Hatte er diese erhalten, schickte er ein Codewort zurück und bat um ein passendes Wort von der Code-Diskette. Der Heimcomputer suchte dann die Liste der Chiffren auf der Scheibe ab, fand das Pendant und sandte es zurück. War der Code korrekt, erhielt man Zugang.

Als ich das Codeverfahren verstanden hatte, sah ich mir Daces Zusammenfassung von Samantha Ebberlys Sitzungen mit dem Whitemark-Computer an. Sie war direkt an eine Reihe von Verwaltungsdateien gegangen und hatte auch ein Standard-Briefformat aufgerufen. Als ich sicher war, daß ich wußte, was ich tat, wählte ich über einen unserer Computer den Ebberly-Anschluß an, um sicherzustellen, daß die Frau nicht gerade mit dem Whitemark-System arbeitete. Keine Aktivität. Ich ließ die Leitung offen für den Fall, daß sie ans Netz ging, und wählte mit unserem zweiten Terminal Whitemark an.

Der Zugang war Routinesache. Dann fand ich mich in einem typischen, mit Akten und Formularen vollgestopften Mainframe-Administrationssystem wieder. Mit den üblichen, im Lauf der vergangenen zwei Jahrzehnte von Hackern entwickelten Techniken spazierte ich vier Stunden lang in dem System herum, öffnete Akten, las und ging weiter. Es gab keine Überraschungen, aber einige Enttäuschungen.

Die Sicherheit war eine Klasse schärfer, als ich gehofft hatte. Wichtige Akten waren mit persönlichen Codewörtern gesichert, die ich nur auf umständliche Weise empirisch umgehen konnte. Whitemarks Systemanalytiker hatten auch Programmbarrieren zwischen den verschiedenen Sektoren des Computers errichtet. Mit Mrs. Ebberlys Chiffren hatte ich völlige Bewegungsfreiheit im administrativen Sektor, kam an die tieferen Programmebenen aber nicht heran. Das eigentliche System war mir versperrt.

Nun versuchte ich es mit Durenbargers Code. Auch hier war der Zugang kein Problem. Der Konstruktionssektor barst vor Zahlen und Zeichnungen und den Daten laufender Projekte, und wie auf der Verwaltungsseite waren auch hier Kerndateien durch persönliche Kennwörter geschützt. Auf die Programmebene kam ich nicht.

LuEllen und Dace kehrten spät zurück, sahen mich an der Arbeit und entfernten sich auf Zehenspitzen. Viel später legte ich mich ins Bett und starrte an die Decke. Um vier Uhr früh entschied ich, daß es keine Alternative gab. Wir mußten auf die Programmebene kommen. Und dazu mußte noch ein Haus geknackt werden.

Beim Frühstück schimpfte LuEllen ausgiebig über das Stück, das sie am Abend zuvor gesehen hatten. Es handelte von einer Straßenbande und spielte nur in einem Keller, wo die Gang auf eine Ladung Pistolen wartete.

»Wie in einem dieser alten Kriegsfilme gab es einen Juden, einen Schwarzen, einen Italiener, den Feigling und einen coolen weißen Helden. Halt von allem etwas«, sagte LuEllen. »So war die Bande zusammengesetzt. In Wirklichkeit aber geht es bei Jugendbanden ganz anders zu. Das weiß ich aus der Schule. Juden, Schwarze und Weiße gehen nie zusammen. Weiße Gangs hassen Neger und Juden. Im wirklichen Leben sind diese Typen alle Arschlöcher.«

»Das war doch nur allegorisch gemeint«, sagte Dace trokken.

»Richtig. Der Kerl, der das verbrochen hat, hat keine blasse Ahnung.« LuEllen schaute zu mir hinüber. »Was guckst du so bedrückt? Hast du uns was beizubringen?«

»Wir müssen beim Systemmanager einbrechen«, sagte ich. »Das ist der leitende Mann. Anders kommen wir nicht weiter.«

»Dacht' ich mir's doch.« Sie stand an den Kühlschrank gelehnt und verspeiste ihr Müsli. »Wann legen wir los?«

»Wir können uns heute nachmittag mal sein Haus ansehen.«

»Ist das dann der letzte Bruch?« fragte Dace.

»Ja. Wenn wir die Codes kriegen. Er müßte sie haben.«

»Wir legen es wirklich drauf an.«

»Ich weiß. Ich schwitze jedesmal Blut und Wasser«, sagte ich.

Während LuEllen und ich die Häuser von Whitemark-Angestellten ausgekundschaftet hatten und in zwei eingebrochen waren, hatte Dace die Taktik des Propagandafeldzugs ausgearbeitet. Nach dem Frühstück holte er einen Block voller Notizen und legte uns seinen Plan dar.

»Wenn du deine Computeraktion gestartet hast, lassen wir Details über Whitemarks Produktions- und Konstruktionsprobleme durchsickern, und zwar an die Fachpresse. Dann kriegen die Bosse im Pentagon kalte Füße, denn sie sind schon zu oft wegen Konstruktionsfehlern eingebrochen. Der Tagespresse und dem Fernsehen ist solcher Kram aber schnuppe. Es mag Whitemark gelingen, das Ganze unter den Teppich zu kehren. Wenn wir den Verein wirklich festnageln wollen, brauchen wir etwas Massives wie Korruption. Erzähle ich einem Reporter von der *Washington Post*, daß die Steuerelektronik für ein Kampfflugzeug zehn Millionen teurer als geplant wird und immer noch nicht funktioniert, wird er sagen: ›Na und? Alter Hut.‹ Stecke ich ihm aber, daß der Vorstandsvorsitzende zwei Generälen zehntausend für Schnaps und Nutten zugeschoben hat, und daß Fotos zum Beweis vorliegen, kampiert er vor meiner Haustür.«

»Und wo kriegen wir die Bilder her?« fragte LuEllen.

»Die fummeln wir einfach zusammen«, sagte Dace milde.

»Getürkte Beweise?«

Er nickte. »Klar.« Er wirkte ganz gelassen und schlürfte seinen Tee.

»Klingt riskant«, sagte ich.

»Hat aber auch seine Vorteile. Saugen wir uns den Fall aus den Fingern, können wir ihn so spektakulär aufziehen, wie wir wollen, ohne erst recherchieren zu müssen. Das ginge ganz flott. Dokumente lancieren, flankierendes Material fabrizieren, die Presse anrufen. Fehlt bloß noch jemand, der uns sein Ohr leiht.«

Washington wimmelt nur so vor Irren. Tag für Tag müssen sich die Lokalredaktionen der großen Zeitungen und die Fernsehanstalten mit Verrückten herumschlagen, in Person und am Telefon. Die einen wollen die Zionisten vernichten, die anderen die Araber. Spinner beschweren sich über die negativen Auswirkungen des Fluors im Trinkwasser auf die Hoden Amerikas. Andere haben den Beweis, daß Aids das Resultat einer heimtückischen Verschwörung ist, hinter der die Russen, Chinesen, Schwulen, Neger, die CIA oder die Emanzen stecken – je nach Lust und Laune. Mehrere hundert Leute wissen von einer Insel, auf der ein hirngeschädigter John F. Kennedy noch am Leben ist, manchmal in Gesellschaft von Elvis.

»Wenn wir etwas Gutes finden oder zurechtfummeln, kann ich es anbringen«, sagte er. »Es muß aber etwas taugen. Wenn die Medien erst mal angebissen haben, lassen sie nicht locker, besonders, wenn es um ihren Ruf geht. Rüstungskonzern schmiert Generäle und wird von der wachsamen Presse auf frischer Tat ertappt? Heiß, Mann!«

»Und was wird aus den armen Schweinen, die sich angeblich bestechen ließen?« fragte LuEllen. »Die wären doch ruiniert. Ist es dir nicht selbst so gegangen?«

Dace nickte. »Das ist nicht der einzige Haken. Wer jemandem etwas anhängen will, muß einigermaßen präzise sein. Wenn wir behaupten, General Jones habe am 4. März auf Bimini herumgevögelt, er aber fünfzig Zeugen anschleppt, die beschwören, daß er an diesem Tag in Boise vorm Verband konservativer Mütter eine Rede hielt, ist die ganze Aktion im Eimer. Unsere Vorwürfe dürfen nicht zu spezifisch sein – Reptilienfonds, Weiber, Bargeldtransaktionen, aber keine Namen.«

»Wird das genügen?« fragte ich.

»Wir könnten was zusammenbasteln«, sagte Dace. »Aber merkst du, worauf ich hinauswill? Es wäre am besten, wenn wir einen echten Korruptionsfall fänden. Wenn ich auf so etwas stoße, spüre ich instinktiv, daß etwas dran ist. Und ich bin sicher, daß hier irgendwo eine faule Sache drin steckt. Alle Großfirmen sind den Pentagon-Bossen irgendwie zu Gefallen. Vielleicht nicht gerade mit Geld oder Sex, aber mit Mauscheleien. Wenn du mir Zugang zu den Geheimakten in Whitemarks Computer verschaffst, finde ich bestimmt was. Aber das kann eine Weile dauern.«

»Zugang habe ich schon. Das ist also kein Problem«, sagte ich. »Und es sieht so aus, als würde das Schmiergeldpotential größer.«

»Ja, wahrscheinlich. Ich zimmere für alle Fälle einen getürkten Fall zusammen. Wir sollten aber trotzdem versuchen, in Whitemarks System was Echtes zu finden.«

LuEllen schaute mich an und sagte: »Das mit den erfundenen Vorwürfen gefällt mir nicht.«

Ich nickte. »Gut. Länger als zwei oder drei Tage haben wir nicht dafür, aber gehen wir trotzdem an die Arbeit. Und erst brechen wir einmal beim Systemmanager ein, damit ich seine Codes bekomme.«

»Wann fliegst du nach Chicago?« fragte LuEllen. Ich wollte noch einmal mit Anshiser reden, ehe der endgültige Startschuß fiel.

»Wenn ich heute abend ins System hineinkomme, fliege ich morgen oder übermorgen.«

»Hast du immer noch vor, diese Maggie mitzubringen?«

»Ja, wenn sie will.«

»Ich werde nervös bei dem Gedanken, daß Außenseiter unsere Gesichter zu sehen bekommen. Besonders meines«, sagte LuEllen. »Hoffentlich ist sie in Ordnung.«

Ich zuckte die Achseln. »Kann ich nicht garantieren. Aber wenn wir unser Geld sehen wollen, bleibt uns keine andere Wahl.«

11

Am Telefon klang Maggies Stimme angenehm, tief und rauchig. Einmal lachte sie und brachte die Erinnerung an ihren Duft nach Iris und Vanille an diesem Tag auf der Sandbank zurück.

»Es ist noch ein Einbruch erforderlich«, sagte ich. »Den versuchen wir heute nachmittag. Wie geht's Anshiser?«

»Gar nicht gut. Die Aktion soll laufen, aber er fühlt sich schlechter.«

»Kann ich ihn sprechen, wenn ich bei Ihnen vorbeikomme?«

»Sicher. Er funktioniert noch. Wann kommen Sie?«

»Übermorgen, wenn heute nachmittag alles klappt.«

»Passen Sie auf.«

»Tu ich immer.«

Das letzte Objekt stand in einem exklusiven Vorort in einem klassischen Virginia-Landstrich. Auf weiten Rasenflächen standen ausgewachsene Bäume. Schwimmbecken gehörten zur Standardausrüstung, und einige Gärten hatten sogar mit Flieder- und Geißblatthecken abgeschirmte Tennisplätze. An den Einfahrten der meisten Häuser standen Schilder wie: DIESES HAUS IST DURCH EINE ALARMANLAGE GESICHERT. LuEllen betrachtete sich das Haus genau und achtete besonders auf die Telefonleitung.

Sie wirkte verunsichert. »Was ist?« fragte ich. »Die Alarmanlage?«

»Ach was, mit der werd' ich fertig, falls sie überhaupt eine haben. Aber hier stimmt etwas nicht«, sagte sie. »Diese Leute sind nicht wichtig genug für so ein Haus. Du hast gesagt, der Mann verdiente fünfundsiebzig- bis achtzigtausend im Jahr. Aber unter dreihundertfünfzigtausend sind die Kästen in dieser Gegend nicht zu haben.«

»Vielleicht hatte er einen reichen Vater.«

»Kann sein«, sagte sie mißmutig. In der Nachbarschaft war es still. Wir fuhren dreimal aus verschiedenen Richtungen vorbei, ohne etwas Bedrohliches auszumachen.

»Los, gehen wir anrufen«, sagte LuEllen endlich. »Aber wenn wir sie nicht am Arbeitsplatz erreichen, warte ich lieber ab.«

Wir bekamen sie aber beide an die Leitung, und praktisch beim ersten Läuten. LuEllen holte ihr Kokain aus der Handtasche und schnupfte. Ich rief derweil das Haus an, schnitt den Hörer ab, warf ihn auf den Rücksitz, fuhr zurück und stellte den Wagen in der Nähe an einer kleinen Parkanlage ab.

Drei oder vier Minuten später schlenderten wir gemütlich auf das Haus zu. LuEllen täuschte einen Hustenanfall vor, um sich hinter der vorgehaltenen Hand noch einmal ihr Zeug reinziehen zu können. Schon in der Einfahrt hörten wir das schwache Läuten des Telefons. Kein Schild wies auf eine Alarmanlage hin, aber das hatte nichts zu sagen.

»Wenn die Tür offen ist, gehst du gleich hinter mir hinein und bleibst dann stehen. Rühr dich nicht, bis ich dir Bescheid sage«, sagte sie, als wir uns der Haustür näherten. Sie holte einen Seitenschneider aus ihrem Tennisbeutel und steckte ihn in die Tasche ihrer Shorts. »Ich husche nämlich erst mal rum wie eine Ratte.«

An der Tür drückte sie auf den Klingelknopf und blies kräftig in die Hundepfeife. Keine Reaktion. Sie langte tiefer in die Tasche, holte das Brecheisen heraus, und ich gab ihr mit dem Körper Deckung, als sie die Tür knackte. Wir traten in eine dunkel getäfelte Halle; links von uns befand sich die Küche, das Wohnzimmer war geradeaus. In der Halle hing eine Zeichnung von Egon Schiele, bei deren Anblick mir die Augen übergingen: zwei Frauen, nackt bis auf Seidenstrümpfe, bei der Liebe. Das Stück mochte fast soviel wert sein wie das Haus. Nun begann ich LuEllens Zweifel zu verstehen. Diese Zeichnung gehörte ins Museum oder Schlafzimmer eines Millionärs, aber nicht in ein Vorstadthaus in Virginia.

LuEllen stürmte ins Haus, riß den Schrank in der Halle auf, wirbelte herum, rannte in die Küche, machte eine Schranktür nach der anderen auf.

Der Dobermann erwischte sie, als sie mitten in der Küche kniete. Er kam aus dem Eßzimmer um die Ecke getobt, schwarzbraun, muskelbepackt, flink wie ein Leopard.

Ich war gerade in den Schiele vertieft, als ich die Krallen des Hundes auf dem Küchenboden hörte. »Nein!« schrie LuEllen, ich fuhr herum, und da griff der Hund auch schon an. Mich hatte er offenbar nicht gesehen, denn er sprang knurrend LuEllen an, die sich halb erhoben hatte und sich mit den Armen deckte. Ich tat zwei Schritte auf sie zu, und als der Hund sie in den linken Oberarm biß und umzureißen begann, trat ich ihn an die Kehle. LuEllens Arm kam frei, als er zu Boden ging, aber dann kam er wieder auf die Beine und schüttelte sich. Ich tat wieder einen Schritt, und da griff er erneut an. Ich versetzte ihm einen Tritt gegen den Kopf, der ihn zu Boden schickte.

Er lebte aber noch und kämpfte weiter. Ich trat ihn in die Rippen, richtete aber nicht viel aus; warf ihn nur auf die Seite. Da drängte sich LuEllen an mir vorbei, hob das Brecheisen über den Kopf und ließ es niedersausen wie einen Baseballschläger. Der Hund drehte den Kopf, so daß der Schlag abprallte, aber sie schlug noch einmal zu und traf diesmal richtig. Blut spritzte, die Beine des Hundes begannen im Todeskampf zu zucken, sie schlug wieder und wieder zu, bis ich sie packte und wegriß.

»Laß mich los«, sagte sie. »Ich bin okay.« Sie ließ das Eisen fallen, riß die Küchenschränke auf, jagte dann ins Eßzimmer, schaute die Kellertreppe hinunter, öffnete die Verbindungstür zur Garage.

Im Hintergrund ging immer noch das Telefon. Ich machte es ausfindig, nahm ab und legte wieder auf. In der plötzlichen Stille konnte ich das Röcheln des sterbenden Hundes hören.

»Schmeiß den verdammten Köter in den Schrank in der

Halle!« fauchte LuEllen, als sie aus der Garage zurück ins Haus kam.

Ich schleppte den Hund am Halsband aus der Küche und wuchtete ihn in den Schrank. »Warum hat er nicht auf die Pfeife reagiert?« fragte ich.

»Manche Hunde sind darauf trainiert, diesen Ton zu ignorieren oder werden sogar aufmerksamer dadurch. Ich glaube nicht, daß es hier eine Alarmanlage gibt. Das war der Hund.« Sie untersuchte ihren Oberarm. Ihr Hemd war blutgetränkt. »Hier gibt es keine an der Haustür und auch keine Bewegungs- oder Schalldetektoren. Die Telefonleitung habe ich durchgeschnitten, nur für den Fall, daß eine Direktverbindung zur Polizei besteht. Komm, machen wir, daß wir hier rasch fertig werden.«

»Wie geht's dir?«

»Er hat mich erwischt, aber ich kann's aushalten.«

»Laß mich mal sehen.« Ich zog ihr das Hemd von der Schulter und fand vier häßliche, tiefe Rißwunden, je zwei Zentimeter lang, die heftig bluteten.

»Tut tierisch weh«, sagte sie. »Ich brauche ein anderes Hemd und etwas zum Blutaufsaugen.«

Wir gingen durch die Halle, und LuEllen blieb auf einmal stehen und rief: »Wow!« Im Wohnzimmer schien der Marquis de Sade als Innenarchitekt gewirkt zu haben. Eine geflockte, grellrote Tapete stand im scharfen Kontrast zu einem dicken, tiefschwarzen Teppichboden. Zur Einrichtung gehörten ein kleiner Flügel in Nußbaum und eine tintenblaue Samtgarnitur. Auf dem Flügel stand ein Leuchter mit sechs schwarzen Kerzen. Es roch nach Weihrauch und Marihuana und noch etwas anderem, das mich an Schlafzimmer oder Umkleidekabinen erinnerte. Schweiß, menschliche Sekrete, Säfte.

An den Wänden hingen in Augenhöhe gruppiert kleine pornographische Fotos und Stiche in teuren Rahmen.

»Ich glaub's ja nicht«, sagte LuEllen beim Betrachten eines Kupferstichs.

»Es hat halt jeder sein Hobby«, murmelte ich und schaute in die Runde. »Sehen wir zu, daß wir den verdammten Computer finden.«

»Unglaublich«, sagte LuEllen und ging von einem Bild zum anderen. »Dabei kann man sich echt was verrenken.«

»Ist er oben oder unten?«

»Wer?« fragte LuEllen, in eine besonders komplizierte Stellung vertieft.

»Verdammt noch mal, der Computer natürlich!«

»Oben.« Sie schaute mich scharf an. »Sag mal, stimmt bei dir alles? Siehst ganz schön gestreßt aus.«

»Schon gut. Das liegt an dem Hund.«

Der Computer befand sich in einem Raum im ersten Stock, einem richtigen kleinen Büro mit IBM, zwei abschließbaren Diskettenkästen, beide offen, und einem Schreibtisch, der aus einer Resopalplatte auf sechs Aktenschränken bestand. Aus dem Rahmen fiel nur die Wanduhr. Das Zifferblatt stellte den Unterkörper einer nackten Frau dar, von hinten gesehen, und die Beine dienten als Zeiger. Der Anblick war unverblümt gynäkologisch.

Ich schaltete den IBM ein und ging die Disketten durch, als LuEllen mich rief.

»He, Kidd, schau dir das mal an.«

»Augenblick.« Ich schob meine Knacker-Diskette in das Gerät und ließ das Programm laden. Als ich aus dem Büro trat, sah ich LuEllen, die sich ein Bündel Papiertaschentücher an den blutenden Arm hielt und in ein Schlafzimmer schaute.

»Sieh mal.« Sie wies ins Zimmer. Dort stand ein Wasserbett mit schwarzen Kerzen am Kopfende; an der Wand hing ein riesiger Spiegel. Die Hauptattraktion allerdings war ein großformatiges Foto, das den Kopf einer Frau beim Oralsex mit einem größtenteils außerhalb des Bildes befindlichen Mann darstellte.

»Guck dir dieses Riesending an«, sagte LuEllen.

»Also da hab ich schon dickere gesehen«, sagte ich.

»Ich habe das Bild gemeint, nicht den Kerl«, sagte sie und wurde ein bißchen rot. »Eines steht fest, Kidd, diese Leute sind nicht nur ein bißchen pervers. Die sind *richtig* pervers. In jedem Schlafzimmer hängt so ein Bild. Ist das hier ein Puff, oder was? Vielleicht konnten sie sich deshalb das Haus leisten. Und wahrscheinlich haben sie keine Alarmanlage, weil sie die Polizei unter keinen Umständen im Haus sehen wollen.«

»Ich muß weitermachen«, sagte ich und ging zurück ins Büro. LuEllen nahm inzwischen die Schlafzimmer auseinander. Ich lud die Disketten und suchte nach dem Kommunikationsprogramm. Alle Scheiben waren nur numeriert. Ich war bei der fünften, die nur Akten enthielt, als LuEllen den Kopf durch die Tür steckte. »Zweitausend in bar, drei Knarren und sechs Vibratoren«, sagte sie und lief weiter.

Das Kommunikationsprogramm fand ich auf der siebten Diskette. Ich löste die Abdeckung der Telefonsteckdose und war bereit, die Wanze anzubringen, aber es dauerte eine Minute oder so, bis das Programm durchgelaufen war. Es enthielt eine Reihe von Codewörtern, die aber den von Ebberly und Durenbarger verwendeten zu ähnlich sahen, um mir Zugang zur Programmebene verschaffen zu können.

Während die Diskette kopiert wurde, schloß ich die Wanze an und setzte die Abdeckung wieder auf. Als die Kopie fertig war, warf ich die Scheibe in die Tennistasche und schaute mir rasch die restlichen Disketten an. Vorwiegend lange Adressenlisten, geschützt von einem kommerziellen Sicherheitsprogramm, das nicht völlig wertlos war: Ich brauchte fünf Sekunden pro Diskette, um es zu überwinden.

Als ich fertig war, suchte ich die Aktenschränke durch und fand nichts von unmittelbarem Interesse. Gerade, als ich die unterste Schublade schließen wollte, fiel mir an der Innenseite des Frontbretts etwas Weißes auf. Ich zog die Schublade ganz heraus und fand ein Stück Kreppband, auf das sieben zehnstellige Zahlen geschrieben waren. Das kam mir vielversprechend vor. Ich schrieb sie ab.

»Kidd!« rief LuEllen von unten. »Schnell, komm mal runter.«

Ich stieß die Schublade zu, stopfte die Diskettenkopien und die Liste der Zahlen in die Tennistasche und ging die Treppe hinunter. Wohnzimmer und Eßzimmer lagen verlassen da.

»Wo bist du?« rief ich.

»Im Keller.«

Das fensterlose Kellergeschoß war längs geteilt. Die linke Hälfte war ein Allzweckraum mit Waschmaschine und Trockner, einer Werkbank, Regalen und einer kleinen Toilette. Der Raum rechts aber erinnerte an ein sehr ordentliches Lagerhaus mit Leuchtstoffröhren und glattem weißen Fliesenboden – mit einer Ausnahme.

Die Ausnahme war ein angrenzendes kleines Fotoatelier. Ich sah eine mit Samt bezogene Couch, einen Stapel rote und schwarze Samttücher und einen Pappkarton voller Objekte wie Vibratoren, Handschellen, Peitschen und Masken. Und Puppen. Action-Men für Jungs, altmodische Babypuppen für Mädchen. Außerdem gab es drei Lampen mit Schirmreflektoren und zwei Hasselblad-Kameras auf Stativen. Nebenan befand sich ein professionell ausgestattetes Fotolabor.

Im Rest des Kellers stapelten sich Kartons und Versandtaschen. LuEllen hatte eine Pappkiste aufgemacht und ein Bündel dünne Farbmagazine herausgeholt.

»Guck dir das mal an«, sagte sie.

Es wurden alle Aktivitäten dargestellt, die sonst in Pornomagazinen auftauchen – aber mit einem signifikanten Unterschied: Auf jedem Bild war ein Darsteller ein Kind. Und die Aufnahmen waren offensichtlich hier im Atelier gemacht worden.

»Das sind also die Kinderporno-Ärsche, von denen man so hört«, sagte LuEllen. Sie trug eine rosa Bluse, die ihr nicht gehörte, hielt sich den Arm und schrie: »Ich hätte gut Lust, das Haus anzuzünden.«

»Nein, das läßt du bleiben«, sagte ich, schlang ihr den Arm um die Taille und zog sie fest an mich. »Das können wir für unsere Zwecke verwenden. Schnapp dir alles, was du auch sonst mitnehmen würdest – Waffen, Geld, Schmuck, und vergiß die beiden Hasselblads nicht; die sind einen Haufen Geld wert. Beeilen wir uns. Nimm von jeder Ausgabe des Magazins ein Exemplar mit – paß aber auf, daß keine Fingerabdrücke draufkommen.«

Ich rannte die Treppe hinauf und kopierte alle Disketten mit den Adressenlisten. Wenn ich mich nicht irrte, hatte ich dann alle Mitglieder dieses Kinderporno-Rings. Das Kopieren der Kundenliste dauerte fünfzehn Minuten. Inzwischen fegte LuEllen wütend durchs Haus und schlug alles kurz und klein. Einmal kam sie ins Büro, um die Tennistasche zu holen, und als ich fertig war, fand ich sie mit zwei prall gefüllten Müllsäcken in der Küche.

»Hier haben wir zwanzigtausend abgeräumt«, sagte sie mit Befriedigung.

»Himmel noch mal, wenn ein Cop uns diese Säcke schleppen sieht, hält er uns sofort an«, sagte ich. »Das ist viel zu viel Kram.«

»Ich weiß. Wir lassen alles bis auf deine Disketten hier in der Küche stehen, holen das Auto und laden ein.«

»Riskant.«

»Einer so fetten Beute zuliebe würde ein Junkie es aber riskieren«, sagte sie trotzig.

Also wir auch. Wir kamen mit dem Auto zurück, ich sprang hinaus, und LuEllen wartete mit laufendem Motor in der Einfahrt. Ich ging an die Haustür, klopfte an, stürmte hinein, schnappte die Säcke, trug sie ans Auto und warf sie auf den Rücksitz. Auf eine Eingebung hin kehrte ich ins Haus zurück, nahm den Schiele von der Wand und reichte ihn LuEllen.

»Das war bescheuert«, sagte sie heftig, als wir anfuhren. Offenbar hatte sie Schmerzen.

»Stimmt.«

Einige Minuten später sagte sie: »Um den Hund tut es mir leid. Er tat nur, was man ihm beigebracht hatte.« Kurz darauf hieb sie mir gegen den Oberarm. »Hast mich rausgerissen, Kidd.«

LuEllen ging voraus die Treppe hoch zu unserer Wohnung, und als ich mit den Säcken in die Wohnung kam, hatte Dace sie in die Arme genommen.

»Sie muß zum Arzt«, sagte er.

»Kennst du einen, der verschwiegen ist?« fragte ich.

»Ja. Ich regle das.«

»Sag ihm, der Hund gehörte einem Nachbarn, dem wir keine Probleme machen wollten«, sagte ich. »Also keine Formulare, keine Nachrichten an irgendwelche Ämter.«

»Ich hab' doch gewußt, daß früher oder später was passiert«, sagte er.

»Was willst du gegen diese perversen Schweine unternehmen?« fragte LuEllen.

»Wenn ich mit den Kennzahlen ins System komme, kann ich Änderungen vornehmen, die mir einen Status geben, wie der Systemverwalter ihn hat«, sagte ich. »Dann habe ich uneingeschränkte Bewegungsfreiheit. Sowie unsere Aktion angelaufen ist, schreiben wir der Polizei die Wahrheit – daß wir eingebrochen sind, was wir gefunden haben. Ich habe eine Kopie der kompletten Subskriptionsliste; die drucken wir aus, legen sie bei und behaupten, sie bei den Magazinen gefunden zu haben. Da Kinderpornographie im Staat Virginia gar nicht geschätzt ist, bringt ihnen das zehn Jahre im Knast ein.«

»Und wenn der Einbruch ihnen solche Angst macht, daß sie alles beiseite schaffen?«

»Sie werden im Dreieck springen, das Zeug aber bestimmt nicht wegwerfen«, sagte ich. »Es steckt zuviel Geld drin. Sie schieben den Bruch bestimmt einem Süchtigen zu, der dann keine weitere Bedrohung für sie darstellt.«

»Und die Kinder, die in der Zwischenzeit mißbraucht werden?«

Ich schüttelte den Kopf. »Es ist halt nicht die beste aller denkbaren Welten. Es gibt keine andere Methode, diesen Leuten das Handwerk zu legen.«

LuEllen war nicht glücklich. Dace aber schaute grimmig zufrieden drein.

»Das ist ein Riesenknüller!« sagte er. »Eine Mega-Story. Wir warten ab, bis Whitemark schon in Schieflage ist, und lassen dann die Bombe platzen. Das kann ihnen den Hals brechen.«

Dace ging mit LuEllen zu seinem Arzt, während ich unsere Beute aussortierte. Viel konnten wir nicht behalten, aber die Zeichnung nahm ich mir – Schiele war einer der besten Zeichner des zwanzigsten Jahrhunderts, und seine erotischen Arbeiten sind überwältigend. Das Stück, das ich mir unter den Nagel gerissen hatte, gehörte zu den besseren. Es konnte mich belasten, aber je länger ich es ansah, desto entschlossener war ich, es zu behalten.

In der Nacht luden Dace und LuEllen den Rest der Beute ab, und ich drang mit Hilfe des Codes des Systemverwalters in den Whitemark-Computer ein. Mit Hilfe der Kennwörter durchbrach ich die erste Verteidigungslinie. Der Zahlencode verschaffte mir Zugang zur Programmebene, und dort fand ich die Paßwörter für alle Dateien im Computer, ganz gleich, wie vertraulich sie auch waren.

Als die beiden zurückkamen, lachte LuEllen. »Wenn wir noch mehr Zeug in dieser Gasse abladen, stehen sie dort Schlange.« Sie hatte vom Arzt die Schulter verbunden und ein Briefchen mit Schmerztabletten bekommen, die sie alle auf einmal genommen hatte. Nun wirkte sie sehr entspannt.

»Ich bin im System drin und lasse von nun an nicht mehr locker«, erklärte ich mit einer Kopfbewegung zum Terminal hin. »Ich baue mir eine Hintertür und richte es so ein, daß ich meine eigenen Codes benutze, nicht die des Systemverwalters.«

Ich hob das zweite Telefon ab, suchte mir im Telefonbuch

die Nummer von Whitemark heraus und wählte. Als die Vermittlung sich meldete, verlangte ich den Computerraum.

»EDV.«

»Ich hab gehört, ihr macht heute früher zu als sonst. Stimmt das?«

»Nein, das glaub ich nicht. Moment mal.« Am anderen Ende klackte der Hörer auf den Tisch und blieb eine Minute lang liegen. »Nein«, sagte dann die Stimme. »Es wird um die normale Zeit ausgeschaltet.«

»Bis wann kann ich dann bestenfalls dranbleiben?«

»Bis um vier. Wenn Sie noch eine Stunde brauchen, sagen Sie uns Bescheid; wir lassen die Anlage dann weiterlaufen. Aber um fünf ist wegen der Instandhaltung Schluß.«

»Vielen Dank.«

»Gern geschehen.«

Ich arbeitete die ganze Nacht über an meiner Hintertür. Am nächsten Tag brachen wir dann in die wichtigen Dateien ein; Dace schaute mir über die Schulter. Briefe, Aktennotizen, Pläne und Budgets rollten über den Bildschirm und verschwanden wieder. Um sechs wurden wir müde. Eine lange weiße Schlange aus Endlospapier wand sich über den Tisch. Zwei Papierkörbe waren mit zusammengeknülltem Computerpapier und leeren Coladosen vollgestopft.

»Und was jetzt?« fragte ich. Bisher hatten wir sechs leitende Leute mit Hilfe ihrer Personal- und Privatakten und ihrer vertraulichen Papiere abgeklopft und dabei viel Interessantes gefunden, aber nichts Belastendes.

»Der für den Einkauf zuständige Direktor«, sagte Dace, gähnte und blätterte in einem internen Telefonverzeichnis der Firma, das wir schon am Anfang ausgedruckt hatten. »Er heißt Bell, wenn ich mich nicht irre.« Dace fuhr mit dem Zeigefinger an den B-Spalten entlang, und ich suchte in den Personalakten nach einem Bell.

»Halt!« sagte Dace plötzlich und runzelte die Stirn. »Heywood Beltrami?«

»Wie bitte?«

»Hier gibt es einen Angestellten, der so heißt.«

»Na und? Kennst du ihn?«

»Ja. Mieser Typ. Ich hatte keine Ahnung, daß er bei Whitemark arbeitet.«

»So einen Namen kann es nur einmal geben«, sagte ich. »Was tut er?«

»PR, steht hier.«

Nach zwei Minuten hatte ich Beltramis Unterlagen gefunden. Nachdem ich mich fünf Minuten mit der Hauptliste beschäftigt hatte, kannte ich seine Codeworte, und eine Minute später erschienen seine Unterlagen, alles Briefe und Aktennotizen, auf dem Schirm.

»Laß mich mal ran«, sagte Dace. Ich überließ ihm meinen Platz am Computer und ging ein Bier holen. LuEllen saß im Wohnzimmer vor dem Fernseher.

»Na, habt ihr schon was entdeckt?«

»Dace ist auf einen Bekannten gestoßen. Unangenehmer Typ, meint er.« Ich holte mir ein Bier aus der Küche und schaute mir kurz die Game-Show an.

»Diese Computergeschichte wär nichts für mich«, sagte LuEllen nach einer Weile. »Klingt ja ganz interessant, aber im Grund hockt man nur vor der Glotze und drückt auf Knöpfe.«

»Ja und nein. Man könnte auch sagen, wer Zeitung liest sieht sich lange Buchstabenkolonnen an, aber es steckt halt mehr dahinter. Bei Computern ist das ähnlich.«

Ich wollte weiterreden, wurde aber von Dace unterbrochen.

»Ich hab's!« schrie er aus dem Büro.

LuEllen erhob sich von der Couch und folgte mir. Dace saß grinsend vor dem Bildschirm.

»Er kann's nicht lassen, der gute alte Heywood«, sagte Dace. »Ich wußte, daß wir auf ihn zählen konnten.«

Er tippte mit dem Fingernagel auf den Schirm.

»Das ist ein Brief an ein hohes Tier bei der Beschaffungsstelle der Air Force im Pentagon, ein Zwei-Sterne-General. Ich habe hier die ganze Korrespondenz vorliegen. Man redet zwar um den Brei herum, aber im Kontext wird das Spiel rasch klar. In einigen Schreiben geht es um Anstellungsverträge, in anderen um Probleme bei den Spezifikationen des *Hellwolf*. Sieht man sich die Daten an und ruft sich ins Gedächtnis, was insgesamt läuft, dann sieht man, daß Whitemark diesem Mann und seinen Kumpeln nach ihrer Versetzung in den Ruhestand lukrative Jobs anbietet: Beraterverträge, große Büros, dicke Autos. Im Gegenzug verlangt Whitemark nur ein bißchen *Unterstützung* bei den *Hellwolf*-Spezifikationen. Es gibt einem den Glauben an die Menschheit wieder, daß Heywood nach all den Jahren immer noch seine Schleimspuren zieht.«

Dace war glücklich und wirkte zehn Jahre jünger. LuEllen packte ihn an der Schulter, drückte zu und sagte: »Prima. Drucken wir das mal aus.«

Wir schafften Beltramis gesamtes Material in unseren Speicher. Als es dann aus dem Drucker gerattert kam, entschieden wir unseren nächsten Schritt.

»Morgen arbeiten wir das durch und überlegen uns, wie wir den Skandal am besten den Medien zuspielen«, sagte Dace. »Und wir stellen ein Dossier über diese Pornographen für die Polizei zusammen.«

»Ich fliege nach Chicago und komme einen Tag später wieder zurück«, sagte ich.

»Läuft die Aktion dann an?« fragte LuEllen.

»Ja. Dann geht's über den Rubikon.«

12

Maggie erwartete mich am Flughafen. Diesmal trug sie zwei Blautöne und Schuhe mit flachen Absätzen. Das Kostüm war auf dezente Art schick und mußte sie einen Tausender gekostet haben. Bis auf einen Hauch Rosaperlmutt auf den Lippen war sie nicht geschminkt. Als sie mich erblickte, lächelte sie und hob die Hand zum Gruß.

»Haben Sie sonst noch Gepäck?« fragte sie, als ich durch die Absperrung kam.

»Nein, nur das hier.« Ich hob meine Reisetasche.

»Ich bin mit dem Auto hier.« Sie ging voran zum Ausgang, und ich trottete hinterher wie ein braver Basset. Bei unseren bisherigen Begegnungen hatte sie das Haar lose getragen. Nun hatte sie es zu einem Knoten geschlungen, und ihr freier Nacken ließ sie verwundbarer wirken. Auch ihre Haltung hatte sich verändert. Sie kam mir weicher vor, müde, kaputt.

»Sie sehen erschöpft aus, irgendwie niedergeschlagen.« Ich suchte nach dem richtigen Wort.

Sie warf einen Blick zurück. »Das liegt an Rudy«, meinte sie. »Es gab viel Druck.«

»Wie krank ist er?«

»Schwer zu sagen. Er leidet unter starken Kopfschmerzen. In seiner Jugend hatte er oft Migräne und fürchtet, daß das nun wieder losgeht.«

»Haben Sie einen Arzt gerufen?«

Sie lächelte mich kurz an. »Aber sicher. Ein Milliardär darf doch nicht leiden. Sie haben ihn gründlich untersucht, aber nichts Organisches festgestellt. Sie haben ihm Tranquilizer verschrieben, und die scheinen zu helfen.«

Ich ergriff sie am Arm und hielt sie fest. Sie fuhr herum.

»Was wollen Sie damit sagen? Daß er nicht mehr zurechnungsfähig ist?«

»Nein, er ist noch voll da, aber die Schmerzen... greifen

ihn manchmal an.« Wir gingen weiter. Ich hielt sie am Arm. »Kleinigkeiten reizen ihn zu Wutanfällen. Und wenn sie vorüber sind, ist er vor Erleichterung fast euphorisch, übertrieben optimistisch. Diese Stimmungsumschwünge sind eine ziemliche Belastung für mich.«

»Wie geht es ihm jetzt?«

»Er ist in recht guter Verfassung. Gestern hatte er arge Kopfschmerzen, aber heute morgen ging es ihm wieder besser.«

»Haben Sie immer noch vor, nach Washington zu kommen?«

»Ja. Er besteht darauf. Je schlimmer seine Kopfschmerzen sind, desto entschlossener ist er, die Sache durchzuziehen.«

Wir hatten nun das Parkhaus erreicht und gingen an all den normalen Ausgängen zu den einzelnen Parkdecks vorbei auf einen Schreibtisch zu, an dem ein älterer Parkwächter saß. Er sah uns kommen und nickte Maggie zu. Sie marschierte an ihm vorbei auf eine Stahltür zu, die sie mit der Hüfte aufstieß. Wir betraten eine für VIPs reservierte Halle, die vom Rest des Parkhauses durch eine Betonmauer abgetrennt war. Daß solche Einrichtungen existierten, hatte ich bisher nicht gewußt, aber nun verstand ich ihren Sinn. Die Autos, die hier standen, waren im Durchschnitt sechzig- bis siebzigtausend Dollar wert. Es gab ein halbes Dutzend Rolls-Royce und einige schnittige italienische Sportwagen, neben denen sich Maggies Porsche direkt puritanisch ausnahm. Sie ließ sich geschickt auf den Fahrersitz fallen, und ich stieg neben ihr ein.

Auf der Fahrt zu Anshisers Villa war sie freundlicher als bisher. Sie fand LuEllen faszinierend und fragte mich nach den Einbrüchen aus, als wir gemütlich dahinrollten. Auf meine Bemerkung hin, LuEllen und Dace schliefen nun miteinander, drehte sie sich im Dunkeln halb zu mir um.

»War das kein großer Schock für Sie?«

»Hn-hnn.«

»Leiden Sie nicht darunter?«

»Nun, LuEllen und ich machen ganz gern ein bißchen Bettgymnastik. Unsere Beziehung ist wichtig, aber nicht ernst. Wissen Sie, was ich meine?«

»Dieser Dace, so wie Sie ihn darstellen, muß sehr... sympathisch sein.«

»LuEllen sagt, er sei ein netter Kerl. Ich sei keiner, sagt sie. Sie will es mal mit einem netten Kerl versuchen.«

Darüber dachte sie eine Weile nach. Ich merkte plötzlich eine gewisse Spannung zwischen uns, die ich aber als Phantasieprodukt oder Resultat meines Hormondrucks abtat. Wie auch immer, sie ließ das Thema LuEllen fallen und sich von mir über den letzten Stand der Dinge beim Whitemark-Projekt informieren.

»Sie sind also bereit«, sagte sie, als ich fertig war.

»Ja. Wenn Anshiser grünes Licht gibt.«

»Darauf können Sie sich verlassen«, sagte sie und warf mir einen Blick zu. »Dillon hat weiterrecherchiert – typisch für ihn – und stieß auf eine Arbeit von Ihnen über das Tarot. Daraufhin besorgte er sich ein Spiel.«

Ich grinste im Dunkeln. »Wo hat er den Aufsatz denn gefunden?«

»Das ist das Komische an der Sache. Im War College.«

»Aha. Ich wußte, daß man dort mit ihm arbeitet.«

Sie wollte mich noch weiter ausfragen, aber wir fuhren nun durch die engen, gewundenen Straßen, und einen Augenblick später hielt sie vor Anshisers schmiedeeisernem Tor an. Nachdem es zur Seite geglitten war, donnerte sie durch die Einfahrt und hielt vorm Haus.

Anshisers Anblick war ein Schock für mich. Er war schon bei unserer letzten Begegnung hager gewesen, hatte aber nun weitere fünf Kilo verloren. Die Falten in seinem Gesicht waren tiefer geworden, und das kurze Haar schien ihm vom Kopf abzustehen. Seine Nase kam mir röter und größer vor.

»Mr. Kidd«, sagte er heiser, als Maggie mich in sein Büro führte. Keine Spur von Dillon. »Wie ich höre, sind wir startbereit.«

Ich berichtete ihm, was ich Maggie auf der Fahrt erzählt hatte. Er war sehr zufrieden. Als ich ihm mitteilte, was wir mit den Kinderpornographen vorhatten, sagte er: »Verdammt richtig«, und lachte laut. »Das gibt Rabatz.« Er hieb in einer jähen Anwandlung von Energie auf den Tisch.

»Sie sehen nicht besonders gut aus«, sagte ich. »Maggie sagt, Sie litten unter Migräneanfällen.«

»Nicht exakt, aber so was Ähnliches«, erwiderte er ernst. »Ehrlich gesagt, glaube ich, daß ich bald sterbe.«

»Unsinn, Rudy«, protestierte Maggie. »Die Ärzte sagen, es läge am Streß. Vielleicht ist sogar Kidds Projekt schuld. Wer weiß? Aber Ihr Leben ist nicht in Gefahr.«

Anshiser lachte noch einmal und bekam einen Hustenanfall. »Ach was, die Ärzte haben keinen blassen Schimmer«, sagte er. »Ich weiß, wie ich mich fühle.« Er schaute mich an und hielt sich den Kopf. »Ich kann es nicht erklären, aber wenn ich diese Kopfschmerzen bekomme, fühle ich mich ganz leer. Keine Ahnung, was das ist; ich habe es noch nie gehabt. Und es verheißt nichts Gutes.«

»Sie machen mich nervös«, sagte ich. »Wenn Sie kurz vor dem körperlichen oder geistigen Zusammenbruch stehen, könnte das ernste Folgen für uns haben. Immerhin sind Sie unser Rückhalt, falls etwas schiefgehen sollte.«

Er hustete wieder trocken und hielt sich die Hand vor den Mund, schaute mich aber unverwandt an. »Keine Angst, ich halte durch«, sagte er. »Ich sterbe erst, wenn diese Sache gelaufen ist.« Er langte unter seinen Schreibtisch, holte eine Nylontasche hervor und schob sie mir zu.

»Die Hälfte des Resthonorars«, sagte er. »Eine halbe Million Dollar. Ich bin überaus zufrieden mit Ihren Fortschritten.«

Ich musterte kurz die Tasche und schaute dann wieder zu Anshiser auf. »Die eigentliche Aktion läuft übermorgen an. Morgen reise ich mit Maggie ab, zeige ihr in Washington, was wir treiben, und dann geht es los. Sie müssen mir also jetzt sagen, ob wir zuschlagen sollen oder nicht.«

»Stoßen Sie zu. Ich wünsche Ihnen viel Glück«, sagte Anshiser und stand mühsam auf. Ich nahm die Tasche und beugte mich vor, um ihm die Hand zu geben.

»Passen Sie gut auf Maggie auf«, sagte er. »Sie ist die Tochter, die ich mir immer gewünscht habe. Oder die Frau.« Er grinste, und für einen Augenblick kehrte seine alte Vitalität zurück.

Maggie ging mit mir zur Tür und legte mir draußen die Hand auf den Arm. »Darauf war ich nicht gefaßt«, sagte ich und hob die Tasche mit dem Geld.

»Das ist Rudys Art zu sagen, daß er glücklich ist. Haben Sie sich in der Stadt ein Zimmer reserviert?«

»Nein. Ich hatte vor, irgendwo einfach am Empfang aufzutauchen und in bar zu zahlen. Geld habe ich bei Gott genug.«

»Warum übernachten Sie nicht bei mir? Ich habe ein Gästezimmer. Auf diese Weise hinterlassen Sie keine Spuren.«

»Sehr nett von Ihnen. Gut, vielen Dank.«

»Augenblick, ich muß Rudy noch einmal kurz privat sprechen. Bin gleich wieder da.« Ich wartete im Gang, hörte ihre Stimmen und Anshisers Lachen. Einen Augenblick später kam sie zurück.

»Sein Sinn für Humor scheint ja noch intakt zu sein«, sagte ich auf der Treppe.

»Sie scheinen ihn... nicht gerade zu amüsieren, aber Sie bringen ihn zum Lachen«, sagte sie. »Das tut ihm gut.«

»Was hab' ich denn Komisches gesagt?«

»Als er Ihre Reaktion auf mein Angebot hörte – ›Sehr nett von Ihnen‹ –, sagte er: ›Himmel noch mal, Maggie, nimm den Jungen mit heim und laß dich mal ordentlich durchbumsen.‹«

»Und darüber mußte er lachen?«

»Nein, gelacht hat er über meine Antwort. Über seine eigenen Witze lacht er nie.« Sie ging vor mir die Treppe hinunter, so daß ich nur ihren lockenden Nacken sehen konnte, nicht aber ihr Gesicht.

»Und was war Ihre Antwort?«

Sie hatte das untere Ende der Treppe erreicht und war nun auf dem Weg zur Haustür. Genau im richtigen Augenblick blieb sie mit der Hand auf der Klinke stehen. »Ich habe gesagt, daß ich genau das vorhabe.«

»Oh«, sagte ich zur leeren Türöffnung.

Für eine Managerin und große, sportliche Frau war Maggie im Bett erstaunlich sanft und nachgiebig. LuEllen geht mit dem Enthusiasmus eines biertrinkenden Cowgirls an die Sache heran, Maggie aber war langsamer, lockerer und fast passiv. Als wir uns nach der ersten Umarmung wieder voneinander lösten, drehte sie sich auf den Rücken. Ihr Bauch und ihre Brüste glänzten im schwachen Schein der Nachttischlampe feucht, und sie sagte zufrieden: »Na also.«

»Na also was?«

Sie stützte sich auf einen Ellbogen und schaute auf mich hinab. »Manche Männer fordern einen geradezu heraus, sie ins Bett zu kriegen. Du warst unverschämt arrogant, als wir uns zum ersten Mal auf der Sandbank begegneten – du mit deinen Pinseln und Bildern, dem zerfetzten Hemd und der Sonnenbräune. Ich schwitzte wie ein Schwein, meine Strümpfe hatten Löcher, meine Frisur war eine Katastrophe, und als ich versuchte, über das zerschnittene Bild Konversation zu machen, hast du mich einfach fertiggemacht. Du Ekel.«

»Himmel noch mal«, murmelte ich.

»Wie bitte?«

»Ach, nichts. Ich habe nur so was Ähnliches schon mal gehört.«

»Bei einem Typen wie dir wundert mich das überhaupt nicht.«

»Es ging nicht um mich. Um jemand anderen«, sagte ich. Zeit für einen Themawechsel. »Macht dir der Angriff auf Whitemark Kummer? Noch können wir ihn abblasen, und niemand wird je davon erfahren.«

Sie ließ sich wieder auf den Rücken fallen. »Klar mache

ich mir Sorgen. Dafür werde ich bezahlt. Und Rudy, der dauernd vom Tod redet, macht mir auch Sorgen.«

»Das solltest du nicht ignorieren«, sagte ich. »Manchmal wissen Patienten besser Bescheid als die Ärzte.«

»Siehst du, das bedrückt mich. Die Möglichkeit, daß er sich selbst ins Grab redet.« Sie sah mich von der Seite an. »Sag mir, warum die Attacke Erfolg haben soll.«

Darüber dachte ich einen Moment nach. »Weil sie richtig geplant ist«, sagte ich. »Wir haben uns Zeit gelassen und wissen, was wir tun. Es besteht natürlich die Möglichkeit, daß wir sofort erwischt werden, wenn Whitemarks Software ein unsichtbares Überwachungssystem enthält, aber ich war vorsichtig und habe bisher keinen Hinweis darauf gesehen. Außerdem war ich schon so tief in ihrem System, daß ich weiß, in welchem Ausmaß sie von ihm abhängig sind. Wenn wir dieses System sabotieren, kommt der ganze Konzern zum Stillstand.«

»Dabei werden Menschen Schaden nehmen.«

»Aber nicht körperlich. Wie Anshiser bei unserer ersten Besprechung sagte, gewinnt entweder Whitemark oder seine Firma. Einer muß verlieren. Whitemark hat geschummelt; das rechtfertigt uns einigermaßen.«

»Aber nicht völlig.«

»Ganz gerechtfertigt ist nichts.«

»Was wollte eigentlich dieser Mann, den du Rattengesicht nennst?« fragte sie. Ich hatte ihr von meinem Gespräch mit der Mitbewohnerin und meinem Verdacht, der Hausherr habe sie angelogen, berichtet.

»Ich habe immer noch keine Ahnung, worum es dabei eigentlich ging«, sagte ich. »Bobby überwacht ihn, aber es tut sich nichts. Ich spiele immer noch mit der Vermutung, daß es nicht um eine Scheidung ging, sondern daß Rattengesicht und der Hausbesitzer irgendeine Erpressungstour reiten. Es steht noch nicht mal fest, daß dieser Techniker die Wanzen eingebaut hat. Vielleicht wollte er sie abmontieren. Mag sein, daß der Vermieter sie angerufen und gesagt hat: ›Hört mal her, die neuen Mieter sind Computerspezialisten. Seht zu, daß ihr die Wanzen rausreißt, ehe sie entdeckt werden.‹ Wohl ist mir bei dieser Erklärung aber auch nicht.«

Maggie lachte leise. »Klingt alles nach einem Haufen Unsinn. Verschwörungstheorien, wie sie Neofaschisten in ihren Blättchen verbraten.«

»Ja, aber das sind Spinner, die im Wald Krieg spielen«, sagte ich. »Entscheidend für mich ist, daß sich bisher nichts getan hat. Rattengesicht sitzt immer noch in Jersey.«

Maggie kuschelte sich an meine Schulter. Ich schaute zur Decke, spürte sie, und dann sagten wir beide eine Weile nichts. Später kroch ihre Hand über meinen Bauch. »Hmmm«, sagte sie.

»Es wird schon klappen«, sagte sie eine halbe Stunde später. Ich war ein wenig verwirrt und fragte mich kurz, ob das auf mich persönlich bezogen war. Ich dachte, es *hätte* geklappt. »Dillon hat die Risiken des Jobs bewertet. Bei der Einschätzung der ersten Phase, der Einbrüche, taten wir uns schwer, weil wir nichts über die Qualität deiner Leute wußten. Aus diesem Grund hat Rudy mich bis jetzt aus der Sache herausgehalten.«

Jetzt konnte ich ihr folgen. »Und die zweite Phase, der Computerangriff auf Whitemark?«

»Die war leichter zu bewerten. Erstens kennen wir dich und deine Arbeit, zweitens existieren Studien von FBI und der Nationalen Sicherheitsbehörde NSA zur Computerkriminalität dieser Art. Dillon ist der Ansicht, daß die zweite Phase die geringsten Risiken birgt. Doch wenn wir zugeschlagen haben und die ersten Zeitungsartikel erscheinen, wird es zunehmend heikler. Entscheidend ist, im richtigen Moment auszusteigen. Wenn wir zu lange warten... ssst!« Sie fuhr mir mit dem Zeigefinger über die Kehle.

»Und wenn wir erwischt werden? Was passiert dann?«

»Kommt drauf an. Eure Namen und Gesichter dürfen auf keinen Fall in die Medien kommen. Die größte Gefahr ist, daß ihr verhaftet und einem Richter vorgeführt werdet, ehe wir eingreifen können. Steht eine Sache erst einmal auf dem Papier, ist sie viel schwerer aus der Welt zu schaffen. Wenn es dir gelingt, Diskretion zu wahren und Rudy Zeit für seine Maßnahmen zu geben, dürfte uns nichts passieren.«

»Also sind wir diskret«, sagte ich.

»Absolut.«

»Hätt ich doch bloß das Rauchen nicht aufgegeben!«

»Warum?«

»Ich könnte jetzt eine Zigarette brauchen.«

Am nächsten Tag – Maggie hatte noch einiges bei Anshiser zu regeln – deponierte ich meinen Anteil des Geldes in einem Banksafe in Chicago und schickte den Schlüssel an Emily in St. Paul.

Unsere Maschine startete am frühen Nachmittag, und wir landeten rechtzeitig genug in Washington, um den allabendlichen Stau auf dem Shirley Highway nicht zu verpassen. Ich schloß die Wohnungstür auf und ging mit meiner Reisetasche und Maggies Koffer gleich hinein. Dace und LuEllen waren im Büro an der Arbeit. LuEllen trug Jeans und ihre weißen Cowboystiefel mit Fransen; Maggie hatte sich in eins ihrer scharfen blauen Kostüme geworfen.

Ich machte sie alle miteinander bekannt. »Nett, Sie kennenzulernen«, sagte LuEllen munter und streckte die Hand aus. Maggie ergriff sie, lächelte und sagte: »Angenehm. Kidd hat mir zwar schon einiges über Ihre Arbeit erzählt, aber ich würde gerne mehr erfahren.«

LuEllen warf mir einen Seitenblick zu und schaute dann wieder Maggie an. »Was hat er denn gesagt?« Ihr Ton war heiter, ihre Augen aber dunkel und ernst.

»Ganz mysteriöse Dinge. Zum Beispiel, daß Sie vielleicht gar nicht LuEllen heißen, daß er weder Ihren Nachnamen noch ihre Anschrift kennt, und daß er auch keine Ahnung hat, was Sie tun, wenn Sie nicht arbeiten. Fest stünde nur, daß Sie gut sind, wenn Sie arbeiten.«

LuEllen entspannte sich. Ihre Sicherheit war gewährleistet. Dace schüttelte Maggie die Hand und erbot sich, ihr die Wohnung zu zeigen. Sie sah sich im Büro um, spielte an der Tastatur eines Computers herum und überflog den Briefwechsel zwischen Whitemark und den Generälen. »Ich würde mir gerne mal das Administrations-Format ansehen, das Sie da entdeckt haben«, sagte sie. »Vielleicht kann ich Ihnen dann beim Durchstöbern von Whitemarks Dateien helfen.«

»Gerne, jederzeit«, sagte Dace. »Morgen zeige ich Ihnen die Anmeldungsroutine.«

»Nett von Ihnen«, sagte Maggie, schaute noch einmal im Büro in die Runde, ging dann hinaus und schaute den Gang entlang. »Wo ist unser Zimmer? Ich will mir was Bequemeres anziehen.«

»Äh, dort drüben.« Ich zeigte auf die Tür. »Ich bring' dir deinen Koffer.«

Maggie verschwand im Schlafzimmer, und als ich im Wohnraum nach dem schweren Koffer griff, hieb mir eine grinsende LuEllen auf den Hintern und flüsterte: »Gratuliere!«

Kann sein, daß ich rot geworden bin.

13

Programmieren kann so schön und komplex sein wie ein Baum, so faszinierend wie das beste Gemälde. Programmierer bewundern die Arbeit ihrer Kollegen und reden wie Bergsteiger: Schau nur, wie er diesen schweren Kamin geschafft hat – mit *Stil*. Ein guter Programmierer schafft mit Hilfe des Computers eine Welt, in der Menschen leben – oder manchmal auch kämpfen.

Der Angriff auf Whitemark begann an einem schönen

Morgen im August nach dem Frühstück. Maggie und ich teilten uns eine Tüte Brötchen und eine Kanne Kaffee; wir schwatzten und lachten, machten die Küche sauber und fingen dann den Krieg an. Der Feldzug dauerte exakt vier Wochen – auf die Stunde genau achtundzwanzig Tage.

Die ersten Schachzüge blieben Whitemark verborgen. Wir infizierten das System mit einem Virus. Ein Virus ist ein kompakter, tödlicher Block Computercode. Ist es erst einmal in das Betriebssystem eingedrungen, beginnt es sich zu vermehren und nistet sich in den Arbeitsprogrammen ein, welche wiederum andere Programme anstecken. Wenn das Virus nicht isoliert wird, infiziert es am Ende alle Programme, die im System laufen. Und diese Programme wiederum stekken jedes andere an, mit dem sie in Kontakt kommen.

Das Virus vermehrt sich nicht nur, es richtet meist auch Schaden an. Nicht in jedem Fall – es gibt zum Beispiel Weihnachtskarten-Viren, die in jeden Text, den sie finden, einen graphischen Gruß zum Fest einblenden. Öffnet jemand eine Datei, erscheint als erstes die Weihnachtskarte.

Bösartige Viren sind eine andere Geschichte. Sie sind ausgemachte Killer, die Informationen löschen, durcheinanderbringen, teure, eigens für den Anwender verfaßte Programme zerstören. Manche schlagen ein wie Bomben, andere greifen ein System subtiler an.

Unser erstes Virus war nicht subtil, sondern eine pure Bombe, die fünfundvierzig Tage nach Eindringen in Whitemarks Computer explodieren sollte (Viren können zählen). In jedem befallenen Programm brach dann das Chaos los, und das ganze System spuckte nichts als Unsinn aus.

»Warum erst in fünfundvierzig Tagen?« fragte Maggie, als ich ihr die Sache mit den Viren erklärt hatte. Wir waren gerade mit Hilfe der von mir erzeugten Zugangscodes in den Whitemark-Computer eingedrungen.

»Irgendwann werden die Programmierer merken, was gespielt wird. Wir haben also nur drei, höchstens vier Wochen Zeit. Vielleicht können wir in der Verwirrung, die zwangsläufig entsteht, wenn man den EDV-Chef wegen dieser Pornographiekiste verhaftet, noch ein paar Tage herausschinden. Wie auch immer, wenn die Probleme beginnen, wird man Routinetests durchführen. Das dauert zwei Tage. Funktioniert überhaupt nichts mehr, geraten die Programmierer ins Schwitzen. Aber irgendwann kommen sie der Sache auf den Grund, erkennen, daß das System attackiert wird, und schotten es gegen Zugang von außen ab. Auch diese Sperre könnten wir überwinden, aber nur für ein, zwei Tage. Zu diesem Zeitpunkt – wir sind inzwischen schon seit fünfzehn oder zwanzig Tagen über alle Berge – wird man das FBI verständigen und nach uns fahnden lassen, wegen Sabotage.

Ist alles erst einmal abgestellt, folgen zwei Wochen voller Konfusion. Niemand traut mehr dem System, es laufen alle möglichen Tests. Dann beginnen die Reparaturen mit neuer Software. Wir sind derweil schon seit fünf oder sechs Wochen verschwunden. Dann aber, in sechseinhalb Wochen, platzt die Bombe. Und das ist der Clou, ein Schlag, von dem sich die Firma kurz vor dem *Hellwolf*-Termin nicht erholen wird.«

Darüber dachte sie eine Minute lang nach und knabberte an ihrer Unterlippe. »Und was ist der erste Schritt nach dem Einimpfen des Virus? Welchen Schaden richten wir an? Wenn wir nicht bald zuschlagen, ist es zu spät.«

»Damit beginne ich heute nacht«, sagte ich. »Die Konstrukteure sitzen zum größten Teil an Arbeitsplatzrechnern, aber diese sind alle mit dem Zentralcomputer verbunden. An diese Terminals komme ich heran, wenn sie nicht benutzt werden. Als erstes mache ich Salat aus den mathematischen Programmen. Ingenieure geben Millionen von Zahlen in ihre Computer ein. Ich pflanze ein kleines Programm, das bei bestimmten Berechnungen winzige Prozentsätze addiert oder subtrahiert – aber nicht nach dem Zufallsprinzip, sondern mit System. Identische Kalkulationen haben immer das gleiche Ergebnis, halten einer Prüfung also stand. Aber die Resultate sind falsch.«

Maggie kam nicht ganz mit. »Und was ist der praktische Effekt?« fragte sie. »Nenn mir doch mal ein Beispiel.«

»Gut. Nehmen wir mal an, du wolltest einen Tankdeckel für deinen Porsche entwerfen. Der hat ein Gewinde, das mit dem in der Einfüllöffnung übereinstimmen muß. Ändern wir aber nur geringfügig die Steigung des Gewindes am Dekkel, passen die beiden Teile nicht mehr zusammen, und der Deckel ist nutzlos. Ein Blick auf den Konstruktionsplan verrät das nicht; auch bei der Herstellung fällt nichts auf. Alles sieht bestens aus, bis man versucht, die beiden Teile zusammenzuschrauben. Sie passen nicht. Und schuld ist eine Berechnung, die irgendwo im System steckt.

Oder sagen wir, du machst das Design für eine runde Tankklappe, wie sie manche Autos am Kotflügel haben. Ist dieses Teil ein paar Millimeter zu groß, paßt es nicht und ist daher unbrauchbar. Es stimmt nicht mit der Aussparung überein; ein Nickel paßt ja auch nicht in den Hals einer Colaflasche. Aber es sieht gut aus – bis zu dem Augenblick, in dem du versuchst, es zu montieren.«

Darüber dachte sie lange nach und starrte dabei ihr Zwiebelbrötchen an.

»Klingt gar nicht raffiniert«, sagte sie schließlich.

»Das liegt an den Beispielen«, räumte ich ein. »Treibt man aber auf dem Gebiet der Elektronik analoge Scherze, wird die Sache viel komplizierter. Einem elektronischen Bauteil sieht man von außen nichts an; die Fehlersuche kann Tage dauern. Jede individuelle Komponente funktioniert, das Gesamtsystem aber nicht. Beim Bau eines komplexen elektronischen Geräts schleichen sich immer Zufallsfehler ein; das ist ein Alptraum. Manchmal findet man sie erst nach Tagen. Man weiß nicht, ob es an einem Konstruktionsfehler oder an einem Wackelkontakt liegt. Erzeugt man aber solche Fehler in großem Maßstab und auf der Konstruktionsebene... wie das wieder zu richten ist, weiß ich nicht.«

Sie dachte nach. »Und wenn sie ihren Computer einfach überprüfen und reparieren?« fragte sie kauend.

»Das wird man früher oder später tun. Wahrscheinlich aber erst später. Computer sind das Wasser, in dem Ingenieure schwimmen. Die Resultate, die sie aus dem Rechner erhalten, bezweifeln sie ebensowenig wie Fische das Wasser bezweifeln. Sie sind davon überzeugt, daß der Computer sich nicht irrt; der Fehler muß also anderswo liegen.«

Das schien sie zufriedenzustellen, obwohl sie weniger erfreut als nachdenklich wirkte. Später am Vormittag ließ ich im Whitemark-System die ersten Viren los. Anschließend schlenderte ich in die Küche und hörte mit, wie sie an der Nebenstelle meinen Vortrag wiedergab. Als sie den Hörer aufgelegt hatte, kam sie herein und setzte sich.

»Ich habe gerade mit unserem Systemmanager gesprochen«, sagte sie. »Natürlich hab ich nicht verraten, was wir tun, aber ich hat ihm gesagt, ich hätte mit einem Spezialisten über Computersicherheit geredet. Er meint, du hättest recht, behauptet aber, es gäbe keinen Programmierer, der in der Lage sei, in *unser* System einzubrechen.«

»Selbstgefällige Leute wie er machen es erst möglich.«

Ich war versucht, ihr zu verraten, daß Bobby schon längst in das Anshiser-System eingedrungen war, aber es gibt Dinge, die bleiben besser unausgesprochen. »An deiner Stelle würde ich noch ein Wörtchen mit dem Mann reden.«

»Hab ich mir schon vorgenommen«, sagte sie. Als sie lächelte, bildeten sich an ihren Augenwinkeln kleine Fältchen.

Während ich an den Programmen für den Angriff auf Whitemarks System arbeitete, saß Dace an den Plänen für den Medien-Vorstoß. Sein erstes Resultat war eine Kampagne gegen den EDV-Chef, den Kinderschänder.

»Ich hab mir das aus der Zeitung zusammengeschnipselt«, sagte er. Er trug Gummihandschuhe und hielt das Papier an den Kanten hoch. Es war ein häßlicher Wirrwarr ausgeschnittener und auf ein Stück Ringbuchpapier geklebter Wörter. »Die größte Schwierigkeit war, die richtigen Wörter zu finden. Nicht zu hochgestochen, aber auch nicht zu primitiv, sondern gerade richtig für einen halbhellen Crackraucher.«

Sein Text lautete:

> Haben das Geld vom Einbruch
> für Drogen gebraucht. Im Haus
> haben wir Porno Magazine mit
> kleinen Kindern gefunden. Fanden
> wir gar nicht cool. Hundertmal
> schlimmer als ein Einbruch.

Dann wurden Namen, Adresse sowie Datum und Uhrzeit des Einbruchs aufgeführt.

> Vielleicht haben sie das Zeug jetzt
> versteckt. Aber checkt das trotzdem
> mal. Kids werden gevögelt.

Beigefügt waren ein Heft als Probe und eine Liste der Abonnenten.

»Falsch ist nur, daß wir es an die zuständige Polizeidienststelle schicken. Ein Süchtiger hätte es einfach an die Washingtoner Cops adressiert«, sagte Dace, als er den Umschlag versiegelte. »Aber ich will vermeiden, daß die Sache in der Bürokratie verloren geht. Also schicke ich sie gleich an die richtige Stelle und zwar an den Chef. Selbst wenn sie etwas mißtrauisch sind, werden sie es trotzdem überprüfen. Besonders mit dem Magazin und der Abonnentenliste.«

»Was glauben Sie, werden sie tun? Die Cops«, fragte Maggie.

»Vor ein paar Jahren, als ich an einer Reportage über den Streifendienst gearbeitet habe, wäre das so gelaufen: Die Sache wird an die Sitte weitergegeben. Die Cops von der Sitte fahren zu dem Haus und überprüfen, ob man an der Tür frische Spuren von einem Einbruch sieht. Ich nehme an, der Einbruch ist nicht gemeldet worden. Dann werfen sie einen Blick durch das Fenster und sehen nach, wie es drinnen aussieht. Oder sie klopfen unter irgendeinem Vorwand an die Tür, um nachzusehen. Wenn alles paßt, beobachten sie das Haus, wer kommt und geht. Sprechen mit einem, zwei Nachbarn. Sie sehen im Computer nach, ob diese Leute irgendeine Pornosache in der Vergangenheit laufen hatten. Und wenn da irgendwas ist, machen sie vielleicht selbst einen kleinen Einbruch, um das Haus durchzuchecken. Je nachdem, was sie finden, gehen sie zu einem Richter und holen sich einen Durchsuchungsbefehl. Der Fall ist nicht bombensicher, aber für einen Durchsuchungsbefehl sollte es reichen.«

»Was ist, wenn sie den Einbruch wegen der Versicherung angezeigt haben?«

Dace zuckte die Achseln. »In dem Fall haben sie den Pornokram beiseite geschafft, zumindest für die Dauer der Ermittlungen. Wenn eine Anzeige vorliegt, stellen die Cops aus ihren eigenen Unterlagen fest, daß ein Einbruch stattgefunden hat. Man wird also das Haus beobachten und die beiden früher oder später hochnehmen.«

»Hoffentlich passiert das bald«, sagte Maggie. »In zwei Monaten nützt es uns nichts mehr.«

»Mit Sicherheit kann ich das natürlich nicht sagen«, sagte Dace. »Aber ich wette, daß sie in einer Woche verhaftet werden.«

»Und wie erfahren wir das?«

»Wir geben der Polizei zwei Tage Zeit. Dann stecken wir der Presse und dem Fernsehen, daß der größte Kinderporno-Ring im ganzen Land kurz vorm Auffliegen ist. Ist natürlich übertrieben, aber die Leute vom Fernsehen ziehen sich an so etwas hoch. Sie werden bei der Polizei anfragen und ihr damit Beine machen. Wir werden das in den Abendnachrichten sehen.«

In der Nacht nach dem ersten Angriff lag Maggie im Dunkeln auf dem Rücken im Bett. Mir ging noch der Code im Kopf herum.

»Komisch«, sagte sie und tätschelte mir den Bauch, »als ich mit Rudy und Dillon überlegt habe, dich zu konsultieren, stellte ich mir unter dir einen Typen vor, der mit Plastiksprengstoff zwischen den Zähnen über einen Stacheldrahtzaun klettert. Statt dessen sitzen wir in einer Wohnung mit Klimaanlage, essen Brötchen, und du tippst auf einem Computer.«

»Plastiksprengstoff nimmt man nicht zwischen die Zähne«, sagte ich.

»Weißt du eigentlich, wie die Zentrale von Whitemark aussieht?«

»Nein. Ist das wichtig?«

»Wohl kaum. Viel gibt es da nicht zu sehen. Nur ein großer Glaskasten mit einer komischen Pyramide als Dach. Ich dachte, das würde dich interessieren.«

»Ach wo. Von hier aus erfährt man mehr, als wenn man sich ein Gebäude von außen ansieht.«

Sie schüttelte den Kopf. »Das kommt mir irgendwie unmoralisch vor...« Sie suchte nach einem Vergleich. »Als ob man vietnamesische Bauern bombardiert. Man drückt auf einen Knopf, Menschen sterben, aber man selbst macht anschließend Mittagspause. Wenn schon Krieg geführt werden muß, sollte man wenigstens den Anstand besitzen, den Feind mit eigenen Händen zu töten – und dabei vielleicht selbst ein bißchen zu leiden.«

»Jetzt fängst du aber an zu labern«, sagte ich.

»Ich weiß. Mir ist noch nicht einmal klar, was ich sagen will. Aber ich finde es irgendwie falsch, so einfach einen Unbekannten anzugreifen.«

»Soll ich etwa den Chef von Whitemark ausfindig machen und ihm persönlich das Herz aus dem Leib reißen?«

»Quatsch doch nicht, Kidd. Du weißt genau, worauf ich hinauswill. Das Ganze kommt mir so... steril vor. Furchteinflößend. Kleine elektronische Lampen steuern und beherrschen eine ganze Firma.«

»Willkommen in der Großstadt«, sagte ich.

»Das ist eine ekelhafte Haltung.«

»Mag sein, aber so ist die Realität. Du willst etwas erledigt haben; ich bin dazu in der Lage. Wir sind beide volljährig. Das ist die neue Realität. Die kleinen elektronischen Lichter sind realer als der Glaskasten mit der Pyramide obendrauf.«

Sie schüttelte sich.

Der Brief über den Pornoring kam am ersten Tag in die Post. Im Verlauf der beiden folgenden Tage stiftete ich in Whitemarks Computersystem Unheil. Dace und Maggie arbeiteten eine Taktik für den Medienfeldzug aus.

Dace schlug vor, die Korrespondenz zwischen Whitemark und den Generälen zuerst einem wöchentlich erscheinenden Militärblatt namens *From the Turret* zuzuspielen.

»*Turret* wird von vielen Leuten, auch von vielen Journalisten, gelesen. Viele Skrupel haben die nicht, was ihr Material und ihre Quellen betrifft. Wenn wir in einem Brief behaupten, von der Firma unfair behandelt worden zu sein und die Korrespondenz beilegen, beißen sie an.«

»Das klingt mir nicht nach einem Skandal«, wandte Maggie stirnrunzelnd ein. »Jeder Rüstungsbetrieb stellt doch abgehalfterte Generäle als Lobbyisten ein. Wir auch. Wenn das in einem Fachblatt steht, ziehen ein paar Leute vielleicht die Augenbrauen hoch, aber viel passieren wird nicht.«

»Ah, hier geht es aber nicht um Arbeitsverträge mit Ex-Generälen, sondern um ein quid pro quo. Whitemark sagt: ›*Wenn* unsere Maschine den Zuschlag bekommt, gibt es Jobs für die Leute von der Beschaffungsstelle, die uns geholfen haben – aber nur dann.‹ Das ist keine Anwerbung, sondern Bestechung. Sowie *Turret* in Druck gegangen ist, rufen wir bei der *Washington Post*, der *New York Times*, dem Knight-Ridder-Dienst und so weiter an und geben Tips. Wird die Story erst einmal gedruckt, ist das an sich schon ein gutes Zeichen. Die großen Blätter werden Interesse zeigen. Am nächsten Tag schicken wir dann Kopien des Briefwechsels an die Militärkorrespondenten der Zeitungen.«

»Kommt der Fall dann an die Öffentlichkeit?«

»Ich glaube schon. Es wird zwar nicht der Knüller des Jahres, aber doch eine gute Story. Sie kommt auf die Titelseite der *Washington Post* und wahrscheinlich auf einen guten Platz im Innern der *Times*.«

»Und wenn wir das in Gang gesetzt haben«, sagte Maggie, »informieren wir die Wirtschaftszeitschriften über Whitemarks Probleme mit dem *Hellwolf*-Termin. Das sollte ihre Börsennotierung ganz schön drücken.«

Dace und LuEllen gingen abends gewöhnlich aus und verbrachten die Nacht oft in seiner Wohnung. Ich arbeitete abends. Maggie telefonierte mit Chicago oder stand am anderen Terminal über eine Telefonleitung mit ihrer Firma in Verbindung. In einer Nacht, gleichzeitig überkommen von Erschöpfung und Geilheit, stolperten wir ins Schlafzimmer, rissen uns die Kleider vom Leib und tobten uns auf dem Bett aus. Anschließend ging Maggie unter die Dusche, ließ sich nackt aufs Bett fallen und schlief sofort ein.

Am nächsten Morgen wachte ich als erster auf, gähnte, wälzte mich aus dem Bett, öffnete halb die Jalousie am Schlafzimmerfenster. Licht flutete ins Zimmer, illuminierte das lange Tal entlang ihres Rückgrats und den Schwung ihrer Hüften und Schultern. Ihr Gesicht war abgewandt; ihr blondes Haar übers Kissen gebreitet. Sie schlief noch fest. Ich schaute sie einen Augenblick lang an, schlich dann auf Zehenspitzen hinaus und holte meinen großen Skizzenblock. Als sie aufwachte, war ein halbes Dutzend Vorstudien fertig.

»Was machst du da?« fragte sie verschlafen.

»Ich zeichne.«

Sie wurde mit einem Mal hellwach und sah besorgt aus. »Laß mich mal sehen.« Sie krabbelte übers Bett und ließ sich den Block zeigen. Nach einem kurzen Blick auf die Zeichnungen legte sie sich wieder hin. »Mein Gesicht ist nicht drauf.«

»Das kann ich immer noch einzeichnen«, witzelte ich.

»Das hat gerade noch gefehlt – ein Akt von mir über der Theke. Was hast du damit vor?«

»Wahrscheinlich benutze ich sie als Vorstudien für ein Aquarell – vorausgesetzt, ich kann dich dazu bringen, mir ein paarmal morgens Modell zu liegen, damit ich den Farbton deiner Haut hinbekomme.«

»Ach, dabei käme ich mir lächerlich vor. Ich bin kein Modell«, sagte sie und wirkte richtig schüchtern.

Am Nachmittag stach mir in einem Schaufenster eine altmodische blauweißrot karierte Steppdecke ins Auge. Ich ging in das Geschäft und kaufte sie. Auch am nächsten Morgen waren Dace und LuEllen nicht da; Maggie legte sich mit abgewandtem Gesicht auf die Decke, und das Licht fiel auf ihre Schultern und ihren Po. Ich verbrachte eine Stunde mit Farbstudien, bis sie Schluß machte.

»Sag mal, was bekommt ein Modell eigentlich?« fragte sie.

»Kommt drauf an, wie gut es ist. Zwischen neun und fünfzehn Dollar pro Stunde.«

»Also hab' ich fünfzehn Dollar von dir zu kriegen«, sagte sie und zog ihre Unterhose an.

»Von wegen. Du bist grauenhaft. Höchstens fünf Dollar. Du kratzt dich dauernd am Rücken und zappelst auf dem karierten Hintergrund herum. Treibt mich zum Wahnsinn.«

»Grauenhaft, hnh? Modellstehen ist also keine Alternative, wenn ich bei Anshiser rausfliege?«

Dace sah am Nachmittag die Studien und pfiff anerkennend.

»Schöner Arsch, hnh?« sagte Maggie.

»Schönes Bild«, sagte er ernst.

Maggie staunte mich an, als sähe sie mich zum ersten Mal in ihrem Leben.

Die Änderungen, die ich klammheimlich in das Computersystem von Whitemark einschleuste, wurden bei uns in der Wohnung mit Hilfe eines Druckaufbereitungsprogramms ausgearbeitet. Ich schrieb die Befehle mit unseren Computern, testete sie, entwickelte die Reihenfolge der Eingabe bei Whitemark und schickte sie dann los. Direkt an der Leitung zu Whitemark war ich jeweils nur wenige Minuten – oft war es nur eine Frage von Sekunden.

Als die Arbeit Fortschritte machte, verfiel ich in den typischen Programmierertrott. Nachts wurden Programme geschrieben und Fehler beseitigt; morgens schlief ich lange. Einmal ließ ich mir sogar eine Pizza alles kommen, die offizielle Computerfreak-Nahrung.

Die Angriffs-Programme wurden vormittags in die Whitemark-Software eingeschleust, mitten im dicksten Computerbetrieb, wo die Chance, entdeckt zu werden, am geringsten war.

Am Nachmittag malte ich. Ich hatte bisher noch nie in Washington gearbeitet und fand die Stadt mit ihrer üppigen subtropischen Flora, dem Fluß und den zweihundert Jahre alten Häusern aus Naturstein und Ziegeln faszinierend und außergewöhlich. Das Licht war fast wie in Italien, aber blauer und klarer. Wenn ich an der Mall arbeiten ging, kam Maggie oft mit einem Buch und einer Decke mit, legte sich in die Sonne, las oder döste.

Dace und LuEllen planten ihre Reise nach Mexiko. Da die Einbrüche nun erledigt waren, hatte LuEllen so gut wie nichts zu tun und sah sich tagsüber die Sehenswürdigkeiten von Washington an – um mögliche Einbruchsobjekte auszubaldowern, nehme ich an. Zweimal flog sie allein nach Duluth, um Vorkehrungen für eine längere Abwesenheit zu treffen. Dace hatte sich für ein halbmodernes Fischerdorf mit amerikanischen Villen am Hang auf der Baja California entschieden. »Genau die richtige Kombination aus Ambiente und Komfort«, sagte er. In seinem ersten Roman sollte es um Machtpolitik im Pentagon gehen, gewürzt mit einem Schuß sexueller Verwicklungen. »Wie im wirklichen Leben.«

Maggie und Dace schickten das Material über die Generäle an *Turret*, spielten den Part des um seine Karriere gebrachten, heimtückischen Managers, riefen bei der Zeitschrift an und erkundigten sich, ob das Material auch eingegangen und verstanden worden war. Die Antwort war positiv. TV-Stationen wurden über den Pornoring informiert und versprachen Recherchen. Dace trieb sich auch eine Zeitlang im Pentagon herum, sprach mit Reportern, die er kannte, und lauschte auf Gerüchte über Whitemark. Zuerst erfuhr er nichts. Dann aber verbreitete sich die Nachricht... Probleme mit den Plänen, Produktionsschwierigkeiten, Zank im mittleren Management wegen einer Serie brutaler Schnitzer...

Am neunten Tag der Kampagne stieß ich im Whitemark-System auf etwas Interessantes. Mir war schon früher eine Datenleitung aufgefallen, die den Hauptcomputer mit einem Satellitencomputer, einer Außenstelle, irgendwo anders verband. Ich hatte ihr keine besondere Beachtung geschenkt, bis ich eines Tages eine Übertragung mit einer Datenstation jenseits des Satelliten sah. Das bedeutete, daß jemand die Außenstelle anrief und über sie in Whitemarks

Hauptsystem gelangte. Wenn ich herausbekam, wie man sich von außen Zugang zu diesem Satelliten verschaffte, konnte ich die direkten Telefonleitungen ins System meiden. Das war dann quasi so, als säße ich in der Hauptverwaltung von Whitemark. Zum Ende der Attacke konnte ich dann auf diese Weise vielleicht noch ein paar Extratage herausschinden.

Leider aber war der Zugriff mit einem Code gesichert, den ich im Hauptcomputer nicht finden konnte. Er mußte im Satelliten selbst stecken.

Ich las aber die eingehenden Codes mit. Jede fünfstellige Zahlengruppe wurde nur einmal benutzt. Alle Codes waren von Hand eingegeben, stammten also nicht von einer Hauptliste auf Diskette. Nach einer Weile schickte ich Bobby eine Liste bereits benutzter Zahlen, erklärte ihm das Problem und bat ihn um eine Analyse. Drei Stunden später war er wieder am Netz.

DER CODE BERUHT AUF MERSENNES 27. PRIMZAHL – 13395 ZIFFERN IN 2679 FÜNFERGRUPPEN, BEGINNEND MIT 85450. DEINE PROBE BEGINNT MIT DER 875. GRUPPE UND LÄUFT DANN IN DER SEQUENZ WEITER. GEBE DIR DIE NÄCHSTEN 500 GRUPPEN DURCH. REICHT DAS?

Dicke! Was kostet das?

MEIN VERGNÜGEN. NICHTS.

Bobby ist kein Mensch, den man mit Nebensächlichem behelligt. Ich fragte ihn also nicht, wie er die Lösung gefunden hatte. Daß er sie gefunden hatte, war jedenfalls unglaublich.

Nun, da ich über den Code verfügte, hatte ich Zugriff zur Außenstelle, die sich als kleiner Computer in der Buchhaltung entpuppte. Die Telefonnummer fand ich in der Datei.

Am zehnten Tag der Kampagne flog Maggie nach Chicago und kam zwei Tage später wieder zurück.

»Wie geht's Anshiser?« fragte ich.

Sie saß vor dem Frisiertisch mit dem Rücken zu mir und guckte in den dunklen Spiegel, als sie ihren Knoten aufmachte.

»Schlechter«, sagte sie knapp. »Ich kann den Anblick nicht ertragen. Er ist noch dünner geworden, und seine Haut sieht aus wie Kreppapier.«

»Haben die Ärzte noch immer keine Diagnose gestellt?«

»Manche schreiben es nach wie vor dem Streß zu, andere haben inzwischen ihre Zweifel. Vielleicht muß er in die Mayo-Klinik.«

»Da hätte er schon vor vier Wochen hingehört.«

Ich lag in Unterhosen auf dem Bett. Nur die kleine Lampe mit dem rosa Schirm auf der Frisierkommode brannte. Es war still in der Wohnung. Dace bereitete seine Wohnung für die Zeit der Abwesenheit vor, und LuEllen war in Duluth.

»Und was war hier los?« Maggie hatte ihr Haar gelöst und schraubte sich nun einen Ohrring ab.

»Whitemark muß bald Lunte riechen«, sagte ich. »Das ganze technische Programm fällt auseinander; dort muß das Chaos herrschen. Morgen bricht das interne Postsystem zusammen. Da mit ihm die Arbeitsaufträge und Produktionspläne übermittelt werden, kannst du dir vorstellen, was dann los ist. Und am Freitag werden alle Gehälter gekürzt ausgedruckt.«

Maggie legte den zweiten Ohrring auf die Kommode und drehte sich zu mir um. »Morgen erscheint *Turret*«, sagte sie. »Ich habe heute vor dem Abflug Dace angerufen. Man hat ihm versichert, daß die Story über die Generäle in dieser Ausgabe steht.«

»Mir hat er nichts davon gesagt«, sagte ich. »Ich habe ihn heute nicht gesehen; er hat einen Zettel auf dem Tisch liegenlassen, auf dem stand, daß er heute abend bei sich zu Hause ist.«

Sie stand auf und ging in BH, Slip und Unterrock zum Bett. Dann zog sie sich den Unterrock über den Kopf und warf ihn achtlos auf einen Stuhl. »Er wollte dich nicht am Computer stören«, sagte sie. »Du seist wie in Trance gewesen. Hakst du mich mal auf?«

Sie setzte sich auf die Bettkante; ich richtete mich auf und ließ den Verschluß aufschnappen, küßte sie zwischen die Schulterblätter. Sie drückte das Kreuz durch, machte auf dem Hintern kehrt und legte den Kopf aufs Kissen.

»Von der Pornogeschichte hab' ich bisher noch nichts gehört«, sagte ich.

»Ah, jetzt fällt es mir wieder ein. Dace glaubt, daß sich bald etwas tut. Er hat seinen Videorecorder auf die Nachrichtensendungen programmiert. Das Gerät läuft im Augenblick.«

»Ich war so vertieft, daß ich das gar nicht gemerkt habe«, sagte ich.

Sie drehte sich zu mir um und griff in meine Shorts. »Ooch, iss mein Tleiner daanz einsam un traurig dewesen?«

Ich stöhnte. »Gott bewahre mich vor Frauen, die mit meinem Pimmel wie mit 'nem Baby quatschen.«

»Wirklich?« sagte sie.

Später lagen wir eng aneinandergeschmiegt. Als sie zehn Minuten lang tief und regelmäßig geatmet hatte, nahm ich meinen Arm von ihrer Hüfte, stand auf, schlich zur Tür und machte sie leise hinter mir zu. Eine Minute später war der Computer an, und ich war draußen im Telefonnetz und sah mich um. Manchmal läßt einem der Code im Kopf keine Ruhe.

Am nächsten Tag erreichte die Programmierarbeit ihren Höhepunkt. Ich saß neun Stunden lang ununterbrochen am Computer, arbeitete ein Stück nach dem anderen durch, prüfte, eliminierte Fehler, prüfte noch einmal. Als ich endlich aufstand, konnte ich kaum laufen.

»Du gehörst ins Fuji«, meinte Dace, als ich aus dem Büro gehumpelt kam.

»Was ist denn das?«

Fujis Water-Gate war ein gründlich verwestlichtes japanisches Bad nicht weit vom Pentagon – verwestlicht, weil die Kunden in Badekleidung und in privaten Gruppen badeten. Die Becken waren nicht viel größer als große Badewannen, aber das Wasser war unendlich viel heißer. Dace und Maggie sprangen hinein, jaulten ein paar Sekunden lang, entspannten sich dann und sahen zu, wie LuEllen und ich vorsichtig die Zehenspitzen ins Wasser steckten.

»Na los schon«, rief Maggie. »Habt ihr Schiß?« Daraufhin ließ sich LuEllen ins Becken plumpsen, tauchte unter, japste und wollte sofort wieder hinausklettern. Dace packte sie lachend um die Taille und hielt sie fest, bis sie nicht mehr quiekte und sich beruhigt hatte. »Los, rein mit deinem Arsch, Kidd«, sagte sie.

In dem Wasser hätte man Hummer sieden können. Ich ließ mich langsam hineingleiten, bis es mir an den Hüften stand, stützte mich dabei auf den Beckenrand.

»So ist es am schlimmsten«, spottete Dace. »Zehn Minuten Schmerz statt zehn Sekunden.«

»Ich mach' das, wie ich will«, sagte ich.

»Gekochte Eier, die machst du dir«, schnaubte Maggie. LuEllen und Dace warfen ihr seltsame Blicke zu, sie wurde rot, und dann platzten alle drei heraus.

»Schon gut, schon gut.« Ich holte tief Luft und tauchte bis zum Kinn unter. LuEllen, die bärenstark ist, packte mich und drückte mich unter Wasser. Für einen Augenblick glaubte ich, mir stünde das Herz still. Als es wieder normal zu schlagen begann, kauerte ich mich neben Maggie, bis alle Nervenenden abgetötet waren und ich mich wieder aufrichten konnte.

»Ätzend! Wie lange müssen wir hier drin bleiben?«

»Eine Stunde oder so«, erwiderte Maggie grinsend.

»Bis dahin sind wir tot.«

»Unsinn. In zwei Minuten fühlst du dich prima.«

Sie hatte recht. Zwei Minuten später fühlte ich mich prima. Wir schwammen im Becken herum, schwatzten, ohne uns zu berühren, und über Whitemark fiel kein Wort. LuEllen war im Smithsonian Institute gewesen und hatte sich – Dace mußte laut lachen – ausgerechnet Schlösser angesehen. Später hatte sie Dace beim Aufräumen seiner Wohnung geholfen und hinter der Couch eine Tüte mit Nahrungsmitteln gefunden. Dace gab zu, daß sie bestimmt zwei Jahre alt waren und aus der schlimmen Zeit stammten, in der er sich selbst versorgen mußte. Die Trauben, berichtete LuEllen, hatten das Rosinenstadium längst hinter sich gelassen und den Zustand der Versteinerung erreicht.

Maggie erzählte den beiden anderen, ich hätte mich in dem Glauben, sie schliefe schon, heimlich aus dem Bett und zurück an den Computer geschlichen. »Für das blöde Ding bin ich offenbar keine Konkurrenz.«

»Sag das nicht«, sagte Dace und starrte ihre Brüste an.

»Platz, Lumpi!« befahl LuEllen.

Maggie warf lachend den Kopf zurück, ließ sich rückwärts ins Wasser sinken und sah wie eine Schwanenkönigin aus dem Mittelalter aus. Irgendwann im Verlauf der fünfundvierzig Minuten, die wir im Becken verbrachten, verstummte die Maschinensprache in meinem Kopf.

Am nächsten Morgen um sieben wurden Whitemarks EDV-Chef, seine Frau und ihr dreiundzwanzigjähriger Sohn verhaftet. Inzwischen war es zehn, und ich saß bereits am Computer, als das Telefon ging und Maggie abhob. »Na endlich!« sagte sie, und »Auf welchem Kanal?« und »Tschüß«.

Sie kam in die Tür und berichtete. »Das war Dace, der sagte, wir sollten uns die *Morning Break*-News auf Kanal 3 ansehen. Die Polizei hat unsere Pornofreunde vor laufender Kamera abgeholt.«

Wir gingen ins Wohnzimmer und ließen den Videorecorder zurücklaufen, bis wir die Sendung gefunden hatten. Drei Leute in Handschellen kamen aus dem Haus.

»Irgendwie tun sie mir leid«, sagte Maggie. Die Frau, eine gewichtige, grauhaarige Matrone, weinte und hielt sich die Hände vors Gesicht, aber die Kamera verfolgte sie unbarmherzig bis ins Auto.

»Vergiß nicht, was sie getrieben haben«, sagte ich. Aber die Szene war trotzdem unschön.

Als die unglückliche Familie in einen Streifenwagen gesetzt und weggebracht worden war, gab es einen Schnitt, und dann hielt die Kamera auf ein halbes Dutzend Polizisten in Uniform, die kistenweise Magazine aus der Garage schleppten. Nach dem Ende des Berichts rief Maggie bei Kanal 3 an.

»Passen Sie auf«, sagte sie, als sie die Nachrichtenredaktion am Apparat hatte, »der Mann, der gerade wegen Kinderpornographie verhaftet wurde, ist leitender Angestellter bei Whitemark Aerospace. Das weiß ich genau, denn ich arbeite auch dort. Er ist für alle Computer verantwortlich. Ich glaube, daß auch andere Leute in seiner Abteilung in diese Pornosache verwickelt sind. Die Kerle hängen immer zusammen.«

Sie lauschte kurz. »Nein, tut mir leid, meinen Namen kann ich leider nicht sagen; dann könnten sie mich feuern. Aber der Mann ist wirklich ein hohes Tier.«

Sie legte auf, und das Telefon läutete sofort, noch ehe sie die Hand vom Hörer genommen hatte. Sie hörte kurz hin, sagte: »Danke«, und legte wieder auf. »Noch mal Dace«, sagte sie. »*Turret* ist erschienen und behandelt die Korruption im Pentagon in der Titelgeschichte. Die inkriminierenden Briefe werden wortwörtlich zitiert.«

»Aha. Jetzt läuft die Aktion.«

»Allerdings.« Sie nahm das Telefonbuch und informierte systematisch die anderen Fernsehanstalten über den Zusammenhang zwischen den Kinderpornographen und Whitemark. Dann forderte sie die Zeitungen und Nachrichtenagenturen auf, sich einmal die neueste Ausgabe von *Turret* anzusehen.

Am sechzehnten Tag brachte das *Wall Street Journal* eine erweiterte Version des *Turret*-Artikels. Die *New York Times*, die *Washington Post* und AP folgten am Tag darauf, aber die Agenturmeldung war offensichtlich aus Angst vor einem Verleumdungsprozeß so vorsichtig formuliert, daß sie kaum einen Sinn ergab.

Die *Washington Post* ist zwar längst nicht so gut wie die *New York Times*, aber aus einem öffentlichen Skandal holt sie den letzten Tropfen Blut heraus wie ein Feldscher des achtzehnten Jahrhunderts. Am Tag nach der Meldung über die Beziehung zwischen den Generälen und Whitemark erschien eine umständliche Gegendarstellung des Rüstungskonzerns. Einen Tag später dementierten die Generäle den Vorwurf auf noch kompliziertere Weise, und das Blatt verurteilte in einem Leitartikel die Korruption beim Militär aufs schärfste. Tags darauf brachte es ein Exposé, wieder einen Tag später druckte es weitere belastende Briefe ab – Dace hatte ein paar in Reserve gehalten. Dace rief auch bei der Lokalredaktion der *Post* an, wies noch einmal auf den Pornographiefall hin und deutete an, die Veröffentlichung der Briefe sei der Racheakt eines Angestellten aus der EDV-Abteilung der Firma, die nun über ihren ehemaligen Systemdirektor herzog. Das wiederum hatte ein Meisterstück von einer Analyse zur Folge, die am dreiundzwanzigsten Tag gedruckt wurde.

In der Zwischenzeit ging am achtzehnten Tag die Gehaltsabrechnung schief, und Maggie streute am folgenden Montag in der Wall Street Gerüchte über ›Liquiditätsengpässe‹ bei Whitemark. In der Folge fielen Whitemark-Aktien, die in diesem Jahr bisher stetig an Wert gewonnen hatten, am Montag von fünfundsiebzig auf neunundfünfzig, erholten sich am Dienstag um einen Punkt, und plumpsten dann am Mittwoch auf vierundfünfzig.

»Genügt das?« fragte ich.

Sie schnaubte. »Ein Wertverlust von fünfundzwanzig Prozent in zwei Tagen? Nicht schlecht.«

»Hast du so etwas schon einmal gemacht?«

Sie hatte einen Börsendienst auf dem Bildschirm und schaute nun lächelnd von den Zahlen auf. »Nein, so etwas Massives noch nicht. Aber wir haben schon so einige Objekte abstürzen lassen.«

Am einundzwanzigsten Tag hörte Dace ein Gerücht von einer Schlägerei bei Whitemark. Er ging ihm nach und erfuhr bei einem Glas von einem alten Freund, daß ein Ingenieur in der Fertigungshalle einen Programmierer tätlich angegriffen hatte. Ein zweiter EDV-Mann mischte sich ein, zwei Ingenieure versuchten, die Streithähne zu trennen, und wurden selbst in die Prügelei verwickelt.

»Hier ist irgendwas faul«, hatte Daces Freund gesagt. »Der Werksschutz hat sie alle am Kragen gepackt und zum Abkühlen in die Kantine geschleppt. Ein Computertechniker sagte, die Rechner seien wie besessen.«

»Besessen?«

»Ja, wie vom Teufel.«

Wann immer ich während der Attacke allein war, legte ich das Tarot. Zwei Runden am zweiundzwanzigsten Tag ergaben den Herrscher, die Herrscherin, das Rad, den Mond, den Gehängten und den Narren. Ich dachte angestrengt darüber nach, schrieb die Symbole Personen zu, widmete sie dann wieder um. In der Nacht träumte ich von Anshiser und dem Eremiten.

Am dreiundzwanzigsten Tag führte Maggie ein langes Gespräch mit Dillon. LuEllen, Dace und ich saßen in der Küche und tranken Kaffee, als sie vom Telefon zurückkam.

»Dillon ist aus dem Häuschen«, sagte sie. »Whitemark ist bis auf die Grundfesten erschüttert. Die Firma ist wie gelähmt, das String-Programm versagt, und es gibt neue Probleme mit *Hellwolf*. Dillon sagt, bei Whitemark ginge es zu wie im Tollhaus. Er klang erschrocken. Er sagt, wir machten Geschichte. Er sagt, das hier sei wie Pearl Harbor, nur merke es niemand außer uns.«

»Es funktioniert also«, sagte LuEllen.

»Das haben die Japaner auch gedacht«, sagte Dace.

»Was macht Anshiser?« fragte ich.

Maggie schüttelte den Kopf. »Sein Zustand ist unverändert schlecht, sagt Dillon, aber wenigstens einigermaßen stabil.«

»Also?«

»Die Aktion läuft weiter.«

Um ein Uhr früh am vierundzwanzigsten Tag und wenige Stunden nach Maggies Telefonat mit Dillon ging das Telefon. Ich nahm ab und hörte eine Trägerfrequenz von 2400 Baud. Ich schaltete das Modem ein, empfing einen kurzen Datenstrom, und dann war die Leitung wieder tot.

BEI WHITEMARKS TELEFONVERMITTLUNG IST WAS FAUL. VORSICHT, FANGSCHALTUNGEN FÜR EINGEHENDE GESPRÄCHE. RUF MICH JETZT NUR NOCH ÜBER SPEZIALANSCHLUSS. MELDE DICH GLEICH.

Ich wählte eine bestimmte Nummer, über die Bobby nicht identifiziert werden konnte. Die Technik war nicht besonders gewitzt, aber wer versuchte, ihm über die Leitung auf die Schliche zu kommen, erreichte nur einen Bananenstand in Afghanistan, auf dessen Nummer Bobby gestoßen war, als er ein Telefonbuch von Kabul im Kreml durchblätterte.

Als er sich diesmal meldete, sparte er sich sein WAS IST?

HAB VERSUCHT, DEN SCHNÜFFLERN NACHZUSCHNÜFFELN. NICHT FBI, SONDERN NSA. HEISSE ANGELEGENHEIT. BLEIB AUS DEN LEITUNGEN, BENUTZ NUR DIE HINTERTÜR.

Danke für den Tip. Ändere deine Hauptnummer, laß mir nur den Spezialanschluß frei.

MACH ICH SOFORT.

Brauchst du Geld?

KLAR. HAST DU NOCH WELCHES?

Ja. Schick dir $10000.

DANKE. TSCHÜS.

Ehrlich gesagt, was ich in Vietnam getan habe – es hört sich jetzt lächerlich an, wenn ich drüber nachdenke – war, den Ho-Chi-Minh-Pfad rauf und runter zu laufen und die Telefonleitungen des Vietkong anzuzapfen. Den meisten Leuten kommt überhaupt nicht in den Sinn, daß es beim Vietkong

Leitungen und Vermittlungen gab. Ich suchte mir meist eine sichere Stelle, zapfte eine Leitung an, verband sie mit einem batteriebetriebenen, als Lehmbrocken oder Baumstumpf getarnten Sender, und schlich mich dann wieder weg. Solange die Batterien hielten, rund zwei Wochen lang, konnten wir dann Gespräche mithören, die, wie man mir sagte, größtenteils so verliefen: »He, Vang, hast du die Obergefreite gesehen, die gestern mit der Ladung Fahrradreifen kam? Bei Ho, die hat vielleicht Titten! Ich hatte große Lust, mich dazwischen zu werfen und Motorboot zu spielen, du verstehst, was ich meine.«

Diese Arbeit des Nachrichtensammelns brachte mich mit Dutzenden von CIA-Leuten zusammen. Die meisten waren in Ordnung, einige pathologische Killer, und zwei fand ich hoffnungslos schwachsinnig. Von der NSA lernte ich nur zwei Männer kennen. Beide waren furchterregend intelligent und geschickt. Ich machte mir im Geist eine Notiz: »Wenn du mit heiler Haut aus diesem Schlamassel hier rauskommst, dann leg dich nie mit der NSA an.«

Auf Bobbys Warnung hin drang ich nur noch über die Hintertür in das Whitemark-System ein, also über die Außenstelle, an die man mit Zahlengruppen aus dem Mersenne-Code herankam. Es handelte sich um einen alten Kleincomputer mit eigenen Telefonleitungen. Das Gerät wurde nur selten benutzt, war aber über eine Direktleitung mit dem Hauptsystem verbunden. Ich wählte also die Außenstelle an und bekam über sie Zugang. Wenn die NSA die eingehenden Leitungen des Hauptcomputers überwachte, konnte ich mich trotzdem unentdeckt einschleichen. Fielen meine Aktivitäten im Hauptsystem auf, mußte der Eindruck entstehen, als arbeitete ich im System selbst.

Am Morgen des sechsundzwanzigsten Tages legte ich mehrere kleine Bomben, die wichtige Software-Teile auf nicht sofort erkennbare Weise veränderten, aber bestimmte Abläufe gründlich durcheinanderbrachten.

Am siebenundzwanzigsten Tag, das Justizministerium hatte gerade ein Ermittlungsverfahren gegen Whitemark und die Generäle in Gang gesetzt, änderte ich das Programm, das bei Whitemark die Gleitkommaoperationen steuerte. Die Änderung war so gut wie unmöglich auszumachen, und die von ihr verursachten Probleme bei der Konstruktion waren nicht an der Wurzel zu fassen.

Am Morgen des achtundzwanzigsten Tages rief Bobby um ein Uhr an. Ich arbeitete gerade an den letzten Schritten.

ES TUT SICH WIEDER WAS IM NETZ. SIEHT SO AUS, ALS WÜRDE DIE GANZE VERMITTLUNG AUF DATENÜBERTRAGUNGEN ÜBERWACHT. EMPFEHLE STILLEGUNG.

Kann ich noch ein letztes Mal rein?

RUF DIE SPEZIALNUMMER, ICH NEHM DICH DANN HUCKEPACK. ICH RUFE WHITEMARK, UND WENN ICH DRIN BIN, GIBST DU DEN CODE EIN. ICH BEHALTE DERWEIL DIE LEITUNGEN IM AUGE. DAS GEHT ABER NUR EINMAL.

Gut.

MORGEN UM 10 UHR DEINER ZEIT.

LuEllen war am nächsten Morgen zurück und schaute mir zusammen mit Dace und Maggie bei dem Versuch zu, das letzte Programm zu senden.

»Könnten wir identifiziert werden?« fragte LuEllen.

»Wohl kaum. Aber wenn die NSA im Spiel ist, muß man aufpassen. Wenn wir in eine Fangschaltung geraten, wird Bobby das merken und uns warnen. Dann brechen wir die Übertragung ab und verschwinden.«

LuEllen sah sich im Zimmer um. »Und unsere Fingerabdrücke? Die ganze Wohnung muß voll sein.«

»Wenn sie es schaffen, uns über Bobby zu identifizieren, sind wir erledigt«, gestand ich. »Dann können wir nur noch verschwinden und hoffen, daß Anshisers Druckmittel wirken. Auch wenn sie unsere Abdrücke finden, bleiben uns noch ein, zwei Tage Zeit. Ihr beiden setzt euch dann nach Mexiko ab, Maggie fliegt zurück nach Chicago, und ich setze mich ins Auto und zische los.«

»Hm, das klingt aber nicht gut«, sagte LuEllen.

»Was riskieren wir, was gewinnen wir dabei?« fragte Maggie.

»Ich habe noch einen letzten Clou auf Lager. Und Bobby ist am Telefon bestimmt so gut wie die Leute von der NSA. Außerdem rechnen sie nicht mit ihm. Sie wissen nämlich nicht, daß wir ihre Fangschaltungen ausmachen können.«

Maggie dachte nach und zupfte an ihrer Unterlippe. »Gut, dann wagen wir's«, sagte sie.

CODE BEREIT?

Ja. Nur ein Neun-Sekunden-Puls.

BEREITHALTEN.

Bobby wählte uns über die Außenstelle in Whitemarks Zentralcomputer an. Als wir drin waren, drückte ich auf eine Taste, und unser Modem begann zu senden. Nach zwei Sekunden wurde die Übertragung wie mit der Axt abgehackt.

»Verdammte Scheiße!« murmelte ich.

»Was ist?« fragte LuEllen besorgt.

»Wir sind unterbrochen worden. Von Bobby, hoffe ich.«

Eine Sekunde später ging das Telefon, und wir alle sahen es an, als wäre es eine Kobra. Ich nahm ab und hörte die vertraute Trägerfrequenz. Dann schaltete ich das Modem wieder ein.

MANN, SIND DIE ABER SCHNELL! SIE WAREN IN DER LEITUNG UND SIND MIR MINDESTENS BIS ROM GEFOLGT. VIELLEICHT SOGAR BIS AN DEN BANANENSTAND.

Sind wir sicher? Bist du sicher?

JA, ABER DU MUSST JETZT SCHLUSS MACHEN. NOCH EINE ÜBERTRAGUNG, DANN HABEN SIE UNS.

Gut. Ruf dich später über Spezialanschluß.

TSCHÜS.

»Was ist das für ein Spezialanschluß?« fragte Maggie.

»Eine besondere Schaltung, die ihm signalisiert, daß ich ihn erreichen will. Seine Hauptnummer hat er geändert; die neue kenne ich nicht. Ich weiß nun nicht genau, was die

NSA mit uns anfängt, wenn sie uns erwischt, aber sicher ist sicher... will sagen, wenn sie mich beim Verhör unter Drogen setzen, ist es besser, wenn ich gar nicht weiß, wie er zu erreichen ist. Wenn sie die Nummer des Spezialanschlusses aus mir herausholen und benutzen, erkennt Bobby die Fangschaltung und unterbricht – ein für allemal.«

»Na, da wünsch' ich ihm viel Glück«, sagte LuEllen.

Wir saßen da und starrten den leeren Bildschirm an.

»Tja, und das wär's dann«, sagte ich und fühlte mich plötzlich erschöpft. »Wir sind fertig.«

»Puh!« seufzte Dace.

Ich warf Maggie einen Blick zu. »Zufrieden?«

»Ich fliege zurück nach Chicago«, sagte sie. »Dillon wird die endgültige Analyse anfertigen.«

»Und wir machen hier den Laden dicht. Kommst du zurück, oder sehen wir uns in Chicago?«

»Ihr wartet hier. Mag sein, daß Dillon noch etwas einfällt, das erledigt werden muß. Ich komme wieder und bringe das restliche Geld.«

Sie sah angespannt, verkniffen aus. Wenn der Job jetzt nicht getan war, fand er nie ein Ende.

Dillon würde das wissen.

14

Die Aktstudie von Maggie war bisher mein bestes Gemälde überhaupt. Sie sah sich das fertige Stück an und erklärte: »Das gehört mir.« Am Tag nach dem Abschluß unserer Kampagne rollte ich es auf und schob es in eine Pappröhre, während sie ihre Sachen packte.

»Das war eine merkwürdige Erfahrung«, sagte sie auf der Fahrt zum Flughafen. Sie hatte die Seitenscheibe geöffnet, und ihr Haar wehte im Fahrtwind. »Ein Team wie ihr eröff-

Ich war mit dem Wischen fast fertig, als das Telefon klingelte: Maggie, aus Chicago.

»Alles klar«, sagte sie knapp. »Heute abend bringe ich das Geld.«

Dillons Analyse zufolge war Whitemark in Schieflage. Die Aktien waren unter fünfzig gefallen und erholten sich langsam, aber nur wegen Gerüchten von einer bevorstehenden Übernahme. Das Projekt *Hellwolf* war wegen Problemen mit dem Konstruktionscomputer zum Stillstand gekommen. Am String-System wurde nicht mehr gearbeitet. Die Produktion kam mit dem Materialnachschub nicht zurecht. In der Verwaltung herrschte das Chaos. Auch am kommenden Freitag war mit korrekten Lohn- und Gehaltszahlungen nicht zu rechnen. Die Gewerkschaften drohten mit Streik.

Die Presse schlachtete nach wie vor den Korruptionsskandal aus, und bei den Beschaffungsstellen im Pentagon war niemand für Whitemark-Leute zu sprechen. Der EDV-Chef der Firma war nach seiner Verhaftung wegen Kinderpornographie gefeuert worden. Schlimmer noch, Leute vom FBI schnüffelten überall im Betrieb herum und quetschten die Angestellten über den möglichen Anstifter der Kampagne aus, der ihrer Ansicht nach in der Firma selbst sitzen mußte. Die Vernehmungen behinderten alle Versuche, im Unternehmen wieder Ordnung zu schaffen, noch zusätzlich.

»Rudy ist sehr beeindruckt – hat aber auch ein wenig Angst. Er läßt unser System von den besten Sicherheitsexperten des Landes überholen«, sagte sie, und ihre Stimme klang seltsam gepreßt.

»An wen hat er sich gewandt?« fragte ich. Sie nannte drei Namen, die mir ein Begriff waren. Ein Mann war ein Scharlatan, aber die beiden anderen verstanden ihr Handwerk. Alle drei verlangten hohe Honorare und würden kaum etwas übersehen.

»Wann sind sie mit ihrer Analyse fertig?« fragte ich.

Sie zögerte und erwiderte dann: »Gestern.«

»Gestern?« fragte ich verblüfft.

»Rudy hat sie gleich nach Beginn der Attacke auf Whitemark verpflichtet. Meine Berichte lösten in der Firma solches Entsetzen aus, daß er diese Leute anheuerte und ihnen einen Haufen Geld und drei Wochen Zeit gab. Ihre Maßnahmen bestanden hauptsächlich in Möbelrücken und Veränderungen im Telefonsystem und bei den Prozeduren. Auf ihre Empfehlunngen hin wurde kaum neues Material angeschafft. Wie auch immer – gestern sind sie fertig geworden. Rudy spielt mit dem Gedanken, dich in einem Jahr oder so anzuheuern. Du sollst dann versuchen, das neue System zu knacken.«

»Du weißt ja, wo ich zu erreichen bin«, sagte ich.

»Klar, auf einer Sandbank«, sagte sie. »Ist die Wohnung sauber?«

»Frei von Fingerabdrücken? Ja, so gut wie. Ich bin jetzt gerade an der Küche. Wir könnten uns irgendwo in der Stadt treffen, um das Geld zu teilen, aber die Wohnung hier liegt näher am Flughafen.«

»Gut, ich komme in die Wohnung. Gegen sieben Uhr sollte ich dasein.«

Dace und LuEllen kamen am späten Nachmittag zurück, und Dace sah noch mal fünf Jahre jünger aus. Er trug ein teures Tweedjackett, ein dunkelblaues Hemd mit Seidenkrawatte, Hosen aus Whipcord und Bootsschuhe aus Leder. Er war mit seiner neuen Erscheinung zufrieden.

»Faßt bloß nichts an«, sagte ich, als sie hereinkamen.

»Na, was sagst du?« rief er und breitete die Hände aus. LuEllen stand grinsend hinter ihm.

»Direkt aus dem *Esquire* gesprungen«, sagte ich.

»Und schau dir das an«, sagte er und holte ein Bündel Reiseschecks aus der Tasche – fünfundzwanzigtausend Dollar in Zehnern und Zwanzigern.

»Ich hab ihn auf zehn verschiedene Banken gescheucht.« LuEllen lachte.

»Das sollte für sechs Monate oder ein Jahr reichen«, sagte

Dace und blätterte die Schecks durch. »Wenn nicht, kommen wir zurück und holen Nachschub.«

Dace, der nun neue Kleider und Geld in der Tasche hatte, wollte zu Zeitungsredaktionen gehen und ein paar Freunde und Verbindungsleute auf ein Glas einladen.

»Es wäre keine gute Idee, einfach so zu verschwinden«, sagte er. »Außerdem sind das auch Leute, die ich mag. Zum Abendessen bin ich wieder zurück.«

Ich holte meine Malsachen und fuhr mit LuEllen zum Ufer des Potomac, wo ich eines meiner besten Aquarelle machte. Ich war in Gedanken noch mit der Kampagne gegen Whitemark beschäftigt, aber das Bild entstand wie von selbst. Ich war ganz Auge und Hand; die Farbe floß fast ohne mein Zutun. Als ich fertig war, hyperventilierte ich fast. LuEllen war im Park umhergeschlendert, und als ich mir das Aquarell ansah und einen letzten Pinselstrich erwog – es ist immer der letzte, der ein Bild ruiniert – kam sie zurück und schaute mir über die Schulter.

»Donnerwetter, Kidd, das ist Klasse!« sagte sie.

Ich wusch den Pinsel aus, legte ihn zurück in den Kasten und schüttete das Wasser weg. Das Bild *war* gelungen, allerdings.

In Washington ist der September der schönste Monat. Der Himmel war porzellanblau; es roch ganz leicht nach Laubfeuer. Auf dem Weg zum Auto schnatterte LuEllen drauflos, und ich warf immer wieder verstohlene Blicke auf das Aquarell. Die Aktstudie von Maggie war mein bisher bestes Porträt gewesen. Dies war die beste Landschaft, und ich hatte nur zwei Stunden dafür gebraucht. War das nur Glück? Oder etwa ein Durchbruch?

Ich legte das Bild in den Kofferraum, sorgfältig eingeklemmt zwischen zwei Koffer, damit es nicht herumflog.

Auf dem Weg zurück zur Wohnung hielt ich an einem Supermarkt und kaufte mir ein Paar Küchenhandschuhe. Alles war gesäubert, und ich wollte nun am Schluß keine zufälligen Abdrücke hinterlassen.

Vor dem Haus gab es einen seltsamen Vorfall, ehe wir hineingingen. Auf der anderen Straßenseite parkte ein roter Buick mit getönten Scheiben. Da dunkles Glas in Washington nichts Ungewöhnliches ist, kümmerte ich mich nicht weiter darum. Vor der Haustür aber drehte ich mich noch einmal um und glaubte, hinter der Heckscheibe ein weißes Gesicht gesehen zu haben. Maggie?

Als Künstler ist man mit den seltsamen Eigenschaften der menschlichen Wahrnehmung vertraut. Eine Mutter kommt auf einen Spielplatz und erkennt unter Dutzenden gleich großer und ähnlich gekleideter Kinder sofort ihr eigenes. Einen guten Freund macht man auch über eine größere Entfernung sofort aus, obwohl man weder Einzelheiten des Gesichts noch der Kleidung sehen kann.

Ich sah das weiße Oval und dachte sofort: Maggie. Es stieg aber niemand aus dem Wagen, und Maggie sollte auch erst in zwei Stunden hier sein. Ich ließ die Sache auf sich beruhen und folgte LuEllen ins Haus.

Dace saß in der Küche, trank Kaffee und las die *Washington Post.* Als wir hereinkamen, hob er den Kopf und sagte: »Ehrlich, außer der Tasse hab ich nichts angerührt!«

»Bist du soweit?« fragte LuEllen und küßte ihn auf die Stirn.

»Jederzeit«, sagte er.

»So, wir suchen jetzt die Wohnung buchstäblich auf allen vieren ab, um sicherzugehen, daß wir nichts zurücklassen«, sagte ich.

»Laß mich den Sportteil zu Ende lesen«, sagte Dace. »In Mexiko schreibt man bestimmt nichts über die Redskins.«

LuEllen und ich zogen die Küchenhandschuhe an und machten uns im ersten Schlafzimmer an die Arbeit. Ich ging in die Knie und guckte unters Bett. Sie zog eine Schublade der Kommode auf.

»Da ist bestimmt nichts mehr drin«, sagte sie.

»Schau auch unters Schrankpapier«, sagte ich. Sie verdrehte die Augen und zog das Papier aus den Schubladen.

Als wir mit dem ersten Zimmer so gut wie fertig waren, klingelte es. LuEllen schaute mich an. Ich stand auf.

»Das ist Maggie«, sagte ich.

»Kann auch der Vermieter sein«, sagte Dace, der gerade mit der Zeitung in der einen und der Kaffeetasse in der anderen Hand aus der Küche kam. »Ich hab ihm gesagt, daß wir ausziehen.« Er ging an die Tür und machte auf.

Draußen standen zwei Männer. Einer hielt sich im Hintergrund und war kaum zu sehen. Jedenfalls war er ziemlich groß. Der andere trug ein rotweiß gestreiftes Golfhemd, braune Hosen und Tennisschuhe. Rattengesicht. Er zog eine lange, dünne Pistole unterm Hemd hervor und richtete sie auf Dace. Dace sagte: »Halt« und hob die Zeitung, aber Rattengesicht schoß ihn dreimal in den Kopf.

Die Schüsse knallten dumpf. LuEllen, die vor mir in die Diele getreten war, fuhr herum, jagte auf mich zu, und wir flohen beide ins Schlafzimmer. Ich schlug die Tür hinter uns zu und schloß ab. Da dies ein Puff war, bestand die Tür aus massivem Holz und hatte ein starkes Schloß, aber ich packte die Kommode und rammte sie als Barrikade gegen die Tür. LuEllen blieb nicht stehen, sondern lief ans Fenster, riß es auf und zerrte an den Haken des Fliegengitters davor.

»Los! Raus!« schrie sie und saß schon auf der Fensterbank. Ich hastete zu ihr. Der Mann in der Diele versuchte, die Tür einzutreten, aber das Schloß hielt. Er trat noch einmal zu; da war ich aber schon am Fenster und sah LuEllen gelenkig wie eine Katze in der Gasse hinter dem Haus landen. Ich kletterte nach draußen, blieb noch kurz am Sims hängen, hörte die Tür splittern und ließ mich fallen.

LuEllen war mir zehn Meter voraus, als ich landete. »Zum Auto!« brüllte ich, und sie raste zum Parkplatz. Als ich um die Ecke kam, kauerte sie schweratmend an der Beifahrertür. Ich schloß links auf, stieg ein, entriegelte die Tür und ließ den Motor an. Als wir losfuhren, drehte LuEllen sich um und rief: »Da ist er!« Beim Abbiegen sah ich in den Rückspiegel und sah Rattengesicht um die Hausecke hinken.

»Sie haben Dace erschossen!« jammerte LuEllen.

»Ja.« Mehr gab es da nicht zu sagen.

Ich bog an der nächsten Ecke links ab, fuhr einen Block weiter, wandte mich wieder nach links und folgte dann einer Hauptverkehrsstraße nach Westen. Nichts wies darauf hin, daß wir verfolgt wurden.

»Verdammt, was war das?« rief LuEllen verzweifelt. »Wer sind diese Kerle?«

»Keine Ahnung«, versetzte ich. »Maggie haben sie anscheinend auch erwischt.«

»Was?« LuEllens Gesicht war verzerrt und bleich, aber sie dachte klar. »Wie kommst du darauf?«

»Als wir ins Haus gingen, habe ich gedacht, ich hätte sie in einem gegenüber parkenden Auto gesehen. Erst habe ich gedacht, sie könnte es nicht gewesen sein, weil sie erst in zwei Stunden hier sein wollte. Aber ich habe ein ungutes Gefühl...«

»Jedenfalls werden wir nicht verfolgt«, sagte LuEllen. »Fahren wir noch eine Straße weiter, suchen wir ein Telefon und rufen in Chicago an. Dort müßte man wissen, ob sie früher abgeflogen ist. Wenn sie aber wie geplant gestartet ist, lassen wir uns die Flugnummer sagen und fangen sie am Flughafen ab.«

Ich fuhr zwei Meilen weiter und machte vor einem kleinen Supermarkt ein Münztelefon aus. Den Wagen parkte ich neben dem Geschäft, damit er von der Straße aus nicht zu sehen war, und meldete ein R-Gespräch nach Chicago an.

Maggie hatte keine frühere Maschine genommen, sondern den Flughafen O'Hare wie geplant um drei Uhr verlassen, befand sich also noch in der Luft. Dillon reagierte entsetzt auf den Mord. »Ich bin sprachlos«, sagte er. »Das ist ja unvorstellbar!«

»Woher könnten diese Männer kommen? Von Whitemark? Ihr habt gesagt, das wären Privatdetektive, aber solche Leute schießen doch nicht einfach Menschen tot«, sagte ich.

»Das hatte ich von einer zuverlässigen Quelle in Washington erfahren. Die Männer seien Privatdetektive, sonst nichts.« Nach einem langen Schweigen sagte er: »Ich kann mir nicht vorstellen, daß Whitemark dahintersteckt. Gewiß, Großkonzerne gehen manchmal rücksichtslos vor, setzen aber keine gedungenen Mörder ein. Ich fürchte, wir haben es mit Leuten von der Bundesregierung zu tun. Hieß es nicht, diese privaten Ermittler hätten Ärger mit der Regierung gehabt?«

»Ja, ich kann mich an so was erinnern.«

»Es besteht also die Möglichkeit, daß jemand sie in der Hand hat. So könnte man jemand umbringen, ohne daß die Regierung selbst in Erscheinung tritt.«

»Warum sollte man es auf uns abgesehen haben?«

Wieder eine Pause, und dann sagte er in einem kühleren Tonfall: »Eigentlich unvorstellbar, aber gehen wir einmal davon aus, daß sie herausbekommen haben, was bei Whitemark passiert ist, und dann haben sie sich gesagt: ›Verhaften wir diese Leute, lösen wir vielleicht eine ganze Serie solcher Attacken aus. Das ist wie bei Flugzeugentführungen: Ein Luftpirat bringt alle möglichen anderen Spinner auf die Idee.‹ Wenn es bei CIA oder NSA eine Art Mordkommando gibt, mögen sie zu dem Schluß gekommen sein, daß sich die Angelegenheit auf diese Weise am elegantesten regeln läßt.«

»Großer Gott!« sagte ich und dachte an die Männer der Strategic Operations Group, die ich in Vietnam kennengelernt hatte. Einige waren schlicht und einfach Killer gewesen, Berufssoldaten zwar und teilweise Offiziere, im Grunde ihres Herzens aber Revolverhelden. Wenn ein Geheimdienst solche Typen braucht, weiß er, wo sie zu finden sind. Und in Detekteien fanden ehemalige Cowboys dieser Sorte leicht Unterschlupf.

»Wo sind Sie?« fragte Dillon. Ich schaute mich um, sah aber kein Straßenschild. »Keine Ahnung. Vor einem 7-Eleven an einer Ecke. Wir müssen für eine Weile untertauchen und dann Maggie vom Flughafen abholen.«

»Lassen Sie das lieber. Es ist gut möglich, daß man Ihnen

dort auflauert. Ich rufe Maggie im Flugzeug an. Wir haben einen firmeninternen Code, den wir bei Verhandlungen benutzen: Damit warne ich sie. Wenn sie mich dann nach der Landung anruft, lasse ich sie auf der Stelle zurückkommen. Sie können nun nichts weiter für sie tun. Ich lasse die Sicherheitsmaßnahmen verschärfen und werde die weiteren Schritte mit Mr. Anshiser besprechen.«

»Und was wird aus uns?«

»Wenn wir herausfinden, wer dahintersteckt, kommen wir vielleicht zu einer Art Übereinkunft. Rufen Sie später noch einmal zurück?«

»Wird gemacht. Wir verschwinden aus der Stadt und tauchen irgendwo unter, bis klar ist, was sich tut.«

»Und Ihr Freund, der erschossen wurde?«

»Dem können wir nicht mehr helfen.«

»Gut, lassen wir das Thema für den Augenblick fallen. Haben Sie die Wohnung gesäubert?«

»Ja.«

»Gut. Und Ihren Wagen haben Sie noch?«

»Ja.«

»Wenn wir es mit der Bundesregierung zu tun haben oder mit einer Gruppe, die ihre Unterstützung genießt, ist es gut möglich, daß Ihr Kennzeichen auf der Fahndungsliste steht. Handelt es sich aber um ein illegales Mordkommando, dann wird es eine Weile dauern, bis Sie ausfindig gemacht worden sind. Bleiben Sie mal noch kurz am Apparat.«

Der Hörer landete auf dem Schreibtisch. Ich suchte die Straße nach dem roten Buick mit den schwarzen Scheiben ab. Nichts. Autos rollten vorbei, aber keins sah wie der Buick aus.

»Hallo, sind Sie noch dran?«

»Ja.«

»Ich sehe mir gerade eine Straßenkarte an. Ich würde Ihnen empfehlen, auf dem Highway 50 nach Osten durch Annapolis zu fahren, die Bucht zu überqueren und sich dann nach Norden zu wenden, Richtung Wilmington und New

Jersey. Ich bin zwar nicht ganz auf dem laufenden, was die Prozeduren der Polizei betrifft, aber meines Wissens werden Fahndungen gewöhnlich in jeweils einem Staat ausgeschrieben. Auf der erwähnten Route kommen Sie am raschesten aus den Maryland und Virginia umgebenden Staaten heraus. In knapp drei Stunden können Sie in New Jersey sein.«

»Klingt günstig«, sagte ich. »Wenn wir eine Unterkunft gefunden haben, rufe ich wieder an.« Dillon hatte sich gefangen und klang nun wie ein Geheimdienstoffizier bei der Einsatzbesprechung: ruhig, distanziert, bestimmt. Ihm fiel das natürlich leicht; schließlich war er nicht der Gejagte. Und Dace war auch nicht sein Freund gewesen.

»Fahren Sie so weit wie möglich. Je dichter Sie an New York herankommen, desto geringer die Wahrscheinlichkeit, daß die Polizei auf Routinefahndungen achtet. Die haben nämlich andere Sorgen.«

»Gut.«

»Melden Sie sich in sechs Stunden wieder. Bis dahin sollte ich mehr wissen.«

LuEllen lag auf dem Rücksitz. Sie weinte nicht, sondern war ganz still und hielt den Arm vor die Augen. Sie atmete rasch und flach, als hätte sie eine Verletzung erlitten.

»Wie geht's dir?«

»Beschissen. Fahr los.«

Ich ging in den kleinen Supermarkt, kaufte eine Landkarte, eine Packung Doughnuts und eine Kühltasche aus Styropor, die ich mit Eiswürfeln und zwei Sechserpackungen Coke füllte. Im Auto zeichnete ich die von Dillon empfohlene Route ein und fuhr los.

Wir gerieten in den abendlichen Stoßverkehr und kamen qualvoll langsam voran. Zweimal sahen wir Staatspolizei; beide Male nahmen die Beamten Bagatellunfälle auf. LuEllen blieb eine Stunde lang im Fond liegen und kletterte dann auf den Beifahrersitz. Ihre Augen sahen rot und eingesunken aus, aber sie weinte nicht.

»Es ist wohl ausgeschlossen, daß er noch lebt?«

»Ja. Der Kerl hat ihn dreimal in den Kopf geschossen. Wäre er noch am Leben gewesen, hätten sie ihn beim Rausgehen erschossen.«

»Wer waren diese Männer?«

»Keine Ahnung. Dillon versucht, das herauszufinden. Wenn wir in Camden sind, rufen wir ihn an.«

»Glaubst du, daß sie uns folgen?«

»Vermutlich. Ich bin das Hauptziel, aber du hast ihre Gesichter gesehen. Am besten bleiben wir zusammen, bis wir Genaueres wissen. Wenn sie es nicht auf dich abgesehen haben, fliegst du am besten nach Duluth und tauchst für eine Weile unter.«

In Delaware hielten wir an einem Schnellimbiß kurz an. LuEllen wollte jemanden in Duluth anrufen und tat das im Restaurant. Ich blieb im Auto sitzen und aß einen weichen Cheeseburger.

»Ich hab' eine Adresse in Philadelphia«, sagte sie.

»Wofür?«

»Nur für den Fall, daß du eine Waffe kaufen willst. Der Mann stellt keine Fragen.«

Kurz nach acht, wir fuhren gerade aus Wilmington hinaus, entdeckte ich ein Elektronik-Geschäft und hielt an. Ich sah mich in der Telefon- und Heimwerkerabteilung um, erstand einige elektronische Geräte, eine Bohrmaschine, Bohrer dazu, eine Heftmaschine, legte 160 Dollar auf den Tisch und warf die Einkaufstüte auf den Rücksitz des Autos.

»So, und wo wohnt der Meister mit den Kanonen?« fragte ich dann.

Der Meister mit den Kanonen saß in einem Vorort von Philadelphia. Kleine Rasenflächen, niedrige Bungalows und je ein Ahornbaum im Vorgarten bestimmten die Szene. Nachdem wir zwanzig Minuten gesucht hatten, fanden wir das Haus. Der Mann kam an die Tür.

»Sind Sie Mr. Drexel?« fragte LuEllen.

»Der bin ich. Und Sie sind Miss Carlson?«

»Ja. Weenie hat in unserem Auftrag angerufen. Der Herr hier ist ein Freund von mir.«

»Kommen Sie rein«, sagte er. Drexel war ein ernster, hochgewachsener Typ mit Brille und der gesunden Hautfarbe eines Sportlers. Seine Kleidung stammte aus dem Katalog des Sportversandhauses L. L. Bean: blaugestreiftes Baumwollhemd und Hosen mit Beintaschen. Im Wohnzimmer sahen seine Frau und seine Tochter einen Film im Fernsehen. »Tag«, sagte die Frau, das Mädchen ignorierte uns. Wir folgten Drexel über eine kurze Treppe in den Keller.

Dort fanden wir eine ordentliche, gut ausgestattete Schreinerwerkstatt und zwei Drehbänke. An einer Wand lehnte ein halbfertiger Flugzeugflügel.

»Tja, ich bau' mir eine Maschine«, sagte Drexel ironisch. »In einem Jahr oder so wird sie vielleicht fertig.« Er ging an einen hohen Schrank in einer Ecke.

»Nun, was hatten Sie sich denn vorgestellt?« fragte er.

»Ich habe seit meiner Militärzeit keine Feuerwaffe mehr in der Hand gehabt«, sagte ich.

Er zog eine Braue hoch und öffnete den Schrank. Oben lagen lange Waffen, Gewehre M16 und AK47. Die Schubladen darunter enthielten kürzere Waffen. Er zog eine auf und nahm zwei in Ölpapier gewickelte Bündel heraus.

»In dem Fall – das hängt natürlich auch von Ihrem Bedarf ab – würde ich eine von diesen beiden Waffen empfehlen.« Das erste Stück sah aus wie im Werkunterricht zusammengeschustert – grobe Kanten und gebogener schwarzer Stahl.

»Das ist eine MAC-10; bei Drogenhändlern sehr beliebt, wie ich höre.« Er reichte mir die Waffe. »Leicht zu bedienen und vollautomatisch, eine Art Maschinenpistole.« Er wandte sich an LuEllen. »Man drückt einfach ab, und dann kommt ein Strom von Geschossen heraus, solange man den Finger auf dem Abzug läßt – oder bis die Munition ausgeht. Ich habe in Sonderanfertigung Magazine für sechzehn und dreißig Schuß vorrätig.«

Die Waffe lag schwer und ungefüge in meiner Hand. Ich hob sie hoch und hielt auf die entgegengesetzte Wand der Werkstatt. Das Visier zitterte.

»Schießen Sie lieber aus der Hüfte«, schlug er vor, »und fangen Sie den Rückstoß mit dem Ellbogen ab.«

»Was haben Sie uns noch anzubieten?«

»Ah, dieses Stück hier. Das mag Ihnen vertraut vorkommen.« Er wickelte das zweite Bündel aus und zeigte mir einen .45er Colt, identisch mit dem Modell, an dem ich in der Army ausgebildet worden war.

Ich wandte mich an LuEllen. »Nun, was meinst du?«

Sie schüttelte den Kopf. »Von Waffen versteh' ich nichts.«

»Wenn ich eine Empfehlung aussprechen darf...« Drexel klang wie ein Weinkellner, der sich mit zwei Ignoranten abgeben mußte. »Falls Sie sofortigen Schutz brauchen und keine Zeit zum Üben haben – Mr. Weenie deutete das an –, würde ich Ihnen zur MAC-10 raten. Sie ist zwar etwas teurer, aber mit ihr kann selbst der blutigste Amateur erstaunlichen Schaden anrichten.«

Ich nahm sie und ließ mir von ihm die Funktionen erklären. Er verkaufte mir auch drei volle Magazine, eins für dreißig, zwei für sechzehn Schuß,

»Und die Dame?« fragte er dann.

»Äh, lieber gar nichts«, sagte LuEllen und schaute mich besorgt an.

»Ich möchte Ihnen etwas zeigen«, sagte er, griff in eine Schublade und zog einen doppelläufigen Derringer heraus, nicht größer als eine Hand.

»Eine H & R .32 Magnum. Sehr sicher, kinderleicht zu bedienen. Sollte natürlich nur in Extremsituationen benutzt werden. Auf fünf Meter kann man bei diesem Kaliber sein Ziel verfehlen. Auf zwei oder gar einen Meter aber ist die Waffe sehr wirksam.«

LuEllen musterte die kleine Waffe kurz, warf mir einen Blick zu, schaute zurück zu Drexel und nickte. »Gut, die nehm' ich.«

»Aber denken Sie daran, den Abzug nur mit dem Zeigefinger zu betätigen. Die Waffe ist so klein, daß man versucht ist, den Mittelfinger zu nehmen und den Zeigefinger an den Lauf zu legen. Wenn Ihr Finger aber länger ist als der Lauf, kann das Mündungsfeuer ihn versengen. Okay?«

LuEllen nickte unsicher.

»Immer schön den Zeigefinger nehmen«, sagte Drexel.

Die beiden Waffen kosteten uns zweitausendfünfhundert Dollar. Wir packten sie wieder in Ölpapier ein und gingen hinaus. Als wir wieder durchs Wohnzimmer stapften, nickte die Frau uns freundlich zu.

»Rufen Sie mich ruhig an, wenn Sie noch etwas brauchen«, sagte Drexel, als wir einstiegen.

Die nächste Station war der Flughafen. Ich ließ das Auto auf dem Langzeitparkplatz stehen, mietete einen unauffälligen Dodge und lud das Gepäck um. Erst eine Stunde hinter Philadelphia entdeckte ich ein passendes Hotel – ein langes, L-förmiges Gebäude, billig, vor dem nur gut zwanzig Wagen parkten. Ich bat den Mann am Empfang, mir und meiner Sekretärin angrenzende Zimmer zu geben – ohne Verbindungstür.

»Ich habe gerade ein Scheidungsverfahren laufen«, sagte ich und lächelte verlegen, »und will nicht, daß die Leute auf dumme Gedanken kommen, verstehen Sie.«

Er verstand, war aber nicht interessiert.

LuEllen war benommen und hatte verquollene Augen. »Eine halbe Stunde müssen wir noch wach bleiben«, sagte ich. »Dann können wir uns hinlegen.«

Wir trugen die elektronischen Geräte in mein Zimmer. Das erste Objekt war ein kompakter Bewegungsdetektor – ein Einbruchsalarmgerät also –, den ich knapp überm Boden hinter der Tür anbrachte. Dann nahm ich an der Telefonsteckdose einige Änderungen vor und bohrte mit der Maschine ein Loch durch die Trennwand zu LuEllens Zimmer. Durch die Öffnung führte ich zwei Kabel.

Das erste war mit dem Bewegungsdetektor verbunden. Wurde meine Tür geöffnet, fing es in LuEllens Zimmer zu summen an. Das zweite Kabel erlaubte es mir, aus LuEllens Zimmer Gespräche über meinen Anschluß zu führen. Mit der Heftmaschine verlegte ich die Leitungen sauber. Alle Strippen liefen entlang dem Lambris unter der Kante des Teppichbodens. Selbst einem Zimmermädchen sollte nichts auffallen.

»Wenn wir es mit CIA oder NSA zu tun haben, werden Anshisers Leitungen allesamt überwacht«, sagte ich. »Und wenn die Sache auffliegt, gibt uns diese Einrichtung einen Vorsprung.«

Den Mietwagen stellten wir vor einem Zimmer neben dem LuEllens ab, wo Licht brannte, und trugen unsere Koffer, den Laptop und unsere Bargeldreserve in LuEllens Raum.

WAS IST?

Kannst du mal schnell checken, ob Anshisers Leitungen überwacht werden?

KLAR. DAUERT 30 MINUTEN.

Brauchst du Geld?

NEIN. LASS TERMINAL AUF EMPFANG.

LuEllen war aufs Bett gefallen, atmete unregelmäßig, stöhnte hin und wieder, schlief aber wenigstens. Mir fielen gerade die Augen zu, als Bobbys Ruf einging und das Terminal automatisch antwortete.

LEITUNGEN SAUBER.

Danke.

»Maggie ist noch nicht zurück, aber es ist alles in Ordnung. Ich habe sie zurückfliegen lassen und vor einer Stunde mit ihr in der Maschine gesprochen. Wir wissen immer noch nicht, was gespielt wird«, sagte Dillon. »Es ist nicht einfach, die richtigen Fragen zu stellen, ohne sich schuldig zu bekennen.«

»Und wenn man nicht weiß, wovon wir reden?«

»Dann müssen wir andere Möglichkeiten in Erwägung ziehen. Whitemark könnte hinter der Sache stecken, aber das halte ich für unwahrscheinlich. Mr. Anshiser fragte sich, ob die Nutzungsart der Wohnung, die Sie gemietet hatten, etwas damit zu tun haben könnte. Hing das Ganze vielleicht mit der Prostitution zusammen, so wie der erste Vorfall?«

»Mumpitz«, sagte ich. »Man bringt doch keinen Menschen um, nur um an Belastungsmaterial für einen Scheidungsprozeß heranzukommen. Nein, diese Kerle wußten, wer wir waren, und kamen, um uns umzubringen.«

»Tja, das glaube ich leider auch«, sagte Dillon. »Maggie sollte jeden Augenblick zurück sein. Sie möchte mit Ihnen reden. Können Sie mir Ihre Nummer geben?«

»Sicher.« Ich nannte ihm die Nummer des Hotels und der Nebenstelle in meinem Zimmer. »Sie soll mich gleich anrufen, wenn sie zurück ist.«

LuEllen stöhnte wieder, sagte: »Dace?« und begann zu erwachen. »Psst«, flüsterte ich, »schlaf weiter.« Sie zog die Stirn kraus, murmelte etwas, war aber bald wieder still. Ich machte das Licht aus, schlüpfte aus den Schuhen, legte den Kopf aufs Kissen und spürte sie neben mir atmen. Das war das letzte, woran ich mich erinnerte, bevor das Telefon klingelte.

15

Das Telefon klang wie der ferne Bohrer eines Zahnarztes. Ich hatte es in eine dicke Synthetikdecke gewickelt und konnte es jetzt nicht finden. Ich stieg aus dem Bett und tappte eine Minute lang in der Finsternis herum, bis ich endlich auf den Apparat trat.

»Was ist?« sagte LuEllen.

»Ich geh' dran.«

Ich nahm ab. »Ja?«

»Kidd? Hier Maggie.«

»Du! Alles in Ordnung?«

»Ja. Bin gerade zurückgekommen und habe mit Dillon gesprochen; morgen setzen wir uns mit Leuten in Washington in Verbindung. Es ist aber noch etwas passiert. Rudy hat einen Zusammenbruch gehabt und ist nun auf dem Weg ins Krankenhaus. Die Ambulanz ist gerade abgefahren.«

»Was fehlt ihm? Herzinfarkt? Schlaganfall?«

»Nein, er fing auf einmal an, zusammenhangloses Zeug zu reden, ganz wirr. Könnte ein Nervenzusammenbruch sein, aber Genaues weiß man nicht. Ich sage dir Bescheid, sobald wir etwas erfahren.«

»Gut.«

»Was ist in der Wohnung passiert?«

Auf meinen knappen Bericht hin fragte sie, ob Dace auch wirklich tot sei.

»Wenn sie nicht mit Platzpatronen geschossen haben, ja. Rattengesicht hat ihn aus kürzester Entfernung dreimal in den Kopf geschossen.«

LuEllen packte mich am Arm. Ich drehte mich halb um und hörte nun das schwache Summen des Alarms. Meine Zimmertür war geöffnet worden.

»Verdammte Scheiße«, sagte ich.

»Wie bitte? Was ist los?« rief Maggie.

»Da draußen ist jemand. Ich muß die Polizei rufen. Wir sprechen uns später«, sagte ich und legte auf.

LuEllen kroch an das einzige Fenster und spähte durch einen schmalen Spalt zwischen Vorhang und Fensterbrett hinaus.

»Beweg bloß den Vorhang nicht!« sagte ich, holte die MAC-10 aus dem Koffer, spannte sie und robbte neben LuEllen.

»Da draußen ist niemand«, sagte sie. Der Summer ertönte weiter. »Man könnte meinen... he, Moment mal!«

Ich schaute über ihren Kopf hinweg nach draußen. Viel war nicht zu sehen, aber ein Mann, der einen dunklen Regenmantel trug, trat vor das Fenster meines Zimmers.

»Die wissen nicht, was sie tun sollen«, flüsterte ich. Der dunkle Schatten entfernte sich, und ich schlich zurück ans Telefon und wählte 911.

»Handelt es sich um einen Notfall?«

»Da können Sie Gift drauf nehmen. Ich bin der Nachtportier vom Motel *Knight's Ease*, und auf dem Parkplatz schleichen zwei Kerle mit MPis rum... verdammt, muß Schluß machen...« Ich knallte den Hörer auf.

»Meinst du, die schicken einen Streifenwagen?«

»Klar. Und wenn die Cops von New Jersey ihrem Ruf gerecht werden, kommen sie mit heulenden Sirenen angetobt – nur für den Fall, daß auf dem Parkplatz *tatsächlich* Kerle mit MPis sind. Das gibt ihnen nämlich Gelegenheit zur Flucht.«

Wir kauerten uns unters Fenster, lauschten, die MAC-10 schußbereit. Wenn die Jäger sich den Nachtportier vornahmen, würde er ihnen von meiner »Sekretärin« erzählen. Also warteten wir in der Finsternis und wagten erst wieder einen Blick, als wir die Sirenen hörten. Wenige Sekunden später gingen zwei Männer über den Parkplatz und stiegen in einem schweren roten Buick mit getönten Scheiben.

»Das sind sie!« hauchte LuEllen. Rattengesicht trug einen braunen Garbardinemantel, der viel zu groß aussah. Der andere war ein massig gebauter Schlägertyp in einem billigen Wollanzug. Er bewegte sich mit der leichtfüßigen Eleganz eines in die Jahre gekommenen Schwergewichtsboxers.

»Allerdings.« Der Wagen fuhr an, und wir sahen ihm nach, bis er die Auffahrt zur Schnellstraße erreicht hatte.

Als das Telefon wieder ging, setzte LuEllen sich in Bewegung, aber ich schnappte sie am Fußgelenk. »Laß das«, sagte ich. Es läutete dreißigmal durch. Als es endlich verstummte, war die Polizei auf dem Parkplatz eingetroffen.

Zwanzig Minuten später und gleich nach dem Abzug der Cops trugen wir hastig das Gepäck und den Computer zum Auto und verließen das Hotel. Wir machten uns nicht erst die Mühe, die Schlüssel zurückzugeben, sondern ließen sie mit einem Zehner auf einer Kommode liegen. Ich rollte die Telefon- und Alarmkabel wieder auf und ließ nur ein fast unsichtbares Loch in der Wand zurück.

»Ehe wir weiter nachdenken, schlafen wir uns erst mal richtig aus«, schlug ich vor. »Fahren wir zurück nach Philadelphia und suchen uns am Stadtrand ein Motel.«

»Die Bundespolizei macht uns also keinen Kummer mehr?« Aus dem Augenwinkel sah ich, daß sie mich scharf musterte.

»Nein.«

»Hast du herausbekommen, was gespielt wird?«

»So ziemlich.«

»Ich bin froh, daß ich es dir nicht sagen muß. Es war kein Zufall, daß Maggie genau in dem Moment anrief, als die beiden Kerle auftauchten. Maggie hat uns verkauft.«

»Da steckt noch mehr dahinter«, sagte ich.

Sie dachte kurz nach und nickte dann. »Rattengesicht war innerhalb von neunzig Minuten hier.«

»Mit dem roten Buick, den wir in Washington gesehen haben. Dillon hat die Kerle einfach mit uns geschickt. Sie müssen nach Philadelphia gefahren und dann unseren Anruf bei Dillon abgewartet haben. Da er mich bat, mich in sechs Stunden wieder zu melden, wußten sie dann, wie weit wir gekommen waren.«

»Himmel noch mal, Kidd, was treiben diese Leute?«

»Keine Ahnung.«

»Vielleicht hat Anshiser eine Abmachung mit dem FBI getroffen.«

»Das bezweifle ich. Das FBI hat kein Interesse daran, die Kleinen zu hängen und die Großen laufen zu lassen. Die ziehen lieber den dicken Fisch an Land.«

»Unglaublich«, sagte LuEllen. »Weißt du noch, wie wir

im japanischen Bad mit Maggie gelacht haben? Ich dachte, sie gehört zu uns, und aus eurer Beziehung würde was.«

»Tja, der Meinung war ich auch.«

»Und Dace ist tot.«

Wir fuhren zum Flughafen von Philadelphia und holten mein Auto. Ehe wir abfuhren, setzte ich mich in einer Telefonzelle mit Hilfe des Laptop mit Bobby in Verbindung.

WAS IST?

Brauche alles, was du über Whitemark/Hellwolf und Anshiser/Sunfire in Erfahrung bringen kannst. Höchste Priorität. Pauschalhonorar 10000 Dollar. Bitte Informationen alle paar Stunden.

TERMINAL AUF EMPFANG LASSEN.

Wir verließen das Flughafengelände und wandten uns wieder nach Westen. Das Auftauchen der beiden Gangster und die unvermeidliche Schlußfolgerung über Maggies Rolle hielten mich hellwach. Ich fuhr durch bis Gettysburg, wo wir im größten Motel abstiegen, das wir finden konnten.

Ich brachte LuEllen zu Bett, rief Bobby an und ließ mir die ersten Daten über Anshiser und *Sunfire* geben. LuEllen verschlief fast den ganzen Tag, wachte nur kurz auf, um etwas zu essen, und schlief dann die ganze Nacht durch. Ich fühlte mich völlig zerschlagen, fuhr aber in die Stadt und holte mir einen weiteren Drucker, damit ich die eingehenden Daten zu Papier bringen konnte. Später am Tag meldete sich Bobby stündlich; das Material kam immer schneller. Der größte Teil war nutzlos: Gerüchte aus Wirtschaftsmagazinen, veröffentlichte Lebensläufe; Dinge also, die ich zum Teil schon vor Beginn der Aktion gesehen hatte.

Am zweiten Tag zog von Westen her eine Gewitterfront heran und setzte dem warmen Spätsommerwetter ein Ende. Als sie sich verzogen hatte, war es Herbst. Der Regen ließ den Park düster und trist wirken. Ich ging mit LuEllen die Cemetery-Höhe entlang und zeigte ihr den Weg, den Picketts Truppen bei ihrem Sturmangriff genommen hatten.

»Sieht ganz einfach aus; das ist doch gar kein richtiger Berg«, sagte sie.

»Ein Steilhang war gar nicht nötig. Den Unionstruppen bot der Kamm während des vorbereitenden Trommelfeuers Deckung. Die Konföderierten überschätzten die Wirkung ihrer Kanonade, erstürmten die Höhe und gerieten in ein Wespennest. An diesem Tag überschritten sie den Zenit; diese Woche besiegelte die Niederlage der Südstaaten. Hier in Gettysburg wurde Lees Offensive abgewiesen, und zur gleichen Zeit nahm Grant im Westen Vicksburg ein.«

Wir hatten uns das Schlachtfeld während einer Regenpause angesehen. Nun aber zog ein grauer Schleier von der Seminary-Höhe und über den Pfirsichgarten heran, hüllte die Kuppen ein. Wir kehrten der Szene den Rücken und traten den Rückzug zum Auto an.

»Heute hätte ich in Mexiko sein sollen«, sagte LuEllen auf der Fahrt zum Motel. Sie starrte aus dem Fenster; Tränen liefen ihr über die Wangen. Mir wollte kein tröstendes Wort einfallen. Wir fuhren schweigend zurück, lauschten dem Takt der Scheibenwischer und dem Zischen der Reifen auf dem nassen Asphalt.

Im Motel wartete eine weitere Datenlieferung. Ich druckte sie aus und begann sie durchzulesen. Zehn Minuten später stutzte ich.

»Das ist aber merkwürdig!« Ich setzte mich im Bett auf.

»Was denn?«

Ich schaute mir die Quelle des Artikels an, den ich gerade las: ein populärwissenschaftliches Magazin.

»Ich habe zwei Hinweise auf ein Lenksystem namens Snagger gefunden. Für *Hellwolf*.«

»Und?«

»Scheint dem String-System sehr ähnlich zu sein. Aber von String habe ich kein Wort gelesen.«

WAS IST?

Brauche alles, was du über String und Snagger in Erfahrung bringen kannst.

Es dauerte sechs Stunden, bis die Daten gesammelt und verarbeitet waren, aber dann waren die Fakten klar genug.

»Ein String-System gab es bei Anshiser überhaupt nicht. Whitemark entwickelte Snagger, ein Lenksystem, von dem man bei Anshiser keinen blassen Schimmer hatte. Vor sechs Monaten, als der Termin für die Ablieferung von Konstruktionsdetails näherrückte, hieß es auf einmal, Whitemark habe einen Knüller. Und Anshiser hatte mit nichts Vergleichbarem aufzuwarten.«

»Anshiser hat also Whitemark bestohlen und nicht umgekehrt?«

»So sieht es aus. Man brauchte unbedingt Zeit, um das Snagger-System zu analysieren und für das eigene Flugzeug zu kopieren. Und da kamen wir ins Spiel. Was man uns da in Chicago vorgespielt hat, war alles Komödie. Und ich bin drauf reingefallen!«

LuEllen saß zusammengesunken auf dem Bett. Das Haar hing ihr schlaff ins Gesicht, sie hatte die Stirn in Falten gelegt, dachte angestrengt nach. Schließlich schüttelte sie den Kopf und schaute auf.

»Na und? Man hat uns also mit einem Trick dazu gebracht, Whitemark eins überzubraten. Was macht das für einen Unterschied? Hätte man dir die Wahrheit gesagt und dir zwei Millionen geboten, würdest du die Aktion wahrscheinlich trotzdem gestartet haben. Gut, man hat uns belogen, aber das ist noch kein Grund, auf uns zu schießen. Und auch jetzt ist die Wahrscheinlichkeit gering, daß wir zur Polizei gehen.«

»Gewiß, aber das, was wir getan haben, wird dadurch viel ernster, besonders für Anshiser. Hätte Whitemark das String-System gestohlen, und Anshiser könnte das beweisen, wäre Whitemark den Zuschlag los, oder es gäbe einen Prozeß, dessen Kosten den Erfolg des Zuschlags zunichte machten. Wenn aber Anshiser das Snagger-System gestohlen und bei Whitemark das Chaos angerichtet hat, um Zeit für eine Kopie zu gewinnen, und Whitemark wäre in der Lage, das zu beweisen...«

»Dann ist Anshiser total ruiniert.«

»Und wenn Anshiser den Job von Außenseitern hat erledigen lassen, darunter ein Journalist, der es schon immer auf die Rüstungsindustrie abgesehen hatte, und eine Einbrecherin, die er noch nicht einmal dem Namen nach kannte...«

»Dann wäre es nützlich, sich dieser Leute ein für allemal zu entledigen«, schloß LuEllen.

Darüber dachten wir eine Minute lang nach.

»Wo hatten sie die Revolverhelden her?« fragte sie.

Ich zuckte die Achseln. »Anshiser ist in der Rüstung aktiv und kennt alle möglichen Leute. Wahrscheinlich haben sie zwei ehemalige Mitglieder der Special Forces aufgetrieben, die Geld brauchten.«

»Und dann sind zwei Männer in den Fall eingeweiht und haben seinetwegen getötet«, wandte LuEllen ein. »Gefährliche Mitwisser also. Ich weiß nicht. Ich finde, das klingt schwach.«

»Man brauchte sie ja nicht in die ganze Geschichte einzuweihen, sondern nur auf die Ziele anzusetzen«, sagte ich. »Mir fällt keine andere Möglichkeit ein.«

Das Motelzimmer hatte zwei Einzelbetten. Als wir uns an diesem Abend schlafen gelegt und das Licht ausgemacht hatten, sagte LuEllen plötzlich: »Ich würd' mich gern zu dir legen, aber nur so, ohne Sex. Ich will nur neben jemand schlafen.«

»Klar, komm rüber.« Sie kuschelte sich an mich, und wir flüsterten noch ein bißchen, bis sie einschlief. Ihr warmer Körper unter der Decke erinnerte mich an Maggie – wie ein schwarzer Fleck in meinem Bewußtsein. Ich döste gerade ein, als der Computeralarm losging. Ich rollte mich aus dem Bett und ging nachsehen.

HIER IST WAS FAUL.

Was?

IN CHICAGO GAB ES MAL EINE DEUTSCHE GANGSTERBANDE. STRAFF ORGANISIERT WIE DIE MAFIA. ANSHISERS VATER

WURDE 1910 WEGEN SCHUTZGELDERPRESSUNG ZU ZWEI JAHREN GEFÄNGNIS VERURTEILT. 1914 WEGEN MORDES UND SCHUTZGELDERPRESSUNG VOR GERICHT; FREISPRUCH. ANSHISER GALT ALS SCHATZMEISTER DES DEUTSCHEN MOBS. WAS DAS BEDEUTET, WEISS ICH NOCH NICHT, GRABE ABER WEITER.

Such nach Material über Anshiser und Konsorten.

ICH HAB SCHON FAST ALLES.

Hast du Zugang zu Dateien von Polizei und FBI?

NEIN. EINMAL PROBIERT, AUF MAXIMALSCHUTZ GESTOSSEN.

Und NCIC?

EINFACH, WENN MAN DIE CODES HAT. DIE BRAUCH ICH ABER.

Und wer hat die?

KRIEG ICH RAUS. MELDE MICH SPÄTER WIEDER. WILLST DU DIE MOB-INFO JETZT HABEN?

Er sandte mir das Material in den Computer. Viel war es nicht, aber fest stand, daß Anshisers Vater im organisierten Verbrechen eine führende Rolle gespielt hatte. Was genau er getrieben hatte, ging aus dem Zeitungsmaterial nicht hervor. Ich hatte es gerade durchgelesen, als Bobby sich wieder meldete: Er hatte einen Namen.

Als LuEllen am nächsten Morgen aufwachte, sah ich sie zum ersten Mal seit dem Mord an Dace schwach und zögernd lächeln.

»Ich hab' eine Neuigkeit, aber ich weiß nicht, wie ich sie dir beibringen soll«, sagte ich.

»Was ist passiert?« fragte sie und wurde wieder ernst.

»Wir müssen noch einmal einbrechen. Wir müssen an ein paar Codes rankommen.« Ich erzählte ihr von Anshisers Vater und seiner Verbindung zum organisierten Verbrechen. »Wir müssen an die Daten in einem Polizeicomputer heran. Bobby hat einen Mann für uns ausfindig gemacht. Der hat von seinem Heimcomputer aus Zugang zum NCIC, einer nationalen Polizeidatei.«

»Sag mal, ist dieser Mann womöglich...«

»Genau. Er ist ein Cop.«

16

Der Cop hieß Denton und war der Verbindungsmann zwischen der Washingtoner Polizei und dem National Crime Information Center. Er überwachte die Eingabe von Daten, die in der Stadt gesammelt worden waren.

»Bei einem Cop bin ich noch nie eingebrochen«, sagte LuEllen. Sie machte sich Sorgen.

»Kann auch nicht schlimmer sein als bei den andern. Vielleicht hat er bessere Schlösser.«

Wir verließen Gettysburg. Im Süden und Westen sahen wir blauen Himmel, aber über der Stadt selbst hingen noch dicke schwarze Wolken. Vor uns zog ein Sattelschlepper einen Gischtschleier hinter sich her und wehrte entschlossen alle Überholversuche der Fahrzeuge hinter sich ab. Wir gingen auf achtzig herunter, dann auf siebzig, und richteten uns auf eine lange Fahrt ein.

»Es könnte noch ein Problem geben«, sagte LuEllen. »Als ich mit Dace in der Stadt gefahren bin, habe ich kaum einen weißen Cop gesehen. Wenn unser Mann schwarz ist und in einem schwarzen Viertel wohnt, werden wir von der ganzen Straße angestarrt.«

»Stimmt, Bobby sagt, er sei schwarz. Aber er wohnt draußen in Bethesda und kann sich das wohl leisten, weil er Lieutenant ist und seine Frau einen wichtigen Job bei der Handelskammer hat.«

»Und es ist unbedingt nötig?« fragte LuEllen.

»Ja. Wir müssen rausbekommen, was los ist.«

»Na schön. Aber wenn wir in der Scheiße landen: Sag nicht, ich hätte dich nicht gewarnt.«

Als wir in Bethesda ankamen, schien die Sonne, und die Wolken waren nach Nordwesten geweht worden. Auf den noch nassen Straßen klebte trockenes Eichenlaub, und es roch kühl und sauber.

Die Dentons wohnten in einem niedrigen Haus aus Naturstein und Holz auf einem Grundstück mit hohen Bäumen und einem schmalen, abfallenden Vorgarten. Keine Spur von besonders grünen Grasbüscheln. Links an das Haus schloß sich die Garage an. Ein hoher grauer Bretterzaun trennte den Garten vom Nachbargrundstück.

»Guck dir den Zaun an«, sagte ich, als wir zum ersten Mal vorbeifuhren. »Da scheint jemand was gegen schwarze Nachbarn zu haben.«

»Das hat einen anderen Grund«, sagte LuEllen nüchtern. »Siehst du, der Nachbar hat ein Schwimmbecken. Laut Gesetz muß ein Grundstück mit Pool eingezäunt sein, damit Kinder nicht so leicht da reinkommen.«

Wir fuhren ein zweites Mal vorbei. Haus und Garten waren ordentlich und gepflegt.

»An Geld fehlt's hier nicht«, sagte ich. »Vielleicht sollten wir nachprüfen, ob sie ein Dienstmädchen haben.«

»Ein schwarzer Cop, der sich Dienstboten hält? Nie im Leben, wenn der Mann im Beruf weiterkommen will. Komm, suchen wir uns ein Telefon und rufen die Leute an. Wenn sie bei der Arbeit sind, schlagen wir sofort zu.«

»Bist du auch ganz sicher?«

»Klar.« Sie klang grimmig, angespannt, zornig. Ich musterte sie und fuhr langsamer.

»Du, wenn du das nur tust, weil du Angst hast oder Dace rächen willst, lassen wir es bleiben. Ich glaube ihm ist nicht geholfen, wenn wir geschnappt oder erschossen werden.«

»Ich hab' Schiß, und ich will Rache für Dace, aber ich bin nicht verrückt.« Sie schaute mich an. »Das Haus sieht gut aus. Niemand zu Hause, kaum ein Mensch auf der Straße. Jetzt ist der beste Zeitpunkt.«

An der ersten Seitenstraße bog ich links ab und fuhr zu einem Einkaufszentrum. LuEllen holte ihr Kokain aus der Handtasche und schnupfte die erste Dosis, als wir an einem Telefon hielten.

Wir erreichten Mrs. Dentons Sekretärin, nicht aber Mrs.

Denton selbst; die sei in einer Besprechung. Wir ließen ausrichten, Bob habe angerufen. Den Cop erreichten wir nicht. Er sei zwar im Dienst, sagte eine Frau, wäre aber vielleicht früher als sonst in die Mittagspause gegangen. Wir wählten die Privatnummer der Dentons. Keine Antwort. Ich schnitt den Hörer ab, und LuEllen holte tief Luft.

»Dann nichts wie los«, sagte sie.

»Wirklich? Du machst mich nervös.« Ich schob den Telefonhörer unter den Sitz.

»Ich bin nervös. Vielleicht weil er ein Cop ist«, sagte sie. Sie hatte eine Zellophantüte Kokain in der Handfläche. »Los, bringen wir's hinter uns.«

Wir ließen das Auto auf einem Parkplatz stehen und gingen zu Fuß zu den Dentons. Ein Oldsmobile fuhr an uns vorbei; der Fahrer hob zum Gruß einen Finger. Ich nickte zurück; LuEllen hob eine Hand. Wir warteten, bis der Olds um die nächste Ecke fuhr, und bogen dann in die Einfahrt der Dentons.

Ein kleines Fenster mit Jalousie, das vermutlich zur Küche oder zum Bad gehörte, war schräg offengestellt. Wir konnten das Telefon hören, als wir auf das Haus zugingen.

»Moment mal«, sagte LuEllen, als wir die Garage erreichten. In das Tor waren Fenster eingelassen, durch die sie nun spähte.

»Sehr gut«, murmelte sie geistesabwesend.

Nach einem Blick auf die Straße führte sie mich ums Haus, zwischen Garagenwand und den Zaun des Nachbarn. Eine Tür an der Rückseite der Garage stand offen. Wir gingen hinein.

»Schön diskret«, sagte LuEllen. Die Garage bot Raum für zwei Autos; beide Plätze waren leer. An einer Wand stand ein Rasenmäher, der schwach nach Benzin und Gras roch. An einer anderen Wand hingen Angelruten und ein Kescher, darunter standen Säcke mit Vogelfutter und Kunstdünger. An den Dachbalken hingen zwei Fahrräder. Neben der Tür zum Haus standen zwei grüne Mülltonnen.

LuEllen griff nach dem Türknopf: verschlossen. Wir standen auf einer Fußmatte. Sie stieß mich beiseite und hob sie an: nichts darunter. Dann suchte sie die Wände ab und schaute schließlich hoch zu den Schienen der Garagentür.

»Kommst du da dran?« fragte sie.

»Ja, wenn ich mich auf die Mülltonne stelle.« Ich stieg auf die Tonne, tastete die Schiene ab, fand einen Schlüssel und ließ ihn in LuEllens offene Hände fallen.

»Voilà«, sagte sie. »Cops können genauso dumm sein wie jeder andere.« Sie öffnete die Tür und setzte ihre Hundepfeife an. Keine Reaktion. »Hallo, jemand zu Hause?« rief sie. Das Telefon klingelte weiter.

Wir gingen hinein, LuEllen nahm den Hörer ab und legte ihn wieder auf.

»Diesmal schlagen wir nichts kaputt, sondern holen uns nur, was wir brauchen. Er braucht gar nicht zu ahnen, daß jemand hier war«, sagte sie.

Der Grundriß war rein funktionell. Küche, Eßzimmer, Wohnraum, Arbeitszimmer, zwei Schlafzimmer und diverse begehbare Einbauschränke, alles entlang der Querachse angeordnet. Von der Garage aus betrat man die Küche; so waren Lebensmitteleinkäufe auf dem kürzesten Weg zu entladen. Auch das Souterrain erreichte man über die Küche; die Tür befand sich genau gegenüber vom Garageneingang. Die Haustür war ungefähr in der Mitte des Hauses.

Wir schauten uns im Erdgeschoß um, entdeckten aber nirgends einen Computer. Im Souterrain fanden wir vier Räume. Der Allzweckraum enthielt Waschmaschine, Trockner, Heizkessel und Boiler und eine Werkbank, auf der allerlei Gerät lag. Daneben gab es ein kleines, gekacheltes Atelier mit einem Webstuhl, der eine hübsche, halbfertige Arbeit enthielt. Eine andere Webarbeit hing an der Wand. Den Initialen ›D. D.‹ in einer Ecke nach zu schließen war der Cop, der mit Vornamen David hieß, der Weber.

Es schloß sich ein gemütliches Familienzimmer mit Fernseher, Sofa und zwei bequemen Sesseln an. Hier stand auch der Computer in einer Nische, zusammen mit einem Aktenschrank, ein paar Computerbüchern, einem Drucker und einem Kasten für Disketten. Über diese Nische erreichte man den vierten Raum, eine Toilette.

LuEllen war ungeduldig und drängte zur Eile. »Los, mach voran«, sagte sie, als ich den Computer einschaltete. Denton verfügte über ein Standard-Kommunikationsprogramm, das ich kopierte, aber eine Codeliste war nirgends zu entdecken. Auf den Disketten schienen nur Privatkonten und Spiele zu sein. Ich suchte sie eine nach der anderen ab; die Minuten verstrichen, und mir trat der Schweiß auf die Stirn.

»Such im Aktenschrank und im Schreibtisch nach etwas, das wie eine Liste oder eine Seriennummer aussieht«, flüsterte ich LuEllen zu. »Vielleicht hat er so etwas direkt auf den Tisch oder auf einen Aktendeckel geschrieben.«

»Gut«, wisperte sie zurück. Auf einmal wagten wir nicht mehr, laut zu reden.

Ich schraubte die Abdeckung der Telefonsteckdose ab und baute eine Wanze ein. LuEllen blätterte die Akten im Schrank durch und nahm sich den Schreibtisch vor – aber ergebnislos.

»Sieh unter den Buchumschlägen nach«, sagte ich.

Sie ging ans Werk, und ich schraubte die Steckdose wieder zu.

Als sie das letzte Buch zurück ins Regal stellte und ich den Schraubenzieher in die Tasche warf, hörten wir, wie das Garagentor auf ging.

Wir erstarrten und schauten uns entsetzt an. Ein Takt Stille, noch einer, und dann schlug eine Autotür.

»Scheiße!« zischte LuEllen. Die Garagentür ging mit einem Schlag zu. Ihr Gesicht war totenblaß. »Und als Polizist ist er natürlich bewaffnet.«

»Hast du die Tür hinter uns abgeschlossen?«

»Natürlich.«

»Und was jetzt?«

»Los, räum unseren Kram zusammen!« flüsterte sie.

Werkzeug, unbenutzte Wanzen und Disketten flogen in unsere Taschen.

»Schnell, da rein«, sagte sie und schob mich in die Toilette. Sie drehte sich um und überzeugte sich noch einmal, daß wir in der Computerecke nichts zurückgelassen hatten; dann folgte sie mir und schloß leise die Tür.

»Mach das Fenster auf«, befahl sie flüsternd.

Das Toilettenfenster war unten angeschlagen und ließ sich nur um fünfundvierzig Grad öffnen.

»Da passen wir nie durch«, wisperte ich. »Warten wir ab, vielleicht geht er gleich wieder weg.«

Ein Klicken, dann ein Brummen. LuEllen schüttelte den Kopf. »Das war die Klimaanlage. Er bleibt also eine Weile hier. Und ich kann dir noch etwas sagen: Er wird uns finden. In zehn Minuten ist er hier unten.«

»Wie willst du das wissen?« Oben stampfte jemand durch die Küche – dem Klang nach ein kräftiger Mann.

»Das ist einfach so. Erklären kann ich's auch nicht«, sagte LuEllen. »Versteckst du dich im Kleiderschrank, wird in den Kleiderschrank geguckt. Legst du dich unters Bett, schaut man unters Bett. Los, mach das Fenster auf.«

Ich zog es auf. »Hilf mir mal hoch«, sagte LuEllen. Ich packte sie, und sie stemmte sich gegen das Fliegengitter vorm Fenster, bis der Rahmen sich mit einem Krachen löste.

»Scheiße!« flüsterte ich.

»Macht nichts, die Klimaanlage übertönt das«, grunzte LuEllen. »Und jetzt stemmst du mich so hoch, wie du kannst. Bis unter die Decke.« Ich streckte die Arme aus, und sie hatte nun die Hände auf dem Rasen. LuEllen, die stahlharte Bauchmuskeln hat, machte ihren Unterkörper steif wie ein Brett, und ich schob sie über die Fensterscheibe hinweg nach draußen ins Gras.

LuEllen ist zierlich und paßte gerade so durch. Meine Chance, ihr zu folgen, war gleich Null.

»Reich mir die Tasche raus«, flüsterte sie. Als sie sie entgegengenommen hatte, drückte sie den Rahmen des Fliegengitters wieder zurück. »Wenn du mich reden hörst, marschierst du durch die Garage aus dem Haus und wartest hinterm Zaun auf mich. Klar? Und mach das Fenster hier zu.« Ich hatte keine Ahnung, was sie meinte. Sie schaute noch einmal auf mich hinab und war dann verschwunden. Ich schloß das Fenster und verriegelte es.

Eine Sekunde darauf kam Denton die Treppe zum Souterrain herunter. LuEllen hatte recht gehabt: Er mußte mich finden. Ich wich von der Toilettentür zurück und baute mich kampfbereit auf. Wenn es mir gelang, ihn mit einem kräftigen Schlag außer Gefecht zu setzen, konnte ich fliehen. Doch wenn ich ihn verfehlte, bekam ich es mit einem bewaffneten Polizisten zu tun, der in seinem eigenen Haus angegriffen worden war. Die Tür zum Familienraum ging auf; ich begann flacher zu atmen.

Es klingelte an der Tür. Denton grunzte und ging wieder die Treppe hinauf. Ich machte behutsam die Toilettentür auf. Vom unteren Ende der Souterraintreppe aus bekam ich mit, wie er die Haustür aufmachte. Eine wirr klingende LuEllen erkundigte sich nach einem Park, *mit einer Freundin zum Tennis verabredet, falsche Adresse bekommen, bin halt zu Fuß suchen gegangen, nach dem Regen riecht's draußen so gut...*

Denton trat vor seine Haustür. Ich ging durch die Küche zur Garagentür, nahm mit surrealer Klarheit das Salamibrötchen auf dem Tisch wahr, die drei Briefe daneben, ein altes Reklameposter für Erdnußbutter an der Wand; es war wie ein Kameraschwenk in Zeitlupe. Ich widerstand der Versuchung, in das Brötchen zu beißen, machte lautlos die Tür zur Garage auf, ging um den Ford Taurus herum, der nun dort stand, und verdrückte mich. Zehn Sekunden später stand ich zwischen Garagenwand und Zaun. LuEllen marschierte mit ihrer Tasche den Gehweg entlang, winkte und lächelte Denton zu. Ich hörte, wie die Haustür geschlossen wurde.

»Verfolgen Sie die Frau?«

Eine Stimme ganz in meiner Nähe; mir wäre fast das Herz stehengeblieben. Ich schaute zum Zaun hinüber; dort lugten zwei kleine blaue Augen durch einen Spalt zwischen den Brettern. Ein Mädchen, höchstens vier Jahre alt.

»Klar, aber das ist nur ein Spiel«, sagte ich.

»Was für ein Spiel?«

»So was wie Verstecken«, sagte ich. »Es muß aber geheim bleiben!«

»Ehrlich?« fragte sie mißtrauisch.

»Aber sicher. Guckst du denn nie fern?«

Das gab ihr zu denken. Ich nahm an, daß Denton genug Zeit gehabt hatte, sein Brötchen zu holen und nach unten zu gehen, schlenderte durch die Einfahrt und ohne nach rechts oder links zu schauen hinaus auf die Straße.

LuEllen war fünfzig Meter vor mir. Als wir außer Sichtweite waren, joggte ich los und holte sie ein.

»Sag jetzt bloß nichts.«

»Danke, daß du mich da rausgeholt hast.«

»Ich kann jetzt nicht reden. Bin viel zu aufgekratzt.«

Zwei Minuten später waren wir zurück am Auto. Als wir anfuhren, schniefte LuEllen wieder eine Dosis. »Mann, ist das geil!«

»Das Zeug, das du dir reinziehst?«

»Nein, die ganze Aktion. Rein und wieder raus. Ich bin derart high, ich könnte glatt abheben.«

Wir nahmen ein Hotel im Zentrum von Washington, das – günstig für uns – eine automatische Telefonzentrale hatte. Am Abend wählten wir die Wanze in Dentons Haus an, aber der Anschluß war nicht aktiv. Ich legte mich aufs Bett, las ein Kunstmagazin und wartete auf den Ton, der eine Datenübertragung anzeigte.

LuEllen wusch sich die Haare. Sie ließ die Badezimmertür offen, warf ihre Sachen auf den Klodeckel und marschierte nackt und rosa vor mir hin und her. In der Nacht schliefen wir wieder im selben Bett. Am Morgen erwachten wir aneinandergeschmiegt, und sie rieb im Schlaf ihren Hintern an meinem Bauch. Irgendwann murmelte sie: »He, da ist ein Bleistift im Bett!«

»Von wegen Bleistift!« sagte ich.

»Bloß der nicht!« sagte sie und wälzte sich lächelnd weg. Als sie mein Gesicht sah, verschwand das Lächeln langsam. »Tut mir leid, aber dafür ist es noch zu früh. Wenn wir jetzt miteinander schlafen, muß ich vielleicht an Dace denken, und dann wäre die Sache für immer ruiniert.«

Den Tag verbrachten wir in der Umgebung des Hotels – am Schwimmbecken, in der Buchhandlung, vorm Fernseher. Am Abend stellte Denton eine Verbindung zum NCIC her. Wir bekamen die ganze Transaktion auf unserem Schirm mit. Ich war wie vor den Kopf geschlagen: Es gab so gut wie keine Sicherheitsmaßnahmen. Er meldete sich mit seinem Namen und einem Kennwort – ›Weber‹ – und einer Nummer. Und damit war er schon drin.

WAS IST?

Ich hab den Zugangscode für NCIC. Wäre mir lieb, wenn du die Suche übernehmen könntest – alle leitenden Angestellten des Anshiser-Konzerns sind zu überprüfen.

DANN GIB MAL DIE CODES RÜBER.

Wir schliefen wieder im selben Bett, was mir diesmal leichter fiel, weil es nicht lange dauerte. Kurz nach sieben in der Frühe begann der Computer zu piepen. Bobby kündigte eine ganze Ladung Daten an. Ich schloß den Drucker an und ließ ihn die eingehenden Informationen ausdrucken.

Tja, und da war sie, die ganze Bescherung – im Computer des NCIC. Gewußt wo, das war alles. Anshiser hatte schon als Jugendlicher mit dem Mob zu tun gehabt. Sein Vater hatte als Bankier und Geldwäscher für die Hälfte aller Verbrechersyndikate im ganzen Land fungiert. Er genoß Vertrauen, und seine Buchführung war über jeden Tadel erhaben.

Anshiser verfeinerte die Methoden seines alten Herrn noch. Er lenkte schmutziges Geld in legale Kanäle um – Verkaufsautomaten, Entsorgungsbetriebe, Spielkasinos in Atlantic City, Reno, Las Vegas und der Karibik, Hotels in Chicago, Los Angeles, San Diego, Dallas, Miami, Philadelphia, Freeport und einem halben Dutzend anderer Touristenattraktionen. Das FBI hatte den Verdacht, daß er Riesensummen aus dem Drogenhandel über seine Kasinos wieder in Umlauf brachte. Das Verfahren war einfach genug: Ein Dealer hat, sagen wir, einen Koffer voller Zehn-Dollar-Scheine – eine etwas unglückliche Art, sein Geld zu transportieren. Bring es zu Anshiser, pump es durch die Firma, und heraus kommt ein handliches Paket Tausender – abzüglich zehn Prozent Provision –, das bereit ist, irgendwo in die Dritte Welt zu reisen.

Wer sein Geld in Entsorgungsfirmen investierte, konnte mit raffinierteren Methoden rechnen. Anshisers Manager hatten zum Beispiel einmal eine Firma mit Liquiditätsschwierigkeiten und einem veralteten Fuhr- und Maschinenpark, aber gutem Potential ausgemacht. Ein anonymer Rauschgifthändler hatte zwei Millionen in bar, die er in den USA anlegen wollte – aber wie sollte er dem Finanzamt die Herkunft des Geldes erklären? Also gab er es Anshiser und erhielt im Gegenzug Aktien des kränkelnden Entsorgungsbetriebs im Wert von fünfzigtausend Dollar. Anshiser schickte einen seiner hartgesottenen Sanierer in die Firma. Mit neuem Gerät von anderen Anshiser-Betrieben, ohne Kosten für die neue Firma, wurde sie wieder auf die Beine gestellt, und bald besaß der Dealer Aktien im Wert von anderthalb Millionen und wurde von Anshiser ausgezahlt. Der Rauschgifthändler entrichtete seine Steuern und hatte nun statt unmöglich zu deklarierender zwei Millionen in bar eine völlig legale Million nach Steuern auf der Bank. Anshisers Leute nahmen sich fünfhunderttausend und besaßen einen florierenden Entsorgungsbetrieb.

Um zehn hatten wir die Ausdrucke gelesen und gingen ins

Einkaufszentrum, um Croissants zu essen und Kaffee zu trinken. Am Tisch fiel mir das Denken schwer.

»Ich hab' mich richtig an der Nase rumführen lassen«, sagte ich schließlich. LuEllen saß mir gegenüber und schaute mich an. »Es war so viel Geld im Spiel, daß ich nichts falsch machen wollte. Wir hätten aussteigen sollen, als das Rattengesicht uns zum ersten Mal in die Quere kam. Es war doch von Anfang an klar, daß da etwas nicht stimmte. Ich habe Bobbys Potential nicht voll genutzt. Ich hätte ihn gegen unbegrenztes Honorar Anshiser und alle anderen Beteiligten durchleuchten lassen sollen. Hätten wir von Whitemarks Snagger-Programm erfahren, hätten wir gewußt, daß da etwas faul war. Hätten wir gewußt, daß Anshisers Vater ein Gangster war, wären wir gewarnt gewesen.«

»Wenn Schweine Flügel hätten«, sagte LuEllen und starrte die Lampe an.

»Danke. Das hab ich gebraucht.«

»Hör auf zu jammern, verdammt noch mal«, fauchte LuEllen. »Sag mir lieber, warum man überhaupt dieses Rattengesicht auf uns angesetzt hat. Das kapiere ich nämlich immer noch nicht. Maggie hatte uns doch unter Kontrolle.«

»Sie haben es mit der Angst zu tun bekommen«, sagte ich. »Maggie rief damals in Chicago an, um unsere Fortschritte zu melden. Man zog Computerfachleute hinzu. Als ich ihnen dann unseren Angriffsplan erklärte und sie sahen, was möglich war, haben sie angefangen, sich Sorgen zu machen. Ich glaube, sie wollten sich erst einmal näher über uns informieren. Maggie hat ihnen alles erzählt, was sie mitbekommen hatte, aber sie versteht halt nicht viel von Computern. Wäre es ihnen gelungen, unsere Leitung zu verwanzen, hätten sie sich unser Angriffsprogramm in allen Einzelheiten ansehen können. Siehst du, und aus diesem Grund war die Wanze auch so primitiv – wir hatten es nämlich mit Gangstern zu tun und nicht mit NSA, CIA oder FBI.«

»Ausgerechnet der Mob«, sagte LuEllen, die das komisch zu finden schien.

»Mir kommen die Kerle eher wie ganz gewöhnliche Kriminelle vor«, sagte ich.

»Was stellst du dir denn unter dem Mob vor? Italiener mit wattierten Schultern und Geigenkästen unterm Arm?«

»Ach was. Aber sehr organisiert schienen sie mir nicht zu sein. Ich habe den Eindruck, daß sie sich einfach kennen.«

»Genau das ist ein Mob: Leute, die sich einfach kennen. Unser Mob ist entstanden, weil du mich und Dace gekannt hast.«

»Als Mob kann man uns wohl kaum bezeichnen«, sagte ich.

»So? Was sind wir dann sonst?«

Ich dachte kurz nach. »Eine Bande«, sagte ich fest.

»Meinetwegen, dann sind wir halt eine Bande«, sagte sie. »Ich verstehe aber immer noch nicht, warum Anshiser diese ganze Sache angefangen hat. Er hat doch schon mehr Geld, als er ausgeben kann.«

Ich zuckte die Achseln. »Vielleicht genießt er es. Vielleicht läßt man ihm keine andere Wahl. So etwas muß profitabel sein. Diese Typen haben vielleicht hundert solcher Dinger laufen«, sagte ich. »Wer weiß, wieviel sie bei schwarzen Geschäften einstreichen? Dreißig, vierzig oder fünfzig Millionen im Jahr, alles versteckt und undeklariert? Wetten, daß im ganzen Anshiser-Konzern höchstens fünf Leute durchblicken? Anshiser, Dillon, Maggie und vielleicht noch zwei Mitarbeiter in der Villa.«

»Nun, Kidd, was meinst du?« fragte LuEllen. »Ist das besser oder schlechter, als mit dem FBI zu tun zu haben?«

»Besser. Viel besser«, sagte ich. »Eine Entscheidung des FBI geht in die Bürokratie ein, und gegen eine Bürokratie ist noch niemand angekommen. Wenn die es ernsthaft auf dich abgesehen haben, erwischt es dich auch früher oder später. Hätten wir es mit dem FBI zu tun, bliebe uns nur die Flucht. Brasilien oder ein anderes Entwicklungsland. Da unser Gegner aber eine Firma ist, eine Bande mit Anshiser an der Spitze, sollten sich Druckmittel finden lassen.«

Darüber dachte sie kurz nach und nickte dann. »Noch etwas«, sagte sie dann, und ihr Gesicht sah sehr ernst und kalt aus. »Als ich das FBI verdächtigte, wußte ich nicht, was ich wegen Dace unternehmen sollte. FBI-Agenten sind schließlich auch Polizisten. Aber diese Kerle sind nur gemeine Verbrecher«, sagte sie und packte mein Handgelenk so fest, daß sich die Nägel in meine Haut bohrten. »Sie müssen sterben. Wie Dace.«

17

Drexel, der Waffenhändler, war nicht überrascht, als er uns wiedersah.

»Was darf's sein?« fragte er. »Wollen Sie um- oder aufrüsten?«

»Aufrüsten«, sagte ich. »Ich brauche ein M16.«

»Auf welche Entfernung wollen Sie schießen?« Wir folgten ihm durchs Wohnzimmer und die Kellertreppe hinunter. Frau und Tochter waren nirgends zu sehen.

»Keine Ahnung, könnte ziemlich weit sein.«

»Ah, da haben Sie Glück«, sagte er heiter und öffnete einen Gewehrschrank. »Ich war gerade draußen auf unserer Farm und habe ein Gewehr mit Zielfernrohr zur Hand. Genau gesagt ein M16/A2. Ich habe es erst vor drei Tagen justiert.«

Er streichelte die Waffe und musterte sie liebevoll wie eine Freundin. Dann reichte er sie mir. Sie war tiefschwarz, lang, kalt und schwer. »Ein ähnliches Modell haben Sie bestimmt beim Militär benutzt.«

»Ja.« Ich richtete das Gewehr auf die Darts-Scheibe am Ende des Kellerraums und konnte durchs Zielfernrohr die Einschlaglöcher der Wurfpfeile erkennen.

»Einige Unterschiede gibt es«, fuhr er fort, »aber die brauchen Ihnen keine Sorgen zu machen. Sie verschießen schwerere Munition, ein Hornady 4.4 Gramm Hohlspitzgeschoß, das Ihnen über hundertfünfzig Meter exzellente Treffsicherheit bietet. Diese Waffe wandert bei Dauerfeuer nach oben aus. Schießen Sie also über kurze Entfernungen bei Dauerfeuer aus der Hüfte und lassen Sie die Waffe nach oben gehen. Das sollte dann alles abdecken.«

Oder alle Leute, die ich vorhatte zu töten.

Ich kaufte drei Magazine und vier Schachteln Munition. Umsonst bekam ich einen langen Pappkarton dazu, auf dem ›Vorhangstangen‹ stand.

»Eine minimale Tarnung, falls Sie angehalten werden«, sagte er und schob die Waffe in den Karton. »Bitte nicht gegen das Zielfernrohr stoßen. Am besten klemmen Sie den Kasten im Kofferraum ein, damit er nicht herumrollt. Wenn Sie ein bißchen Zeit haben, holen Sie die Waffe heraus und überprüfen sie sicherheitshalber.«

»Sicher ist sicher«, sagte LuEllen.

»Was du heute kannst besorgen...« gab Drexel zurück.

Ich legte für alles zweitausendfünfhundert auf den Tisch. Als wir hinausgingen, erkundigte er sich, ob wir die anderen Waffen schon benutzt hätten.

»Nein, bisher noch nicht«, sagte LuEllen.

»Wenn's geht, hätte ich gerne gehört, wie sie funktioniert haben«, sagte er freundlich. »Außerdem nehme ich Waffen in neuem oder fast neuem Zustand nach Gebrauch zu fünfzig Prozent des Kaufpreises zurück. Sind sie beschädigt, gibt es natürlich weniger.«

»Danke, das werden wir uns merken«, sagte ich.

»Irrer Typ«, sagte LuEllen, als wir wegfuhren. »Wie eine Kreuzung zwischen einem Oberpfadfinder und Alfried Krupp.«

Ich wäre beinahe den Bürgersteig hochgefahren.

»Alfried Krupp?«

»Ich lese tatsächlich das ein oder andere Buch«, sagte sie trotzig. »Du tust so, als sei ich der letzte Trottel.«

Dace hatte LuEllen nur einmal mit zu seiner Hütte in West Virginia genommen, und das war vor Maggies Erscheinen gewesen. LuEllen konnte sich nicht erinnern, davon erzählt zu haben.

Die Hütte, sagte sie, lag an einem Bach, in dem angeblich zwei Forellen lebten. Dace hatte allerdings gestanden, nie eine zu Gesicht bekommen zu haben. Die nächste Hütte stand knapp einen Kilometer stromabwärts. Stromaufwärts gab es keine menschliche Ansiedlung.

»Dace mochte die Hütte, weil sie so abgelegen war«, sagte LuEllen. »Der Boden ist unfruchtbar, das Holz im Wald taugt nichts, und so gibt es nur ein paar Hütten am Bach. Dace hat gesagt, wenn es schneit, ist sie völlig von der Außenwelt abgeschnitten. Er war einmal im Winter hier und hat sich fast den Arsch abgefroren, bevor er wieder rauskam.«

Die Straße, sagte sie, sei auf keiner Karte eingezeichnet. Ich war mir nicht so sicher und kaufte vorsichtshalber eine Karte des Countys in großem Maßstab.

»Du hast recht«, sagte LuEllen, als wir die Karte auf der Motorhaube aufgerollt hatten. »Da ist sie.« Sie fuhr mit dem Zeigefinger an einem schmalen Fahrweg entlang, der dem Greyling Creek zwischen zwei Schotterstraßen durch die Hügel folgte.

»Gut, daß wir das wissen. Dillon wird sich diese Karte besorgen. Wenn ich Maggie den Weg beschreibe, kommen die Gangster bestimmt aus der entgegengesetzten Richtung. Darauf kannst du dich verlassen.«

Der Fahrweg zu Dace' Hütte verlief parallel zum Bach, der rechts hin und wieder zu sehen war. Zur Linken zog sich ein teilweise bewaldeter Höhenrücken hin, der sechzig Meter zum Kamm hin anstieg. Wir folgten einer Freileitung, die an sechs Hütten und zwei halbzerfallenen Scheunen vorbeiführte und bei Daces Häuschen endete.

Daces Hütte stand hoch überm Bach und war wie die anderen ein primitiver Holzbau. Das Dach war mit grüner Teerpappe gedeckt. Im Hintergrund stand, umgeben von Tannen, ein Plumpsklo, in dessen Tür eine schmale Mondsichel eingeschnitten war. Zwischen zwei Bäumen war eine Wäscheleine gespannt.

»Dace sagte, alle paar Jahre gäbe es hier wüste Überschwemmungen«, sagte LuEllen, als wir auf der Freifläche anhielten, die als Parkplatz diente. »Da weiter oben fast der ganze Wald abgeholzt worden ist, hält nichts mehr das Wasser zurück.«

Ich stieg aus und schaute mich um. Das Wetter hatte sich gebessert; es war zwar kühl, aber heiter. Dace hatte die Bäume zwischen der Hütte und dem Bach ausgedünnt, so daß man einen hübschen Blick aufs Wasser hatte. In Minnesota und Wisconsin waren die Fische jetzt bestimmt fett und bissen wie verrückt. Zeit, daß ich mal wieder zum Angeln kam.

Während ich mich in der Umgebung umsah, stapfte LuEllen durchs Laub zu einem kleinen Kräutergarten neben der Veranda, hob einen flachen Stein auf, holte eine Flasche aus dem Boden, schraubte den Verschluß auf und schüttelte einen Schlüssel heraus.

»Sein Ersatzschlüssel«, erklärte sie.

Das Innere der Hütte war so schlicht wie ihr Äußeres. Es gab einen Elektroherd mit zwei Platten, einen Holzofen, einen Tisch und ein paar Stühle, ein Sofa, einen Stoß alter Zeitschriften, und hinter einer Trennwand zwei Betten und einen Schrank. Ich holte das Gepäck, und dann machten wir es uns bequem.

An diesem und dem nächsten Tag erkundeten wir zu Fuß die Umgebung. Auf der Höhe über dem Weg gab es weite, grasbewachsene Lichtungen, die vielleicht einmal Weideland gewesen waren, aber es waren nirgends Tiere zu sehen. Auf den Wiesen wucherten Himbeeren und junge Bäume. Der Geländestreifen zwischen Weg und Bach war dicht bewaldet.

Wir fanden einen akzeptablen Hinterhalt zweihundert Meter unterhalb der Hütte und eine vorzügliche verdeckte

Stellung siebzig Meter bachaufwärts. Die höhere Position war besser. Und dort rechnete ich mit ihnen.

»Ich möchte Maggie sprechen.«

Es entstand eine lange Pause. »Ja, sie ist im Haus«, sagte Dillon. »Es wird eine Minute dauern.« Eine lange Minute später meldete sich Maggie.

»Warum hast du das getan?« stieß ich verbittert und kalt hervor. Ich brauchte mich nicht zu verstellen.

»Ich kann nichts dafür«, erwiderte sie hastig. »Aber ich hatte schon erwartet, daß du mir die Schuld gibst. Es war Rudy. Als er erkannte, was wir Whitemark angetan haben, und was seiner Firma vielleicht drohte, geriet er in Panik. Der Mann liegt im Krankenhaus und kommt wahrscheinlich nicht wieder heraus. Die Ärzte wissen noch nichts Genaues, tippen aber auf einen Gehirntumor. Aber glaube mir, ich hatte nichts mit der Sache zu tun, und Dillon auch nicht.«

LuEllen, die neben mir stand und mithörte, flüsterte: »Dace?«

»Was ist aus Dace geworden?«

»Erschossen«, sagte Maggie schlicht. Sie klang leise und verletzt. »Diese Arschlöcher haben ihn einfach umgebracht. Dich und LuEllen hätten sie auch erschossen. Auf deinen Anruf hin stellte Dillon Rudy zur Rede, und es gab einen Streit, der zu Rudys Zusammenbruch führte. Sowie wir festgestellt hatten, wie diese Männer zu erreichen waren, riefen wir sie zurück. Sie sind schon längst außer Landes.«

Ich schwieg, bis sie »Hallo?« sagte.

»Was wurde aus Daces Leiche? Liegt sie noch in der Wohnung?«

»Nein, wie ich höre, hat man sich ihrer... entledigt. Einzelheiten weiß ich nicht.« LuEllen packte meinen Arm und schloß die Augen. Unter ihren Wimpern traten Tränen hervor.

»Erklär mir doch mal, woher sie wußten, wo wir waren«, sagte ich und machte Druck. »Nach Philadelphia konnten sie nur gefahren sein, weil sie von Dillon einen Tip bekommen hatten.«

Darauf hatte sie die Antwort. »Sie hatten an deinem Auto ein kleines Funkgerät angebracht und konnten dir mit seiner Hilfe folgen. Du bist nach Norden gefahren, sagten sie, und dann irgendwo in der Prärie in einem Motel abgestiegen. Sie sind dem Funksignal gefolgt und haben das Gerät auf dem Parkplatz des Motels wieder abmontiert, damit die Polizei es nicht fand, wenn sie euch... fanden.«

»Himmel Herrgott!«

»Glaubst du mir nicht?«

Ich schwieg einen Augenblick lang und sagte dann: »Ich weiß nicht. Klingt okay. Aber ich weiß nicht.«

»Wo bist du?«

»Kein Kommentar. Erst muß ich mit LuEllen reden. Ich rufe zurück.«

»Wann?« fragte sie.

»Halbe Stunde.«

»Gut, ich warte«, sagte sie. »Du, das mit Dace tut mir schrecklich leid, aber ich hatte wirklich nichts damit zu tun. Kidd, du mußt mir glauben.« Ihre Stimme wurde brüchig. Ich konnte sie mit gesenktem Kopf an ihrem Schreibtisch stehen sehen, eine Hand auf die Platte gestützt, flehend ins Telefon sprechend...

»Ich melde mich wieder«, sagte ich und legte auf.

»Warum hast du dich nicht gleich mit ihr verabredet?« fragte LuEllen.

»Sie soll glauben, daß wir erst darüber beraten. Bestimmt ist sie mißtrauisch; wenn wir sie ein wenig hinhalten, traut sie uns vielleicht eher.«

»Sie klang sehr überzeugend«, sagte LuEllen nach einer Weile. »Hättest du ihr geglaubt, wenn wir unseren eigenen Wagen nicht am Flughafen abgestellt hätten?«

»Schwer zu sagen«, erwiderte ich. »Wahrscheinlich schon. Aber vorsichtig wäre ich trotzdem gewesen.«

Während der Kampagne gegen Whitemark war ich meist erst nach drei ins Bett gegangen. Eines Nachts war Maggie aufgewacht und hatte sich auf den Rücken gedreht, als ich mich auf die Bettkante setzte und mir die Socken auszog.

»Du würdest mir doch niemals weh tun, oder?«

Heiße Frage. Ich drehte mich um und schaute in der Dunkelheit zu ihr hinüber. »Weh tun? Hast du Angst, daß ich dich zusammenschlage?«

»Quatsch. Ich meine, servierst du mich irgendwann mal wegen einer Sechzehnjährigen mit starken Titten ab?«

»Deine Titten sind stark.«

»Komm, du weißt schon, was ich meine.«

»So weit wird es bei uns nicht kommen«, sagte ich. »Du tust deine Arbeit, ich meine. Unsere Berufe sind nicht kompatibel, und wir sind beide zu alt, um uns noch groß zu ändern. Wenn du wieder in Chicago bist, besuche ich dich ab und zu mal. Und du kommst ein-, zweimal nach St. Paul. Irgendwann aber nimmt das Ganze zu viel Zeit in Anspruch, es kommen neue Begegnungen dazwischen, und die Sache schläft ein.«

»Du bist wirklich der letzte Romantiker.«

»Ich will dir nichts vormachen«, sagte ich. »Du bist nicht auf den Kopf gefallen und weißt, was ich meine. Aber es würde mich nicht wundern, wenn du ab und zu mal in St. Paul vorbeikämst – wenn du gerade keine andere Beziehung laufen hast. So eine Freundschaft könnte lange halten.«

Sie hätte mir zustimmen oder widersprechen oder sich über die kühle Analyse beschweren können. Sie hätte lachen können. Aber sie tat nichts dergleichen. Sie sagte: »Aber zusammenschlagen würdest du mich nie, oder?«

Wir vertrieben uns die halbe Stunde in einem Schnellimbiß in einem langweiligen Städtchen im Bergland von West Virginia bei Kaffee und Cheeseburger. Es war Nachmittag, und die Ladenbesitzer kamen herein, begrüßten sich, musterten uns beiläufig und tranken dann Kaffee und aßen Zitronentorte, die auf der Speisekarte als *pie du jour* erschien. Offenbar sollten sich die Stadtfräcke einen Vers drauf machen, ob das nun als Witz gemeint war oder nicht.

»Ich will mit dir reden«, sagte ich zu Maggie. »LuEllen ist dagegen, macht aber mit. Sie hat Angst vor dir und dem Anshiser-Verein. Wir haben uns eine Pistole gekauft und warten in Daces Wochenendhaus in West Virginia. Es gibt nur eine Zufahrt, und die überwachen wir. Flieg nach Washington, miete dir ein Auto und komm zu uns – allein.«

»Ihr glaubt mir nicht«, sagte sie.

»Dir glauben wir schon, aber Dillon halten wir für einen unsicheren Kandidaten. Nach dem, was Dace passiert ist, wollen wir kein Risiko eingehen. Wir wollen uns unterhalten. Bring das Geld mit.«

Ich beschrieb ihr den Weg zur Hütte. »Bieg von der Straße ab und folge der Freileitung. Es gibt nur eine, und die endet auf Dac' Grundstück.«

»Bis morgen nachmittag dann«, sagte sie. »Ich bringe das Geld mit. Du mußt mir glauben.«

18

Ehe wir die Stadt verließen, besorgten wir uns in einem Elektrogeschäft einen Gettoblaster für siebzig Dollar. In der Eisenwarenhandlung gegenüber kauften wir zwei Zeitschalter und zwei kleine tragbare CB-Geräte. An der Kasse fiel mir etwas ein; ich ging zurück und holte einen Spaten. In einem Discount kauften wir wasserdichte Tarnanzüge, kleine Rucksäcke, zwei billige Schlafsäcke, Luftmatratzen und zwei Ferngläser. Und im Supermarkt kauften wir Brot, Dosenfleisch, Senf, Kekse und eine Zwölferpackung Coke.

»Auch wenn die Kerle in Washington sind, können sie vor Einbruch der Dunkelheit nicht hier sein«, sagte ich auf der Rückfahrt zu LuEllen. »Und da ihnen das Terrain fremd ist, werden sie auch kaum in der Nacht erscheinen. Dillon recherchiert bestimmt alles, besorgt die Karte und entdeckt die Zufahrt. Wir können damit rechnen, daß die Killer in einem Auto und von oben kommen. Maggie wird sich, wie ich ihr den Weg beschrieben habe, von unten nähern. Vorausgesetzt, sie kommt überhaupt.«

»Bezweifelst du das denn?«

»Warum sollte sie das Risiko eingehen, wenn man das als reine Aufräumaktion sieht? Ich nehme aber an, daß sie sich sehen lassen wird. Man wird mit uns reden und herausfinden wollen, welche Sicherheitsvorkehrungen wir vielleicht getroffen haben – Briefe ans FBI zum Beispiel. Vor mir hat sie keine Angst. Es kann aber sein, daß sie welche vor dir hat.«

»Soll sie ruhig«, sagte LuEllen mit einem gefährlichen Unterton in ihrer Stimme.

»Wahrscheinlich hat sie ein Funkgerät im Auto, über das sie ein Signal gibt, sobald sie uns sieht. Dann greifen die Killer ein. Sie wird versuchen, uns in die Nähe der Hütte zu lokken. Anschließend wird verhandelt und geschossen. Oder einfach nur geschossen.«

»Und was tun wir?«

»Wir beruhigen uns erst mal.« Ich sah sie von der Seite an. Ihr Mund war verkniffen, ihr Kinn kampfbereit vorgeschoben. »Wenn wir zu früh auf sie losgehen, werden wir vielleicht beide umgelegt.«

»Ich bin ganz ruhig«, sagte sie. Ich schaute sie an, und sie blickte fest zurück.

»Na gut. Du gehst auf dem Höhenrücken über dem unteren Teil der Straße in Stellung und wartest auf Maggie. Falls Dillon die Karte nicht aufgetrieben hat, folgen ihr die Kerle womöglich. Sowie du sie kommen siehst, gibst du mir über Funk Bescheid. Einen Code machen wir noch aus. Zeige dich, wenn sie allein kommt. Ganz kurz nur, aber überzeugend. Laufe rasch über eine Lichtung auf die Hütte zu, laß sie deinen Oberkörper sehen. Zieh dein hellblaues Hemd an. Wenn sie dich gesehen hat, schleichst du zurück auf deinen Posten und schlüpfst wieder in den Tarnanzug.«

»Und wenn sie jemand dabei hat?«

»Dann bleibst du in Deckung und rufst mich über CB.«

»Und wo bist du?«

»Am oberen Ende der Straße. Ich rechne dort mit den Killern.«

Ich vermutete, daß die beiden Kerle wenige Minuten vor Maggie auftauchen und bei der Hütte in Position gehen würden. Es war damit zu rechnen, daß sie ihren Wagen in einiger Entfernung stehenlassen und den Rest des Wegs am Bach entlang im Schutz der Bäume im Tal zurücklegen würden.

Siebzig Meter von der Hütte entfernt lief ein Rinnsal durch einen tiefen Einschnitt, der zu klein war, um in einer noch so genauen Karte verzeichnet zu sein, und mündete in den Bach. Die Gangster konnten entweder die gut drei Meter hohe Steilwand hinunterspringen, durchs Wasser laufen und dann auf der anderen Seite an den Felsen hochklettern. Oder sie schlichen zurück zur Straße und gingen über die kleine Holzbrücke, die das Hindernis überspannte. Die Brücke war nur gut sechs Meter lang und lag außer Sichtweite der Hütte. Ich baute darauf, daß sie das Risiko eingehen würden.

Liefen sie über die Brücke, waren sie so gut wie tot. Ich saß dann nämlich nur sechs Meter entfernt mit dem M16 im Gebüsch.

»Und Maggie?«

»Schwer zu sagen. Als Amateurin wird sie zu fliehen versuchen. Du kannst versuchen, sie festzunageln, aber um sie dürfen wir uns erst kümmern, wenn die Killer außer Gefecht sind.«

»*Tot*, meinst du.«

»Genau.«

»Was tun wir, wenn Fremde kommen – also nicht die Männer, die Dace umgebracht haben?«

»Keine Ahnung. Was meinst du?«

»Es sind auf jeden Fall Leute, die uns töten wollen.« Sie klang besorgt.

»Stimmt.«

Wir bogen von der Landstraße ab auf einen Schotterweg. LuEllen ließ die Landschaft an sich vorbeiziehen, das hohe Gras im Graben, die Wolfsmilch mit den dicken Kapseln, den wilden Hanf.

»Also ich würde sie laufenlassen«, sagte sie endlich.

Ich nickte. »So wäre es am besten. Wir bleiben einfach im Gebüsch sitzen, bis sich der Verein verzogen hat.«

In der Hütte aßen wir und machten Brote für den nächsten Morgen.

»Sicherheitshalber verbringen wir die Nacht drüben auf der Höhe im Freien«, sagte ich. »Den Gettoblaster und die Lampen hier hängen wir an die Zeitschalter. Wenn die Kerle früher kommen, sehen sie das Licht an- und ausgehen und hören das Radio. Nicht zu laut.«

Eine halbe Stunde vor Einbruch der Dunkelheit ging ich mit dem M16 und einem Bogen Papier nach draußen, pinnte das Papier an einen Baum und feuerte über fünfundzwanzig Meter vier Schüsse darauf ab. Dabei stellte ich fest, daß ich ein wenig tiefer halten mußte. Ich versuchte es noch einmal aus hundert und dann hundertfünfzig Metern und stellte fest, daß die Waffe wie versprochen über diese Distanz absolut exakt schoß.

Nachdem ich die Magazine nachgeladen hatte, stiegen wir auf den Hügel und suchten uns im tiefen Gras ein bequemes Nest; achtzig Meter von der Hütte entfernt und dreißig Meter über ihr. Durch die kühle, stille Abendluft klang Musik zu uns hoch. Wir hatten einen Sender eingestellt, der Rock-Klassiker spielte. Die meisten Nummern waren alles andere als Klassiker und in manchen Fällen kaum als Rock zu bezeichnen, aber zwischendrin gab es Pink Floyd, die Doors und REM.

»Erinnerst du dich noch an das Tarot, das ich nach dem Auftauchen des Rattengesichts für Dace und dich gelegt habe?« fragte ich.

»Ja.«

»Es tauchten der Herrscher und die Schwert-Sieben auf. Mir ist gerade die Bedeutung klargeworden.«

»Und?«

»Der Herrscher ist Anshiser. Die Schwert-Sieben bedeutet Verrat. Daran habe ich damals leider nicht gedacht.«

»Jetzt ist es zu spät.«

Wir besprachen den kommenden Tag und machten Funkcodes aus und übten sie. Um viertel nach elf löschte ein Zeitschalter das Licht. Wenige Minuten später ließ der zweite Timer den Ghettoblaster verstummen.

»Was könnte morgen schlimmstenfalls passieren?« fragte LuEllen in die jähe Stille hinein.

Darüber mußte ich erst nachdenken. »Wenn es ihnen mit dem Töten ernster ist, als ich vermute, ist es nicht ausgeschlossen, daß sie mit einem Hubschrauber und einem halben Dutzend Mann in Kampfanzügen und kugelsicheren Westen und mit automatischen Waffen über den Hügel kommen, das Gelände durchkämmen und uns vor sich hertreiben wie die Hasen.«

»Was machen wir dann?«

»Wenn möglich, fliehen wir. Wenn nicht, wehren wir uns.«

»Was ist das Beste, das passieren kann?«

»Mann, LuEllen. Das Beste, was morgen passieren kann, ist, daß wir ein paar Leute töten.«

Wir saßen schweigend da, bis LuEllen fröstelnd aufstand und sagte: »Mir ist kalt.« Wir schlüpften in die Anzüge, legten uns auf die Schlafsäcke und schauten auf zu den Sternen. Wir waren weit von größeren Ansiedlungen und ihren

Lichtern entfernt, und die Milchstraße sah aus wie eine riesige illuminierte Schüssel Milch.

»Kennst du dich mit den Sternen aus?«

»Ein bißchen. Jeder, der viel im Freien ist, kennt ein paar. Da oben steht der Polarstern. Und das da ist Cassiopeia, das W. Das ist Orion. Die drei hellen Sterne bilden Orions Gürtel. Weißt du, was das Gute an ihnen ist?«

»Nein.«

»Der Gürtel ist ganz nahe am Himmelsäquator. Der mittlere Stern steht genau im Osten oder Westen, wenn er den Horizont berührt, je nachdem, ob er auf- oder untergeht.«

»Hast du das gelernt, als du ein junger Streber warst?«

»Ja.« Ich lachte. »Das hab ich damals gelernt.«

Nun schwiegen wir wieder. Nach einer Weile fragte sie leise: »Wo ist der Spaten?«

»Neben dem Plumpsklo.«

Wir schliefen mit Unterbrechungen bis zur Morgendämmerung. Als meine Armbanduhr piepte, wachte ich auf und stellte fest, daß LuEllen mich ansah. Sie hatte Ringe unter den Augen, sagte aber, es ginge ihr gut. Wir frühstückten aus der Kühltasche, tranken Coke und steckten ein paar Dosen zu der Ersatzmunition in unsere Rucksäcke. Unsere CB-Geräte hatten Ruftasten, mit denen wir uns ohne zu sprechen verständigen konnten.

»In der Nacht ist mir etwas eingefallen«, sagte ich. »Es ist gut möglich, daß sie früher als erwartet kommen, in einer Stunde vielleicht, um uns zu überraschen. Vielleicht erscheinen sie auch erst am Nachmittag so um zwei herum, in der Hoffnung, daß wir unsere Deckung verlassen, um uns zu beraten, etwas zu essen oder um pinkeln zu gehen. Bleib also auf jeden Fall auf deinem Posten. Ich melde mich, wenn wir die Position wechseln sollten. Sitzfleisch siegt.«

Sie winkte und ging zu ihrem Versteck.

Mein Hinterhalt war eine flache Mulde oben am Kamm des Einschnitts, getarnt durch Unterholz und trockene Stauden.

Ich schleppte einen dicken Ast aus dem Bachbett und legte ihn an den Rand meines Lochs, um das M16 auflegen zu können. Dann machte ich es mir bequem, benutzte den Schlafsack als Kissen. Der Tarnanzug war warm, und ich war müde. Ich trank zwei Coke, um mich mit dem Koffein wachzuhalten. Als eine dicke Hummel um mich herumsummte, dachte ich schon, ich säße auf ihrem Nest. Aber sie flog weiter, und ich war nun munterer.

Sie kamen weder früher noch später. Um achtzehn nach zwölf rührte sich unter mir in den Bäumen etwas. Die Bewegung war so schwer zu verfolgen, daß ich anfangs nicht sicher war, ob überhaupt sich etwas tat. Dann aber sah ich sie wieder, und auch an einer anderen Stelle, höher am Hang und dichter bei mir, schien sich etwas zu bewegen. Sie waren also zu zweit. Und in Tarnanzügen. Ich hatte die Luft angehalten und atmete nun langsam aus.

Mit der Geschwindigkeit fließenden Sirups setzte ich das Fernglas an und fand sie. Nach einer Weile erkannte ich, warum sie so langsam waren: Sie versuchten, lautlos über die herabgefallenen Blätter zu schleichen. Sie hatten die Deckung der Bäume dem freien Hang vorgezogen, aber nun bereitete ihnen das raschelnde Laub Probleme.

Ich rief LuEllen übers CB und sagte: »Zwei.«

»Zwei«, bestätigte sie und meldete wenige Minuten später: »Blondine.« Maggie war also im Anmarsch, und zwar allein, so weit LuEllen beurteilen konnte. Ich schaute auf die Uhr. Zwei Minuten seit der ersten Bewegung. Ich suchte den Wald hinter den beiden Männern ab. Hatten sie Verstärkung mitgebracht? LuEllen sollte jetzt den Hang hinunterlaufen.

Die Killer waren nur gelegentlich sichtbar, als sie sich rund fünf Meter voneinander entfernt näherten. Einer nahm ein Funkgerät vom Gürtel und lauschte. Ich suchte alle Kanäle meines CB ab, hörte aber nichts. Die beiden benutzten offenbar bessere Funkgeräte.

Das Gespräch dauerte eine Weile. Ich hoffte, daß Maggie LuEllen hatte laufen sehen und nun annahm, daß wir uns am unteren Ende der Straße befanden. Der Mann hängte das Funkgerät zurück an den Gürtel, sagte etwas zu dem andern und ging weiter – etwas rascher nun. Sie waren jetzt nur noch fünfzig Meter von mir entfernt und näherten sich der kleinen Schlucht. Am Ufer blieben sie stehen, schauten hinunter zu dem kleinen Zufluß, berieten sich kurz und wandten sich dann hangaufwärts.

Ich legte das M16 über ein Knäuel von Schlingpflanzen und zielte auf die Brücke. Mein Herz hämmerte heftig, und plötzlich fiel mir das Atmen schwer.

Der erste Mann blieb kurz vor der Brücke, wo ich nur seinen Kopf sehen konnte, stehen und wartete, bis der andere ihn eingeholt hatte. Sie besprachen sich kurz, und ich befürchtete schon, sie wollten die Brücke nacheinander überschreiten und sich dabei Feuerschutz geben. Dann aber kletterten sie geduckt hoch zur Straße und schauten dabei in die Richtung der Hütte. Der Große hatte eine MP-Uzi. Rattengesicht lief zwei Schritte hinter ihm und trug eine Schrotflinte, wie sie die Polizei benutzt, mit einem Pistolengriff unter dem Schaft. Da mir die Uzi gefährlicher werden konnte, beschloß ich, den Großen zuerst auszuschalten. Als sie die Straße erreicht hatten, beschleunigten sie ihre Schritte und huschten geduckt auf die Brücke, nahmen Deckung hinter dem niedrigen Geländer, um von der Hütte aus nicht gesehen zu werden.

Ich ließ den Großen zwei Drittel des Wegs auf der Brücke zurücklegen und drückte ab, als er im Fadenkreuz des Zielfernrohrs zu erscheinen begann. Ein M16 donnert nicht, sondern rattert eher. Die erste Garbe riß den Großen um. Ich schwenkte den Lauf auf die Stelle, wo Rattengesicht für den Bruchteil einer Sekunde stehengeblieben war, und hätte ihn beinahe erwischt, als er einfach kopfüber von der Brücke ins Bachbett sprang.

Das überraschte mich so, daß ich mich halb aufrichtete und den Rest des Magazins unter die Brücke jagte. Ich nahm das leere Magazin raus und schob ein neues rein. Kein Geräusch unter der Brücke. »Scheiße!« zischte ich und robbte leise nach rechts zur Straße.

Mein Funkgerät piepte. »Ja?« sagte ich, und LuEllen antwortete: »Maggie hat die Schüsse gehört und ist aus dem Auto gestiegen. Jetzt steht sie da und rührt sich nicht.«

»Wir haben ein kleines Problem«, sagte ich. »Es sind die richtigen Kerle, aber einer ist von der Brücke gesprungen und mir durch die Lappen gegangen. Kann sein, daß er verletzt ist. War ein ganz schöner Sturz, und ich hab' eine Garbe hinterhergejagt.«

»Ich komm runter«, sagte sie.

»Nein, du behältst Maggie im Auge.«

»Scheiße!«

Ich warf das CB-Gerät auf den Rucksack und kroch am Straßenrand entlang, bis ich rund dreißig Meter von der Schlucht entfernt war, hinter einer weiten Kurve. Von dem Rattengesicht keine Spur. Wenn er unverletzt war und in einem Versteck saß, kam ich nicht an ihn heran. Andererseits mochte er nach dem Sturz hilflos oder ohnmächtig unter der Brücke liegen. Wie auch immer, er rechnete bestimmt nicht damit, daß ich von oben kam. Ich ging weiter die Straße entlang, überquerte sie im Laufschritt und warf mich platt auf einen Wildwechsel. Nichts. Ganz langsam drehte ich mich zum Bachbett um. Immer noch nichts. Ich blieb stehen und wartete, schlich weiter, wartete wieder.

Ich war noch fünfzehn Meter von der Brücke entfernt, als Maggie ihn verriet, indem sie auf die Ruftaste ihres Funkgeräts drückte. Der Apparat an seinem Gürtel piepte. Der helle, elektronische Ton, im Wald so merkwürdig wie der Schrei eines Raben in einem Rechenzentrum, kam von einer Stelle unter dem Steilufer. Hatte er das Gerät noch bei sich oder inzwischen weggeworfen? Da ich kein zweites Piepen vernahm, duckte ich mich und lauschte angestrengt.

LuEllen setzte der Pattsituation ein Ende, indem sie hangabwärts zu meiner alten Position ging. Dabei streifte sie einen Baum oder trat auf einen Zweig; Rattengesicht hörte das

Geräusch und bewegte sich. Er war verletzt. Sein Gesicht war blutverschmiert und sein Bein offenbar am Knie gebrochen, aber er hatte seine Waffe noch. Nun schleppte er sich auf der anderen Seite der Straße die Böschung hoch. Ich wartete, bis er in Sicht war, und legte das M16 auf ihn an. Im letzten Augenblick mußte er mich hinter sich gespürt haben, denn er drehte den Oberkörper, hob eine Hand und sagte: »Halt« – so wie Dace. Ich hielt auf seine Seite und seinen Rücken und schoß das Magazin leer. Er war tot, bevor die Kugeln aufhörten, ihn zu schütteln.

»LuEllen!« rief ich über die Straße. »Zwei weg!«

»Ist das alles?«

»Ja, ich glaube schon. Verstärkung habe ich keine gesehen.«

»Maggie!«

LuEllen rannte parallel zur Straße am Hang entlang. Ich folgte auf meiner Seite. Wir kamen um die Biegung und sahen Maggie zu ihrem Auto rennen.

»Knall sie ab!« schrie LuEllen.

Ich ließ mich auf ein Knie fallen und nahm Maggies Rükken ins Visier. Wie elegant sie läuft, dachte ich, als sie fünf, zehn lange geschmeidige Sprünge machte.

»Schieß!« rief LuEllen.

»Scheiße«, sagte ich und ließ die Waffe sinken.

LuEllen schaute erst mich an und dann Maggie, die inzwischen ihr Auto fast erreicht hatte, riß die MAC-10 hoch und schoß das ganze Magazin leer. Die effektive Reichweite einer MAC-10 muß so um die dreißig Meter betragen; Maggie war über zweihundert Meter entfernt. Ich sah ein Geschoß fünfzig Meter hinter Maggie in die Straße einschlagen. Die anderen Kugeln mußten im Wald oder am Hang gelandet sein. Maggie stieg in ihr Auto und fuhr eine enge Kurve. Dann bremste sie abrupt ab, eine Tasche flog aus dem Fenster, und dann war Maggie verschwunden.

Ein Grab ausheben ist Schwerstarbeit.

Als Maggie fort war, rannte ich zurück zur Brücke, schleppte die beiden Leichen ins Unterholz und schob mit der Schuhspitze Erde über die Blutflecken. LuEllen sammelte inzwischen die Patronenhülsen aus dem M16 ein. Wenn zufällig ein Auto die Straße entlangkam, war nichts Verdächtiges mehr zu sehen. Anschließend kletterten wir den Hang hoch und verkrochen uns für drei Stunden in einer dichten Baumgruppe. Es bewegte sich nichts. Später gingen wir die Straße hinunter und sahen uns die Tasche an, die Maggie aus dem Fenster geworfen hatte. Sie enthielt den Rest unseres Geldes.

»Wollte sie vielleicht doch verhandeln?« fragte LuEllen zweifelnd.

»Nur, wenn es sich nicht vermeiden ließ. Nur, wenn sie nichts gegen uns ausrichten konnte.«

»Tja, und so kam es dann auch«, sagte LuEllen. Wir betrachteten das Geld, blätterten die Scheine deprimiert durch und trugen die Tasche dann in die Hütte.

»Holen wir den Spaten«, sagte ich schließlich.

Wir begruben Rattengesicht und seinen massigen Partner in einer kleinen Mulde am Hang, wo ich ungesehen arbeiten konnte. LuEllen saß über mir auf der Höhe und hielt mit der MAC-10 Wache. Ich schnitt erst die Grasnarbe heraus und legte sie auf die Seite; der Aushub kam dann auf eine Zeltplane. Zwei Stunden lang schaufelte ich den gelben, sandigen Boden, bis ich zufrieden und zu erschöpft war, um weiterzugraben.

Das Hochschleppen der Leichen war genauso schlimm wie das Graben. Ich durchsuchte ihre Taschen und fand Autoschlüssel und Brieftaschen. Die Schlüssel nahm ich an mich, die Brieftaschen ließ ich ihnen. Rattengesicht schleifte ich am Kragen den Berg hinauf, aber sein Partner war so schwer, daß ich ein Seil als Tragegurt benutzen mußte. Köpfe und Glieder der Toten hingen schlaff; ihre Haut war so weiß wie Kerzenwachs. Als ich sie in ihr Grab warf, bildeten sie einen häßlichen pietätlosen Haufen. Das M16 und ihre beiden Waffen warf ich auf sie drauf.

Eine halbe Stunde später hatte ich das Grab zugeschaufelt und die Grasnarbe festgetreten.

»Sollen wir ein Gebet sagen?« fragte LuEllen, als ich den letzten Grassoden einsetzte.

Ich schwieg. »Ach, Scheiß drauf«, sagte sie endlich.

Auf der Zeltplane lag übriggebliebene Erde, die ich den Hang hinunterschleifte und in den Bach warf. LuEllen lud unsere Sachen ins Auto und räumte in der Hütte auf. Als ich hereinkam, wischte sie gerade Tisch, Ofen und Türen ab.

»Eine hoffentlich überflüssige Vorsichtsmaßnahme«, sagte ich.

»Warum ein Risiko eingehen, wie Maggie so schön sagte?«

Um sieben verließen wir die Hütte. Der rote Buick stand an der Einmündung zur Schotterstraße. Ich durchsuchte ihn und fand im Kofferraum eine Schachtel mit vierzehntausend Dollar. Ich nahm das Geld und fuhr den Buick auf die nächste Landstraße. LuEllen folgte mir in unserem Wagen. Schließlich stellten wir den Buick an einer Abzweigung fünfzehn Meilen von der Hütte entfernt ab. Ich wischte den Wagen sorgfältig von oben bis unten ab.

»Und jetzt?« fragte LuEllen.

»Wir haben ihre Killer ausgeschaltet. Sie haben zwar vielleicht noch mehr, aber sie werden vorsichtig sein. Und da Maggie nun klar ist, daß wir Bescheid wissen, hat der Blödsinn ein Ende.«

»Ist das gut?«

»Kann sein. Ich habe ein paar Ideen, die ich mit Bobby besprechen muß. Du gehst jetzt am besten zurück nach Duluth. Von nun an gibt es nur noch Computerarbeit. Wenn wir zusammen unterwegs sind, fallen wir nur auf.«

»Glaubst du denn, daß man uns finden könnte? Wir haben es doch nicht mit der Polizei zu tun, sondern nur mit einer Gangsterbande.«

»Schon. Aber wie gesagt: warum ein Risiko eingehen?«

»Da hast du recht«, sagte sie nach einer Weile. »Aber zurück nach Duluth geh' ich nicht.«

»Wohin dann?«

»Nach Mexiko, in das Dorf, in das ich mit Dace wollte. Meine Sachen sind gepackt.« Und da fing sie an zu weinen.

Wir fuhren nach Norden, durch Cumberland, erreichten Pennsylvania und waren am frühen Morgen am Stadtrand von Pittsburgh. Inzwischen hielt uns nur noch das Adrenalin wach. Wir schliefen uns aus, und am Abend setzte ich sie in eine Maschine nach San Diego.

»Paß auf dich auf, Kidd.« LuEllen küßte mich auf die Wange und ging durchs Tor zum Flugsteig. Anders als Maggie drehte sie sich nicht um.

WAS IST?

Es gibt was zu besprechen.

GUT. MELDE DICH UM DREI UHR FRÜH.

19

In den frühen Morgenstunden legte ich Bobby mein Programm vor.

DAS IST EIN HAUFEN KOHLE.

Stimmt.

DAZU BRAUCH' ICH NOCH ZWEI HACKER.

O.K.

10 RIESEN PRO HACKER.

O.K.

UND 25 RIESEN FÜR MICH. IN BAR. WENN WIR GEWONNEN HABEN.

Ich geb's dir lieber im voraus. Wenn wir verlieren, komme ich vielleicht nicht mehr zum Zahlen. Gib mir ein Postfach durch.

LASS TERMINAL AUF EMPFANG.

Am späten Vormittag wurde ich vom Piepen des Terminals und einer kurzen Datenübertragung geweckt – Bobby gab mir die Nummer eines Postfachs in Memphis und die Namen der beiden anderen Hacker durch. Beide saßen in Kalifornien. Bobby nannte sie ›Stanford‹ und ›Cal Tech‹ – nach den Universitäten, die sie besucht hatten oder besuchten. Mir waren sie kein Begriff, aber Bobby sagte, ich sei Stanford vor einigen Jahren in einem Computer in Las Vegas begegnet. Bobby sagte, er wolle damit anfangen, Anshisers Leitungen auf eingehende Daten zu überprüfen.

ANSHISERS FIRMEN- UND PRIVATLEITUNGEN WEISEN KEINE EINGEHENDEN DATEN AUF. DIE MÜSSEN EINE PRIVATE VERMITTLUNG HABEN. MIST.

Allerdings.

Die meisten Computer sind mit der örtlichen Telefonvermittlung verbunden. Früher, als alles noch einfacher war, bekamen die Datenleitungen einfach eine Variante der Firmennummer – hatte das Unternehmen den Anschluß 555-1115, so lautete die Computernummer vielleicht 555-1116.

Das begriffen die Hacker natürlich sofort. Ganze Nächte lang erkundete man über die Telefonleitungen das Innere teurer Computer. Eine ganze Generation von Computerfanatikern lernte auf diese Weise ihr Handwerk. Der erste Computer, in den ich einbrach, Anfang der siebziger Jahre war das, regelte die Heizung, Klimaanlage, Wasserversorgung und andere Systeme des größten Bürohochhauses in Minneapolis. Ich hätte mitten im Januar dem ganzen Haus nachts die Heizung abdrehen können, verkniff mir das aber und ließ nur eine kleine Nachricht für den Operator zurück. Als ich diesen Computer später wieder anwählte, war der Zugang nicht mehr so einfach.

Bald danach verschärfte man die Sicherheitsmaßnahmen

und entfernte die Nummer der Datenleitungen von denen der Telefonschlüsse, ließ sie aber innerhalb derselben Vermittlung. Die Hacker reagierten mit automatischen Wählprogrammen, die alle zehntausend Nummern einer Vermittlungseinheit anwählten und jede Leitung, über die eine Trägerfrequenz lief, festhielten. Nahm niemand ab oder meldete sich eine Person, »legte« der Computer einfach »auf« und wählte weiter. Ein solcher Rechner konnte pro Nacht tausend Anschlüsse erreichen und stieß dabei meist auf ein Dutzend neue Datenleitungen.

Nach einer Weile richteten Großfirmen und Institutionen geheime, nicht im Telefonbuch verzeichnete Vermittlungseinheiten ein. Nur wenige der zehntausend möglichen Nummern wurden dabei für Datenleitungen verwandt. Selbst wenn die Hacker wußten, daß die Firma X einen offenen Computer über eine versteckte Vermittlung betrieb, mußten sie die dreistellige Nummer dieser Vermittlung erst einmal finden. Eine Suchaktion aufs Geratewohl hätte für jede Dreierkombination zehntausend Wählvorgänge bedeutet, und den meisten war das nicht die Mühe wert.

Dennoch gab es Mittel und Wege, an Geheimvermittlungen heranzukommen. Bobby war tief in die Telefonsysteme eingedrungen und konnte zum Beispiel Anshisers Leitungen abhören. Wählte jemand in der Firma die Geheimvermittlung an, hatten wir die Nummer. Ich ging noch einmal das Material durch, das wir über Anshiser gesammelt hatten, und isolierte fünf Hotels, die höchstwahrscheinlich ihre Geschäftsergebnisse über reguläre Telefonleitungen meldeten. Bobby versprach, diese Anschlüsse im Lauf der nächsten Tage im Auge zu behalten. Tat sich dort nichts, richteten wir unsere Aufmerksamkeit auf andere Leitungen.

Während Bobby sich an die Arbeit machte, fuhr ich wieder los; diesmal nach Süden. Ich rollte durch Kentucky und Tennessee, berührte kurz Alabama und Mississippi. In Vicksburg malte ich am Flußufer ein Bild und fuhr dann weiter nach Louisiana. New Orleans lockte mich, aber dort war ich zu bekannt. So wandte ich mich wieder nach Norden, durchquerte Arkansas und kam nach Missouri.

Jeden Abend legte ich bis zu hundertmal das Tarot, spekulierte über mögliche Entwicklungen. Der Narr tauchte wieder auf, und das war in Ordnung. Nach dem Kartenlegen fragte ich bei Bobby nach Resultaten an. Vier Nächte lang gab es keine, aber in der fünften – ich war in einem kleinen Familienmotel am Rand der Ozark-Berge abgestiegen – kam folgende Meldung:

ICH HAB DIE NUMMER DER VERMITTLUNG.

Toll.

GAR NICHT SO TOLL. KONNTE NUR MAL KURZ DIE NASE REINSTECKEN. SCHARFE SICHERHEIT. MAN ARBEITET JETZT WOHL MIT EINMALCODES UND HAT GEMERKT, DASS WIR MITHÖREN.

Hat man uns identifiziert?

NEIN. ABER MAN PASST JETZT AUF.

Einmalcodes sind so gut wie unmöglich zu knacken. Sie haben kein System und sind, wie ihr Name sagt, nur einmal gültig. Manchmal haben die Operatoren an beiden Enden der Leitung identische Notizblöcke mit Codewörtern vor sich liegen: Man benutzt ein Wort, reißt den Zettel ab, wirft ihn weg und bedient sich beim nächsten Mal eines anderen. Die Wörter können von beliebiger Länge und aufs Geratewohl dem Wörterbuch entnommen sein. Man kann auch Zifferngruppen aus einem Zufallszahlengenerator verwenden.

Was unsere Aufgabe noch erschwerte, war Bobbys Vermutung, daß man bei Anshiser den Datenverkehr überwachte: Wenn wir versuchten, in den Computer hineinzukommen, lösten wir einen Alarm aus. Anshisers Leute wußten, daß jemand an die Tür klopfte, ohne den korrekten Code zu haben. Sie lagen auf der Lauer.

In der folgenden Nacht drangen wir wieder in die Vermittlung ein, in der Absicht, sie ganz behutsam abzuklopfen.

Fehlanzeige: Sie war leer. Man hatte die Nummer wieder geändert.

WENN WIR DIE CODES NICHT KRIEGEN, BLEIBEN WIR AUSSEN VOR. HABE EINE DATENÜBERTRAGUNG ZWISCHEN EINEM HOTEL IN LAS VEGAS UND DER ANSHISER-ZENTRALE MITBEKOMMEN. VORAUS GING EINE ART DIALOG. WAHRSCHEINLICH AUSTAUSCH VON EINMALCODES PLUS VIELLEICHT STIMMENVERGLEICH.

Na gut, dann lassen wir's fürs erste mal. Brauche Zeit zum Nachdenken.

MELDE DICH, WENN DU UNS BRAUCHST.

In sicherheitsbewußten Firmen wurden Angestellte, die an einer Außenstelle arbeiteten wie dem Computer des Hotels in Las Vegas, in die Firmenzentrale geholt und mit Kollegen, mit denen sie sonst nur am Netz zu tun hatten, zusammengebracht. Zugegen bei diesen Veranstaltungen – meist von der Firma bezahlte Essen – war ein Psychologe, der die Konversation in Gang hielt und Freundschaften stiftete.

Der Operator kehrte wieder an seine Außenstelle zurück und rief von nun an vor jeder Datenübertragung erst einen seiner neuen Freunde in der Zentrale an und plauderte mit ihm, bis seine Identität bestätigt war. Die Anmeldungsprozedur begann erst, wenn die Identität des Anrufers feststand. Und da bei diesem Verfahren persönliche Informationen und Losungen in Maschinencode ausgetauscht wurden, war es so gut wie unschlagbar. Es konnte uns zwar gelingen, die Übertragungen mitzulesen, aber es bot sich kein elektronischer Weg, in den Computer einzudringen und mit ihm zu arbeiten. Wir mußten also eine andere Route finden.

Wie gut ist dein Zugang zu den Dateien der Kreditsicherungsanstalten?

NUR LESEN? ODER AUCH SCHREIBEN?

Lesen genügt.

DANN SIEHT'S GUT AUS.

Brauche Informationen über die Kreditwürdigkeit aller Angehörigen des mittleren Managements von Anshiser mit wahrscheinlichem Computerzugang. Such die faulsten Kunden raus und gib mir ihre Namen rüber.
ALLES KLAR. KOMMT MORGEN.

Während Bobby die Kreditwürdigkeit der Manager in Erfahrung brachte, drang ich mit Hilfe der Codes, die wir bei dem Washingtoner Polizisten Denton gestohlen hatten, noch einmal in den NCIC-Computer ein und suchte diesmal im Strafregister nicht nach Schwerverbrechen, sondern hielt nach Bagatelldelikten Ausschau. Es ergaben sich ein Dutzend Kandidaten. Und als Bobby mir am nächsten Tage die schlechten Kreditauskünfte schickte, tauchte ein Name auf beiden Listen auf.

Ich ließ das Auto in St. Louis stehen und flog am nächsten Nachmittag nach Miami. Unser Mann, Phil Denzer, stand im Telefonbuch. Als ich um elf am Abend in seiner Wohnung anrief, meldete er sich nicht. Ich fand auf dem Stadtplan die Straße, in der er wohnte, und fuhr am nächsten Morgen hin.

Denzer lebte in einem Komplex heruntergekommener Reihenhäuser, den mehrere Hektar glühend heißer Asphalt umgaben. Auf dem Parkplatz stand die klassische Palette heißer Öfen, Firebirds, Camaros, Fünf-Liter-Mustangs, die meisten von ihnen mehrere Jahre alt, zusammen mit heruntergekommenen Dodge Swingers, deren Rücklichter durchgerostet waren. In den Vorgärten kränkelten Palmen vor sich hin. Die Reihenhäuser waren rings um zwei Schwimmbekken arrangiert. Der Tag war heiß und wolkenlos, und an den Becken sonnten sich in Liegestühlen einige Frauen in Bikinis und ein Mann, der kurze Hosen, eine Goldkette und Turnschuhe trug. Im Wasser war niemand.

Ich ließ mir vom Verwalter sagen, wo Denzer wohnte. Das Jalousiefenster in der Tür war offen; Discomusik dröhnte heraus. Ich schaute hinein und sah einen Mann in weißem T-Shirt und schwarzen Hosen so ganz für sich allein tanzen.

Übte wohl für den Abend. Ich klopfte an, und Denzer kam an die Tür.

»Sind Sie von den Zeugen Jehovas.«

»Seh ich so aus?«

Er schüttelte nach kurzem Nachdenken den Kopf. »Nein. Die sind besser angezogen. Was wollen Sie?« Er redete mit einer Zigarette im Mund und hatte sich auf dem Weg zur Tür einen Kunststoffteller mit einem angebissenen Stück Kirschtorte geschnappt, das er nun in der Hand hielt.

»Ich möchte Ihnen ein Angebot machen.«

»Echt? Soll ich dabei reich werden?«

»Ein paar Dollar könnten wohl herausspringen.«

»Fassen Sie sich kurz. Ich muß zur Arbeit.«

»Sehen Sie, und dafür interessiere ich mich. Sie arbeiten mit Computern, nicht wahr?«

Ihm blieb der Mund offen. »Das darf doch nicht wahr sein! Sind Sie einer von den Jungs, die versuchen, in unser System einzubrechen?« Er hielt mir die Gabel vor die Brust. Ich sah mich nach einem Fluchtweg um. »Na ja, dann kommen Sie mal rein«, sagte er und hielt die Tür offen. Er wirkte begeistert. »Ich hatte schon gehofft, daß Sie sich an mich wenden.«

Ich betrat die Wohnung. Sie war kühl und feucht und roch nach Bier.

»Ich trinke gerade noch ein Bier und muß dann zur Arbeit. Wollen Sie auch eins?«

»Klar.«

Er holte eine Dose aus dem Kühlschrank, riß sie auf und reichte sie mir.

»Nehmen Sie doch Platz«, sagte er. »Was können Sie mir bieten?«

Ich ließ mich auf einen wackligen Sessel nieder, der aussah wie aus einem billigen Motel geklaut. »Kommt drauf an, was Sie mir zu bieten haben.«

»Ich will Cash im voraus sehen. In der Firma heißt es, Sie wären gutbetucht. ›Gutbetucht‹ war der Ausdruck.«

»Fünfhundert?«

»Scheiße. Ich hatte an fünftausend gedacht.«

»So gut betucht sind wir auch wieder nicht. Ich gebe Ihnen tausend im voraus, und wenn Ihre Informationen es wert sind, lege ich noch einen Riesen drauf.«

Er kratzte sich am Kopf. Er hatte langes, schwarzes, straff zurückgekämmtes Haar und mußte Gel benutzen, denn man sah noch die Furchen, die sein Kamm gezogen hatte.

»Na schön.« Ich hatte dreitausend in der Tasche; die holte ich nun heraus und begann zu zählen. Er starrte das Geld gierig an. Ich hörte kurz auf zu zählen.

»He, Phil, ich weiß, daß Sie klamm sind. Versuchen Sie bloß nicht, mir das wegzunehmen. Ich hau Sie nämlich grün und blau.«

»Eh, Mann...«

Ich gab ihm tausend Dollar. Er zählte die Scheine, faltete sie, steckte sie in die Hosentasche und lehnte sich zurück.

»Gut, dann sage ich Ihnen, was ich weiß. Kein Wunder, daß Ihr Besuch mich so freut. Sie kommen nämlich nicht rein. Selbst wenn Sie mir eine Pistole an den Kopf setzen und mich zwingen, an den Computer zu gehen, nützt Ihnen das nichts. Alles wird so streng gehandhabt, daß so gut wie gar nichts mehr läuft. Wir laden unsere Daten in einen Computer am anderen Ende ab, der von der Hauptdatenbank getrennt ist. Dort sitzen Operatoren, die alles Material erst auf den Bildschirm bringen und auf fremden Code untersuchen, ehe sie es über eine spezielle interne Leitung ins Hauptsystem eingeben. Anshisers zentrale Datenverarbeitung ist total abgeschottet.«

»Und wenn Sie mit dem Hauptsystem einen Dialog führen müssen?«

»Das sucht man nach Möglichkeit zu vermeiden. Aber wenn es unbedingt notwendig ist, wird ein Operator dazwischengeschaltet, der die Eingabe sterilisiert. Der einzige Weg ins System führt also über die Operatoren, und auch hier kämen Sie nicht voran. Anshiser ist eine respektable

Firma, hat aber ein paar ziemlich grobe Kunden. Wissen Sie, was ich meine?«

»Ja, ich glaube schon.«

»Lassen Sie mich das näher erklären, falls Sie doch nicht ganz durchblicken. Die Top-Operatoren verdienen rund hunderttausend im Jahr, plus Aktienoptionen, Bonus und Gratifikation. Nicht übel; das ist die Gans, die goldene Eier legt. Wer zu gierig ist und sich von Ihnen schmieren läßt, fliegt raus und kommt auf die schwarze Liste. Es kann auch sein, daß ihm was zustößt. Sie wissen, was ich meine.« Er trank einen Schluck Bier.

»Warum reden Sie dann überhaupt mit mir?« fragte ich.

»Weil Sie mir einen Tausender gegeben haben. Und weil ich zwei Sekunden, nachdem Sie hier verschwunden sind, bei Anshiser anrufe und die Sache melde. Den Tausender verschweige ich natürlich. Ich sage denen, ich hätte Ihnen geraten, sich zu verpissen.«

Ich stand auf und wandte mich zum Gehen. »Überlegen Sie sich das lieber noch mal, Phil. Wie Sie sagten, gibt es bei Anshiser ein paar harte Burschen. Wenn man Ihnen Ihre Geschichte nicht abnimmt, landen Sie womöglich in einem Ölfaß auf dem Grund der Biscayne Bay. Fängt man mich hier am Flughafen ab, behaupte ich, für zehntausend ein paar Tips von Ihnen bekommen zu haben. Und was macht man dann mit Ihnen?« Ich gab ihm einen leichten Klaps auf die Wange. »Danke für die Information. Sie war den Tausender wert.«

Ich ließ ihn mit seiner leeren Bierdose und dem angebissenen Stück Kuchen stehen. Dennoch hatte er mir angst gemacht; eine Stunde später nahm ich die erste Maschine, die Fort Landerdale verließ. Sie ging zufällig nach Tampa. Von dort flog ich über Atlanta nach St. Louis zurück.

WAS IST?

Habe mit einem Mann von Anshiser über das System ge-

sprochen. Im Augenblick geht überhaupt nichts. Wir müssen einen anderen Weg finden.

SAG UNS BESCHEID, WENN DU EINEN GEFUNDEN HAST.

Drei Tage verbrachte ich am Lake of the Ozarks, angelte von einem gemieteten Boot aus und ließ mir das Problem durch den Kopf gehen. Abends saß ich auf der Veranda der gemieteten Hütte, schaute hinaus auf den See und trank Bier. Wenn mir nichts einfiel, war das auch nicht das Ende der Welt. Ich konnte für eine Weile abtauchen, Emily anrufen und sie bitten, die Katze zu versorgen und die Rechnungen zu bezahlen. In zwei, drei oder vier Jahren durfte ich mich dann vielleicht wieder nach Hause wagen.

Eine häßliche Lösung. Ich ging halbbetrunken ins Bett, konnte aber nicht schlafen, verwickelte mich in die Laken und warf mich herum wie ein Fisch auf dem Trockenen.

In der dritten Nacht holte ich die Tarotkarten heraus und legte dreimal das keltische Kreuz. Dreimal tauchte der Turm im Zusammenhang mit dem Magier auf. Den Magier hatte ich immer mit Computerfreaks assoziiert – die Macht des Verstands in allen ihren Formen, die Technik eingeschlossen. Der Turm bedeutet meist eine Katastrophe oder Krise, kann aber auch für ein jähes Erwachen, eine plötzliche Erkenntnis stehen.

Alles sinnloser Quatsch. Ich warf die Karten auf den Tisch, ging noch ein Bier holen, kehrte zurück, schaute sie wieder an. Der mittelalterliche Turm auf der Tarot-Karte wird vom Blitz getroffen, und zwei Männer stürzen von ihm ab. Die Frau, die mich das Kartenlesen gelehrt hatte, hatte mir eingeschärft, nicht an Buchinterpretationen zu kleben.

»Manchmal«, hatte sie gesagt, »braucht man die Karten nur anzusehen.«

Und das tat ich nun. Der Magier, der Turm, der Blitz...

»Verdammte Scheiße«, sagte ich.

WAS IST?

Ich hab's!

EHRLICH?

Die Antwort war typisch Tarot: jenseits der von mir wahrgenommenen Parameter des Problems, elegant und ein bißchen pervers. Nach zwei Tagen stand fest, daß es funktionierte. Drei Wochen lang arbeiteten wir zu viert wie verrückt, zwölf bis vierzehn Stunden pro Nacht, um die Programme zu schreiben, zu testen und loszuschicken.

Während der ersten zwei Wochen fuhr ich ziellos am Ufer des Mississippi auf und ab, schlief morgens lange, malte nachmittags, und schrieb nachts Programme. Zweimal schickte ich Aquarelle zur Aufbewahrung an Emily nach St. Paul. In der dritten Woche wandte ich mich nach Westen, fuhr durch Arkansas, Oklahoma, ein Stück Texas, New Mexico und Arizona. Mein Ziel war Las Vegas.

Nun, da die Optionen fest umrissen waren, sprach das Tarot wieder rational, und ich dachte viel über die Karten nach. Eigentlich fühlte ich mich ganz wohl, abgesehen von der Einsamkeit. Ich sehnte mich nach meinem Leben in St. Paul, der Wohnung, meinen Freunden, sogar nach der Katze. Ich wollte nach Hause.

WIR MACHEN JETZT DICHT.

Hast du den letzten Schwung getestet?

HAT STANFORD ERLEDIGT. AUCH BEI IHM IST FEIERABEND.

Müssen noch die Befehle durchtesten.

STIMMT. DAMIT FANGEN WIR HEUTE NACHT AN.

Wir testeten. Es gab noch ein paar letzte Fehler zu tilgen, und dann funktionierten die Angriffsprogramme einwandfrei. Ich saß in Flagstaff in einem unscheinbaren Motel an der Interstate 40. Es war heiß, und die Klimaanlage stank, als hätte jemand einen vergammelten Cheeseburger auf den Kompressor gelegt. Ich saß in Unterhosen da und schwitzte und legte das Tarot.

Wenn man das oft genug tut, taucht alles auf, und nichts

ergibt mehr einen Sinn. Es hatte aber den Anschein, daß ich viele Karten sah, die für Kampf standen, die Fünf der Stäbe, die Sieben der Stäbe, die Schwert-Sieben. Kein Hinweis auf eine Niederlage, aber auch keiner auf einen klaren Sieg. Schließlich stellte ich die Karten auf den Kopf und versuchte sie von Maggies Gesichtspunkt aus zu legen. Das soll eigentlich nicht gehen. Herauskam die Acht der Schwerter: eine Frau mit verbundenen Augen und gefesselten Armen, umgeben von Schwertern, die mit der Spitze in die Erde gesteckt waren. Das war gut genug, und ich hörte auf.

Der nächste Tag war der letzte Mittwoch im Oktober. Im Norden wurde es schon kalt. Wenn ich mir jetzt den Anshiser-Verein vom Hals schaffte, konnte ich mein Boot ins Vilas County in Wisconsin schaffen, ehe die Angler in Massen vor dem Eisgang über die Gegend herfielen. Ich beschloß, am nächsten Tag Maggie anzurufen.

20

Vor Jahren, als ich mit der unkonventionellen Computerarbeit begann, hatte ich mir die Mühe gemacht, mir eine zweite Identität zuzulegen. Besonders schwer war das nicht: mit einer falschen Geburtsurkunde aus Chicago und der Sozialversicherungsnummer eines toten Teenagers bekam ich einen Reisepaß für Harry Olson, wohnhaft in Eau Claire. Ein paar Stempel und eingeheftete Visa ließen den Paß schön gebraucht aussehen. Paß und Sozialversicherungsnummer bewirkten, daß die Führerscheinstelle Wisconsin mir eine Fahrerlaubnis ausstellte. Bei einer Bank legte ich den Führerschein vor und nannte meine Sozialversicherungsnummer und bekam ein Konto eingerichtet. Viele Fragen stellte die Bank nicht, weil dem Eröffnungsantrag ein dicker Bankscheck beilag.

Im Sommer mietete ich mir als Harry Olson ein Haus am Grindstone-See in der Nähe von Hayward, wo ich Programme schrieb, malte, Enten schoß und meine Post empfing, darunter Kreditkarten von Visa, Amoco und Exxon.

Als ich Hayward verließ, teilte ich den Kreditkartenfirmen als neue Anschrift ein Postfach in Hudson, Wisconsin mit; das liegt nicht weit von St. Paul auf der anderen Seite des St. Croix-Flusses. Die Kreditkarten benutzte ich vorsichtig und bezahlte meine Rechnungen prompt. Ich ließ auch meinen Führerschein erneuern und sammelte so im Lauf der Jahre eine ganze Reihe von Dokumenten, die sich auf Harry Olson bezogen.

Um drei Uhr nachmittags stieg er in Anshisers Hotel in Las Vegas ab. Der Mann am Empfang zog seine Visa-Karte durch das Gerät, lächelte und gab mir den Zimmerschlüssel.

»Falls Sie etwas brauchen sollten, wenden Sie sich an den Portier. Der Schlüssel zur Minibar liegt auf der Kommode«, sagte er. Der Portier hatte einige Vorschläge für den Abend, darunter eine Privatfete mit zwei Nachtclubtänzerinnen. Ich lehnte ab, gab ihm aber trotzdem zehn Dollar.

»Ich möchte Maggie sprechen.«

»Kidd?«

»Ja. Maggie, bitte.«

»Augenblick.« Dillon klang gestreßt, aber beherrscht. Ich war vier Wochen lang untergetaucht gewesen, aber man vermutete, daß ich die Sicherheitsvorkehrungen des Computers getestet hatte. Denzer konnte von meinem Besuch in Miami berichtet haben. Mehr wußten sie nicht.

»Kidd.« Das war eine Feststellung, keine Frage.

»Ja. Wie geht's?«

Sie ignorierte die Frage. »Was willst du?«

»Ruhe und Frieden.«

»Das ist inzwischen nicht mehr so einfach zu haben.«

»Weiß ich auch. Wir sollten uns mal unter vier Augen sprechen.«

»Wo bist du?«

»In Flagstaff. Morgen komme ich nach Las Vegas. Treffen wir uns doch in eurem Hotel dort.«

»Wann?«

»Am Nachmittag zwischen halb vier und vier. Ich rufe dich in deinem Zimmer an.«

Am Abend verlor ich siebenhundert Dollar an den Blackjack-Tischen.

Man kann beim Blackjack gewinnen, indem man das Fallen bestimmter Karten nachhält. Wenn das Verhältnis der im Stock verbliebenen Karten am günstigsten ist, setzt man die höchsten Beträge. Ansonsten tritt man Wasser. Kartenzähler sind in Kasinos höchst unbeliebt.

Angesichts dieser Tatsache hatte ein Freund von mir, der an der University of Chicago Mathematik lehrt, mit einigem Zeitaufwand das gewöhnliche System des Kartenzählens verfeinert. Im Prinzip baute er einen Zufallsfaktor ein, der das strategische Setzen vertuschte. In meinem Fall funktionierte das so gut, daß ich mein Hemd verlor.

Dabei machte ich die Kartengeberin völlig konfus. Sie hatte in mir wohl einen Kartenzähler erkannt, aber ich verlor auf Teufel komm raus. Als ich schließlich wegging, schaute sie mir lange nach, als rechnete sie damit, daß ich umkehrte, einen Riesenbetrag setzte und meine Verluste auf einen Schlag wettmachte. Schön wär's gewesen.

Ganz besonders schlaue Computerprogramme werden oftmals mit der wirklichen Welt überhaupt nicht fertig. Darüber sollte ich im Bett nachdenken – in der Nacht vor unserem Torpedoangriff auf Anshiser.

Es war ein Fehler gewesen, ins Kasino zu gehen. Ich hatte mir eins in einiger Entfernung von dem Anshiser-Hotel gesucht, nur für den Fall, daß jemand nach mir Ausschau hielt. Aber auf dem Rückweg wäre ich beinahe Maggie in die Arme gelaufen.

Sie ging in Begleitung eines schlanken, dunkelhäutigen Mannes durch die Halle. Er trug einen teuren Nadelstreifenanzug, hatte eine gebrochene Nase und sah alles andere als harmlos aus.

Ich stand im Kiosk des Hotels und sah mir Zeitschriften an, als ich sie in der Spiegelverkleidung einer Säule ganz kurz erblickte. Ich drehte mich um, um sie durchzulassen. Während ich wartete, kaufte ich ein paar Magazine und zwei Taschenbücher und nahm mir vor, von nun an in meinem Hotelzimmer zu bleiben.

WAS IST?
Alles bereit?
GEPRÜFT UND STARTKLAR. HACKER AM NETZ. WIR LÖSEN PUNKT VIER BEI DIR AUS. DANN FOLGT DER ERDRUTSCH BEI DEN ANDEREN FIRMEN.

Das Timing war nicht einfach. Ich erwog, sie schon um halb vier anzurufen, aber so viel hatten wir uns nun auch wieder nicht zu sagen. Andererseits mochte sie Leute übers Hotel verteilt haben und zusammenrufen wollen, ehe sie auf mein Zimmer kam. Wann also telefonieren? Ich vollzog in Gedanken den wahrscheinlichsten Ablauf nach und kam zu dem Schluß, daß die Unterhaltung mindestens zehn Minuten dauern würde. Notfalls konnte ich sie hinausziehen.

Der richtige Zeitpunkt für den Anruf war also drei Uhr vierzig. Ab drei begann sich die Zeit hinzuziehen. Ich riskierte einen Gang zum Getränkeautomaten draußen im Flur, zog drei Cokes, trank zwei und schaute auf die Uhr. 3:15. Ich legte ein paarmal halbherzig das Tarot, aber die Karten sagten mir in der kurzen Zeit nichts. Ich stellte den Fernseher an, ging im Zimmer auf und ab. 3:30. Kurz aufs Klo, die durchgelaufenen Cokes wegschütten. Um 3:39 wählte ich die Vermittlung an und ließ mir Maggies Zimmernummer geben. Sie hob nach dem ersten Läuten ab.

»Hier Kidd.«

»Gut. Ich bin da.«

»Ich habe Zimmer 2406, fast direkt unter dir. Ich warte fünf Minuten, dann bin ich weg. Und, Maggie – komm bitte nicht auf die Idee, das Problem von deinen Revolverhelden lösen zu lassen. Das wäre ein großer Fehler. Du würdest ihn dein Leben lang bereuen. Ich bin unbewaffnet und will nur mit dir reden. Klar?«

»Gut, ich komme runter.«

Ganz unbewaffnet war ich nicht. Ich klebte einen breiten Streifen Klettband an den Schaft der MAC-10 und befestigte sie an der Seite des Sessels, auf dem ich sitzen wollte. Dort war sie an einem unerwarteten Platz und außer Sichtweite, gespannt und schußbereit. Die automatische Waffe war zwar schwer und umständlich zu ziehen, würde aber verhindern, daß man hereinstürmte und mich einfach exekutierte. Jedenfalls war das die Idee.

Nachdem Maggie aufgelegt hatte, schloß ich die Tür auf, zog die Vorhänge zu, stellte den Fernseher so leise, daß der Ton kaum noch zu hören war, holte mir das letzte Coke und ließ mich auf den Sessel fallen. Um 3:44 klopfte es.

»Herein.«

Ein untersetzter, brutal aussehender Blonder mit Bürstenschnitt stieß mit den Fingern die Tür auf und blieb im Gang stehen. Er schaute mich an, nickte, trat langsam ein und warf einen Blick ins Bad. Hinter ihm erschien der dunkelhäutige Mann mit der gebrochenen Nase, der nun einen anderen, aber ebenfalls konservativen Nadelstreifenanzug trug. Er wartete in meiner Sichtlinie und beobachtete mich, während der Blonde ins Bad ging und den Duschvorhang aufzog. Der Blonde kam wieder heraus, schaute in den Kleiderschrank neben der Badezimmertür und trat dann ins Zimmer. Die Betten standen auf festen Sockeln, aber er guckte zwischen und hinter sie. Schließlich drehte er sich um und sagte zu dem Dunkelhäutigen: »In Ordnung.«

Der Dunkle blieb, wo er war. Der Blonde ging hinaus in den Korridor und brachte eine Aktentasche herein. Er öffnete sie, holte ein Wanzenspürgerät heraus und begann das Zimmer abzusuchen.

»Hören Sie, falls ich hier was versteckt habe, finden Sie es erst in einer Stunde...«

»Wir glauben nicht, daß das Zimmer verwanzt ist. Ich will nur mal schnell nachsehen für den Fall, daß Sie ein Bandgerät laufen haben.«

»Keine Sorge.«

Er lächelte und machte mit dem Gerät eine Runde. Als er zufrieden war, klappte er die Suchantenne zusammen und schob den Apparat zurück in die Tasche.

»Scheint sauber zu sein«, sagte er.

Der Dunkelhäutige trat ins Zimmer. »Mr. Olson«, sagte er und nickte mir zu. Maggie war einen Schritt hinter ihm.

»Kidd«, sagte sie. Ihr Gesicht war angespannt – nicht unbeweglich, sondern konzentriert. Sie erinnerte mich an eine Sprinterin am Start.

»Was macht Anshiser?« fragte ich. Der Blonde machte die Tür zu, ohne sie abzuschließen. Der Dunkelhäutige setzte sich auf die Bettkante und schaute mich an. Maggie nahm auf dem zweiten Sessel Platz.

»Er ist weg vom Fenster«, sagte sie. »Inzwischen vermuten die Ärzte keinen Tumor mehr, sondern tippen auf eine ganze Serie kleiner Schlaganfälle über einen längeren Zeitraum hinweg, die sein Gehirn unmerklich zerstört haben. Mit Sicherheit ließe sich das aber nur nach einer Autopsie sagen, meinen sie. Er liegt nun in einem Dämmerzustand.«

»Das ist tragisch«, sagte ich und machte eine Kopfbewegung zu dem Dunkelhaarigen hin. »Ist das der neue Chef?«

Als der Dunkle lächelte, bildeten seine weißen, ebenmäßigen Zähne einen scharfen Kontrast zu seinem olivfarbenen Teint. Frauen mußten auf ihn fliegen.

»Falsch, Mr. Kidd«, sagte er mild. »Der Aufsichtsrat hat Ms. Kahn mit der Führung der Geschäfte betraut, und sie hat mich zu ihrem Stellvertreter ernannt. In der Praxis habe ich ihren alten Job.«

»Und Dillon?«

Maggie hob die Schultern. »Dillon ist Dillon. Er macht dasselbe wie bisher. Andere Arbeit interessiert ihn nicht.« Als sie den Raum betreten hatte, war sie totenblaß gewesen. Nun kehrte die Farbe in ihr Gesicht zurück, und die Spannung löste sich. Offenbar war die Situation unter Kontrolle. Die roten Ziffern der Digitaluhr auf dem Nachttisch verkündeten 3:52.

»Wie geht's LuEllen?« fragte Maggie.

»Gut. Sie ist wieder zu Hause.«

»Hat *sie* an der Hütte auf mich geschossen?«

»Ja. Sie war sauer wegen Dace.«

»Das hab' ich mir gedacht. Ich wußte, daß du bei der Armee warst, und als ich das Gewehr hörte, Franks Schrotflinte aber nicht, konnte ich mir ausmalen, was passiert war. Und als ich dich und LuEllen mit diesen Waffen um die Ecke kommen sah, in Kampfanzügen auch noch, da dachte ich: Mein Gott, jetzt schießt er dich in den Rücken.«

»Der Gedanke ist mir gekommen«, sagte ich. »Ich hatte dich im Fadenkreuz.«

Sie schüttelte sich.

»Was ist aus Frank und Leonard geworden?« fragte der Dunkle.

»Tja, die sind leider, äh...«

Maggie warf ihm einen Blick zu und schaute dann wieder mich an. »Fast alle, die die Entscheidung, Dace zu erschießen, mitgetragen haben, sind nun der Ansicht, daß das ein Fehler war. Aber leider läßt sich diese Sache nicht rückgängig machen. LuEllen und du, ihr könntet uns mit nur einem Brief oder Anruf unermeßlichen Schaden zufügen. Und ein Motiv hättet ihr auch: Rache für Dace«, erklärte sie in ihrem Geschäftston. Jetzt kam sie offenbar zur Sache.

Ich schüttelte den Kopf. »Nein, das haben wir nicht vor. Wir wollen ein Abkommen treffen. Wenn ihr uns in Frieden laßt, und zwar für immer, lassen wir euch auch in Ruhe. Wir haben unser Geld; für uns ist die Sache gelaufen.«

Sie warf dem Dunklen wieder einen Blick zu. »Ms. Kahn hat die Vermutung ausgesprochen«, sagte er, »daß Sie uns nicht ohne Rückversicherung entgegentreten werden. Würden Sie uns bitte sagen, auf welche Weise Sie gedeckt sind? Durch einen beim Anwalt hinterlegten Brief? Oder durch Dokumente in einem Bankfach?«

»Ach wo.« Ich schaute auf die Uhr. 3:55. »Das ließe sich leider irgendwie hinbiegen. Man könnte Zeugen bestechen und einfach alles abstreiten, besonders, wenn LuEllen und ich nicht mehr verfügbar wären. Alles nur Hirngespinste, könnte man sagen, und auch die, die die Geschichte glauben, hätten Schwierigkeiten, sie eindeutig zu beweisen. Außerdem vegetiert der Anstifter inzwischen vor sich hin und kann nicht vor Gericht gestellt werden.«

»Wie hast du dich dann gesichert?« fragte Maggie.

Ich zuckte die Achseln. »Mit den Methoden, die du in Washington mitbekommen hast. Wenn du mich oder LuEllen nicht in Ruhe laßt, nehmen unsere Freunde am Computernetz den Anshiser-Konzern auseinander, und zwar völlig.«

Maggie warf dem Dunklen wieder einen Blick zu. Er runzelte die Stirn, legte den Kopf zurück, starrte mich nachdenklich an und sagte schließlich zu Maggie: »Ich weiß nicht.«

Sie jedoch glaubte, sie wüßte. Sie hatte entschieden, daß es sich nur um ein Spiel handelte, und schaute mich mit fast echtem Bedauern an.

»Du enttäuschst mich, Kidd. Von dir hätte ich mehr erwartet. Schau, jeder Vorgang in unseren Computern wird von den besten Fachleuten – bessere Leute als du – überwacht. Ein Riesenumstand, kostet uns einen Haufen Geld, aber das holen wir mit dem *Sunfire*-Kontrakt wieder rein. Wie auch immer, wir wissen, daß du im Augenblick nicht in unser System kommst. Wir haben sicherheitshalber Ersatzkopien der gesamten Software und aller laufenden Projekte. Binnen einer halben Stunde können wir das System sterilisieren und dann mit völlig sauberer Software von neuem beginnen. Jeder, der an den Computer geht, muß sich schriftlich an- und abmelden, und alle Eingaben werden vom Sicherheitspersonal überwacht. An uns kommst du nicht ran. Für einen Deal hast du einfach nicht genug zu bieten.« Sie schüttelte den Kopf und stand auf. »Ich glaube, es wird Zeit, daß wir gehen«, sagte sie zu dem Dunklen.

3:59, sagte die Uhr.

»Ach ja, versuch nicht erst, dein Telefon zu benutzen«, sagte sie und zeigte ein paar Zähne. »Mir war unverständlich, warum du dir ausgerechnet ein Hotel ausgesucht hast, das Anshiser gehört. Du mußtest doch wissen, daß wir hier alles kontrollieren.«

»Bleib noch einen Augenblick«, sagte ich. »Es gibt noch etwas zu besprechen.«

»Wohl kaum«, sagte sie mit einem triumphierenden Unterton. Es war nun vier Uhr. Maggie wandte sich zur Tür; der Dunkle stand auf, um ihr zu folgen. Der Blonde hielt ihr die Tür auf, und sie schritt hüftschwenkend darauf zu. Auf der Schwelle blieb sie stehen, drehte sich um und schien noch etwas sagen zu wollen.

In dem Moment gingen die Lichter aus.

Nicht nur die Lampen, sondern auch die Uhr, der Fernseher und die Klimaanlage. Ein stotterndes Geräusch, und dann ging im Korridor die Notbeleuchtung an. Ein Rauchmelder begann zu quäken, im Gang wurden Türen aufgerissen.

Ich hatte im Zimmer die Vorhänge zugezogen, um den Effekt noch zu verstärken. Nun wartete ich ein paar Sekunden und zog dann an der Schnur. Tageslicht flutete ins Zimmer. Der Blonde stand an der Tür und richtete eine kleine automatische Pistole auf meine Brust. Am Lauf war ein langer, dicker Schalldämpfer befestigt.

»Kommt doch besser rein und setzt euch wieder«, schlug ich vor.

Maggie sah geschockt aus, kam aber zurück. »Was hast du gemacht?«

»Ich habe gerade Anshiser stillgelegt«, sagte ich. »Oder, genauer gesagt, meine Freunde.«

»Wovon redest du? Wir haben die besten Sicherheitsvorkehrungen, an uns kommt keiner…«

»Stimmt, ihr seid total abgeschottet – so gut, daß wir uns etwas anderes einfallen lassen mußten.«

»Was hast du getan, Kidd?«

»Wir sind in die Computer der Elektrizitätsgesellschaften eingedrungen und haben Anshiser den Strom abgestellt. Alle kleinen Klitschen haben wir nicht erwischt, wohl aber die wichtigsten Ziele: die Hotels, alle Fabriken, die Zentrale in Chicago. Keiner eurer großen Betriebe hat Strom. Ruf doch mal euer Flugzeugwerk an. Da wirst du erfahren, daß es Probleme nicht nur mit dem Computer gibt, sondern mit allem. Bei denen funktioniert noch nicht mal eine verdammte Handbohrmaschine.«

Der Turm im Tarot, der Blitzschlag. Natürlich, Kraftwerke! Der Turm war zusammen mit dem Zauberer aufgetaucht, der Karte der Computerfreaks. Gewiß, alles Zufall, aber zum rechten Zeitpunkt – ich glaube wirklich nicht an diese Magie-Scheiße.

»Lange kann das nicht dauern…« platzte Maggie heraus.

»Aber doch. Du kannst mir ruhig glauben, bei Anshiser läuft nichts mehr. Wenn ich meine Freunde nicht anweise, euch wieder anzuschließen, wird es drei oder vier Tage dauern, bis das E-Werk den Fehler gefunden hat. Und dann geht die nächste Bombe hoch. Wenn es hochkommt, wird in euren Betrieben im kommenden Jahr gerade mal an fünfzehn oder zwanzig Tagen normal gearbeitet.«

Sie ließ sich mir gegenüber in den Sessel sinken. Der Dunkle sagte: »Schöne Scheiße« und schaute den Blonden an. »Stecken Sie das weg«, befahl er. Draußen schlurften die Hotelgäste im schummrigen Licht zum Treppenhaus. Der Rauchmelder, offenbar vom Stromausfall ausgelöst, quäkte unentwegt weiter. Der Blonde trat ins Zimmer und schloß die Tür.

»Wann könnt ihr uns wieder anschließen?« fragte Maggie.

»In zwei, drei Stunden«, erwiderte ich. »Es müssen eine Menge Befehle gegeben werden. Aber wir haben es gar nicht eilig. Du sollst erst mal die Chance haben, dich umzuhören und herauszufinden, wie schlimm es wirklich ist. Versucht ruhig mal, die Sache selbst in Ordnung zu bringen.«

Maggie schaute den Dunklen an. »Was meinen Sie?«

Er schüttelte den Kopf. »Ich bleibe bei meinem ursprünglichen Vorschlag. Wir einigen uns mit dem Mann und vergessen die Sache. Aber wir lassen uns seine Telefonnummer geben für den Fall, daß wir ihn einmal brauchen.«

»Kommt nicht in Frage«, sagte ich.

»Schlagen Sie keine Türen zu«, sagte er. Das klang nicht nach einer Drohung, sondern eher wie ein guter Rat.

Maggie suchte immer noch einen Ausweg. »Wir könnten auf deine Computerfreunde losgehen.«

»Unsinn. Selbst die NSA hat Bobby nicht erwischt. Und was die nicht schafft, bringen auch ein paar Gauner nicht zuwege. Wenn ihr mich und LuEllen nicht in Ruhe laßt, wenn es auch nur den geringsten Hinweis darauf gibt, nimmt Bobby Anshiser auseinander.«

»Was passiert, wenn Sie überfahren werden?« fragte der Dunkle.

»Sie beten besser darum, daß das nicht passiert, denn sonst haben Sie Pech gehabt«, erwiderte ich. Er nickte. So etwas verstand er. Keine Alternative.

»Hör zu«, sagte ich zu Maggie. »In zwei Jahren ist alles, was ich über das Whitemark-Projekt oder über Dace zu sagen hätte, ein alter Hut. Dann interessiert sich kein Mensch mehr dafür. Das ist so, als würdest du beim FBI anrufen und sagen, du wüßtest, wer die Schwarze Dahlie umgebracht hat. Wenn es uns also gelingt, zwei Jahre am Leben zu bleiben, hast du nichts zu befürchten. Und was gewinnst du schon, wenn du uns verfolgen läßt? Bist du mit deinem Konzern nicht beschäftigt genug?«

»Er hat recht«, sagte der Dunkle.

»Abgemacht«, sagte Maggie und stand wieder auf. »Wir spielen mit. Stell den Strom wieder an.«

21

Ich arbeitete auf der Sandbank stromabwärts von St. Paul. Den Anker hatte ich hoch auf die Bank gezogen und vergraben, und das Boot schwojte friedlich an seiner Leine, als die Schleppzüge vorbeiglitten. Es war der erste heiße Tag im Frühsommer. Sie kam über den Damm, schlug sich durch die Weiden und trat auf den Sand. Sie trug Turnschuhe, Jeans und eine halbdurchsichtige Bluse. Schön braun war sie auch.

»Hübsches Bild«, sagte sie, als sie mich erreicht hatte.

»Danke für das Kompliment. Wie war Mexiko?«

»Nicht übel. 'ne Menge Ausländer.« Sie lachte, ich lächelte, und dann sagte sie: »Alter Witz.«

»Im Ernst.« Ich trug einen langen zinnoberroten Horizont auf.

LuEllen zog kritisch einen Schmollmund, legte den Kopf schief und nickte. »Nicht schlecht«, sagte sie.

»Danke.«

»Hast du Maggie mal wieder gesehen?«

»Seit unserem Telefongespräch – seit Las Vegas also – nicht mehr. Ein Mangel an Interesse, der auf Gegenseitigkeit beruht.«

»Sind wir immer noch sicher vor ihr?«

»Ich glaube schon. Aktionen gegen uns bringen nichts ein. Warst du inzwischen in Duluth?«

»Ja, mal kurz für eine Woche nach deinem Anruf. Hab nur mein Geld umgebunkert und bin wieder verschwunden.« Sie marschierte umher und schaute ins Boot. »Anshiser hat den Löffel abgegeben, stand in der Zeitung.«

»Ja. Maggie ist jetzt der Boß. Ein neuer Mann hat ihren Job, und Dillon ist nach wie vor die Nummer Drei.« Ich trug ein sehr flüssiges Ultramarin auf und ließ es mit dem Zinnober verfließen.

»Das brächte ich nie fertig«, sagte sie. »Malen, meine ich. Den Hügel da so lila zu machen, zum Beispiel. Wer hätte gedacht, daß ein Hügel voller Bäume lila sein kann? Aber irgendwie sieht er so aus.« Sie schaute über den Fluß zu dem Hügel hinüber.

»Stimmt.«

»Hast du mal an Dace gedacht?«

»Du meinst, ob ich ein schlechtes Gewissen habe?«

»Ja.«

Ich hörte auf zu malen und schaute sie an. »Du hast recht, ich habe ein schlechtes Gewissen. Ich hab mir eingebildet, zu wissen, worauf wir uns einließen, und hatte in Wirklichkeit keine blasse Ahnung. Und Dace hat dafür bezahlen müssen. Aber was kann ich machen? Mich an Maggie rächen? Das geht nicht. Es gefällt mir hier. Ich habe keine Lust, den Rest meines Lebens auf der Flucht vor den Cops oder dem Mob zu verbringen.«

Sie nickte. »Zu diesem Schluß bin ich auch gekommen, da unten am Strand. Immer wieder hab ich gedacht, Dace hätte gewollt, daß wir dies oder jenes tun. Bis mir eines Tages aufging, daß Dace überhaupt nichts von uns will. Dace ist tot. Es ist so, als hätte man das Fernsehen abgestellt. Es ist genauso, als glaubte man, eine Fernsehshow wollte, daß man dies oder jenes tut, nachdem man das Fernsehen abgestellt hat.«

Ich konzentrierte mich wieder auf mein Aquarell. LuEllen schaute mir noch ein, zwei Minuten zu und ging dann die Sandbank entlang. Bald darauf kam sie mit einer kleinen Wespentaillen-Colaflasche zurück.

»Guck mal, die ist mindestens zwanzig Jahre alt«, sagte sie.

»Ich will dir nicht das Herz brechen, aber die gibt es immer noch so zu kaufen.«

»Ehrlich?« Sie schaute mich mißtrauisch an, aber als ich nickte, warf sie die Flasche in den Fluß. Sie hatte einen guten Wurf. Die Flasche schlug auf und kam wieder hoch, ihr Hals guckte aus dem Wasser.

»Na, hast du in letzter Zeit was geklaut?« fragte ich.

»Nee, dafür geht's mir finanziell zu gut. Aber ich denke trotzdem dran.«

»Wettest du noch beim Pferderennen?«

»Ein bißchen.«

»Und was ist mit dem Koksen?«

»Na ja, gelegentlich zieh ich mir was rein.«

»Warst du mir in Mexiko auch treu?«

Sie schnaubte und warf der Colaflasche ein Stück Treibholz hinterher. Ein Schleppkahn fuhr in Richtung der Kohlenhalde vorbei.

»Sag mal, bist du im Augenblick mit jemand zusammen?« fragte sie.

»Nee.«

»Wie stehen meine Chancen, gevögelt zu werden?«

»Nicht schlecht, wenn du's geschickt anfängst«, sagte ich.

»Aha«, sagte sie. »Dann ist's ja gut.«

Sie sah glücklich aus. Sie nahm einen flachen Stein und versuchte, ihn über die Wasseroberfläche springen zu lassen. Er hüpfte einmal und ging unter.

Der Fluß war dunkel und schwarz. Strömungen und Gegenströmungen liefen an der Sandbank auf. Wir verbrachten den Rest des Nachmittags dort, malten und redeten und sahen zu, wie von Süden die Wolken aufzogen, über den Mississippi.